W0397877

Gallmeister

Nature Writing

DÉSOLATIONS

David Vann

DÉSOLATIONS

Roman

Traduit de l'américain
par Laura Derajinski

Ouvrage traduit avec le concours
du Centre national du livre

Gallmeister

Titre original :
Caribou Island

Copyright © 2011 by David Vann
All rights reserved

© Éditions Gallmeister, 2011
pour la traduction française

ISBN 978-2-35178-046-6
ISSN 1951-3976

MA MÈRE N'ÉTAIT PAS RÉELLE. Elle était un rêve ancien, un espoir. Elle était un lieu. Neigeux, comme ici, et froid. Une maison en bois sur une colline au-dessus d'une rivière. Une journée couverte, la vieille peinture blanche des bâtiments rendue étrangement brillante par la lumière emprisonnée, et je rentrais de l'école. J'avais dix ans, j'avançais seule, j'avançais à travers les amas de neige sale dans le jardin, j'avançais jusqu'à notre porche étroit. Je ne me souviens pas du cours exact de mes pensées en cet instant, je ne me rappelle pas qui j'étais ni ce que je ressentais. Tout cela a disparu, effacé. J'ai ouvert notre porte d'entrée et j'ai trouvé ma mère pendue aux chevrons. Je suis désolée, ai-je dit, puis j'ai reculé avant de refermer la porte. J'étais à nouveau dehors, sous le porche.

Tu as vraiment dit ça ? demanda Rhoda. Tu as dit que tu étais désolée ?

Oui.

Oh, Maman.

C'était il y a longtemps, dit Irene. Et c'était quelque chose que je n'arrivais pas à voir à l'époque, alors je peux encore moins le voir aujourd'hui. Je ne sais pas à quoi elle ressemblait, pendue là-haut. Je ne me souviens de rien, seulement que c'était là.

Rhoda se rapprocha de sa mère sur le canapé et lui passa le bras autour des épaules pour l'attirer à elle. Elles observèrent le feu. Un pare-feu en métal était installé devant, de petits hexagones, et plus Rhoda les regardait, plus ces hexagones semblaient composer la paroi arrière de l'âtre, dorée par les flammes. Comme si le mur de soutien, noir de suie, pouvait être révélé ou métamorphosé par le feu. Puis son regard se déplaçait et elle ne voyait à nouveau plus qu'un simple pare-feu.

J'aurais aimé la connaître, dit Rhoda.

Moi aussi, dit Irene. Elle tapota le genou de Rhoda. Il faut que j'aille dormir. J'ai une journée chargée, demain.

Elle va me manquer, cette maison.

C'était une bonne maison. Mais ton père veut me quitter, et le premier pas, c'est de nous faire emménager sur cette île. Pour donner l'impression qu'il a tout essayé.

C'est faux, Maman.

Nous nous fixons tous des règles, Rhoda. Et la première règle de ton père, c'est qu'il ne doit jamais passer pour un salaud.

Il t'aime, Maman.

Irene se leva et étreignit sa fille.

Bonne nuit, Rhoda.

Au petit matin, Irene porta sa part, rondin après rondin, du pick-up au bateau. On n'arrivera jamais à les caler les uns sur les autres, dit-elle à son mari, Gary.

Je vais devoir les raboter un peu, dit-il d'un air renfrogné.

Irene s'esclaffa.

Merci, dit Gary. Il affichait déjà cette expression inquiète et morose qui accompagnait tous ses projets impossibles.

Pourquoi ne pas construire la cabane avec des planches? demanda Irene. Pourquoi faut-il absolument qu'elle soit en rondins ?

Mais Gary ne lui répondit pas.

À ton aise, dit-elle. Mais ce ne sont même pas des rondins. Aucun ne fait plus de quinze centimètres de diamètre. Ça va ressembler à une cahute en brindilles.

Ils se trouvaient près du terrain de camping sur les rives de Skilak Lake, l'eau teintée d'un pâle vert de jade après la fonte des glaciers. Rendue floconneuse par la vase et, en raison de sa profondeur, jamais assez chaude, même au plus fort de l'été. Balayée par un vent frais et constant, les montagnes encore drapées de neige s'élevant sur la rive orientale. Depuis leur sommet, Irene avait souvent aperçu, par temps clair, les pics volcaniques blancs de Mount Redoubt et Mount Iliamna de l'autre côté de Cook Inlet et, au premier plan, la large étendue de la péninsule de Kenai : sa mousse rouge violacé et vert spongieux, les arbres chétifs en bordure des marais et des étangs, et l'unique autoroute serpentant comme une rivière argentée sous le soleil. Des terres publiques, pour la plupart. Leur maison et celle de leur fils Mark étaient les seuls bâtiments construits le long des berges de Skilak Lake, cachés dans le renfoncement des arbres, si bien que le lac avait encore des allures préhistoriques, sauvages. Mais vivre sur la rive n'était pas suffisant. Voilà maintenant qu'ils déménageaient sur Caribou Island.

Gary avait reculé son pick-up près du bateau qui patientait sur la grève, la rampe dépliée à la proue pour permettre le chargement. À chaque rondin, il grimpait sur le bateau et en parcourait toute la longueur. D'un pas chancelant car la poupe baignait dans l'eau, instable.

Des brindilles pour une cabane d'enfants, dit Irene.

J'en ai assez entendu, dit Gary.

Très bien.

Gary souleva un nouveau petit rondin. Irene en saisit l'extrémité. Le ciel s'assombrit légèrement et l'eau passa du vert de jade au gris bleuté. Irene leva les yeux vers les montagnes et vit qu'un flanc avait blanchi. Il pleut, dit-elle. Ça vient vers nous.

On va continuer à charger, dit Gary. Mets ta veste, si tu veux.

Gary, en chemise de flanelle à carreaux à manches longues par-dessus son T-shirt. Un jean et des grosses chaussures. Son uniforme. Il semblait plus jeune, encore bien en forme pour sa cinquantaine bien tassée. Irene aimait toujours son apparence. Mal rasé et sale, pour l'instant, mais bien réel.

Ça ne devrait pas être bien long, dit Gary.

Ils allaient construire leur cabane à partir de rien. Sans même une fondation. Et pas de plan, d'expérience, d'autorisation, de conseils, non merci. Gary voulait le faire, un point c'est tout, comme s'ils étaient les premiers à fouler cette nature sauvage.

Alors ils continuèrent à charger et la pluie se rapprocha, une ombre blanche sur l'eau. Un rideau, une ligne de grain, mais les premières gouttes et le vent frappaient toujours en premier, invisibles, précédant tout ce qu'elle pouvait apercevoir. C'était toujours une surprise pour Irene. Ces derniers instants volés. Puis le vent se renforça, la ligne de grain s'abattit et les gouttes tombèrent, lourdes et énormes, insistantes.

Irene empoigna l'extrémité d'un autre rondin et avança vers le bateau, le visage tourné contre le vent. La pluie s'écrasait de biais avec violence. Elle ne portait ni bonnet ni gants. Ses cheveux se plaquaient, son nez gouttait et elle ressentit un premier frisson alors que la pluie s'insinuait à travers sa chemise jusqu'à la peau de ses bras, de son épaule, de son dos et de sa nuque. Elle se voûta pour lui échapper sans cesser d'avancer, déposa le rondin puis refit le chemin, courbée dans l'autre sens, son autre côté déjà trempé, et elle trembla.

Gary marchait devant elle, courbé lui aussi, la moitié supérieure de son corps détournée de la pluie comme cherchant à désobéir à ses jambes pour partir dans la direction opposée. Il attrapa l'extrémité d'un rondin, le tira et fit un pas en arrière. La pluie s'abattit plus fort. Une rafale de vent souffla, l'air était saturé d'eau, d'une couleur blanche, même à cette distance. Le lac disparut, les vagues aussi, la transition avec la rive désormais incertaine. Irene s'empara du rondin et suivit Gary dans l'oubli.

Le vent et la pluie s'allièrent en un rugissement, et Irene n'entendit plus rien d'autre. Elle marcha sans mot dire, trouva la proue, y déposa son rondin, fit volte-face et repartit, le dos droit. Pas un centimètre de son corps n'était sec. Elle était trempée jusqu'aux os.

Gary passa près d'elle, pareil à un homme-oiseau, les bras recourbés comme des ailes se déployant pour la première fois. Essayait-il d'empêcher que sa chemise humide lui colle à la peau ? Ou était-ce là une réaction instinctive avant la bataille, une préparation physique de ses bras ? Quand il s'arrêta devant le plateau du pick-up, l'eau semblait lui dégouliner du nez. Ses yeux étaient petits et durs, concentrés.

Irene s'approcha. On devrait pas arrêter? cria-t-elle pardessus les rugissements.

Il faut qu'on emporte ce chargement sur l'île, hurla-t-il en retour avant de tirer un autre rondin, alors Irene lui emboîta le pas, bien qu'elle sût qu'il la punissait. Gary ne pouvait jamais le faire directement. Il comptait sur la pluie, le vent et la nécessité apparente du projet. Ce serait un jour de punition. Il continuerait, l'étirerait ainsi pendant des heures, les pousserait avec une détermination sinistre, comme le destin. Une forme de plaisir, pour lui.

Irene suivait le mouvement, car une fois qu'elle aurait supporté tout cela, elle pourrait le punir à son tour. Son heure viendrait. C'était ce qu'ils s'infligeaient l'un à l'autre depuis des décennies, irrésistiblement. Très bien, pensait-elle. Très bien. Et cela voulait dire, attends de voir.

Une autre demi-heure à charger des rondins sous la pluie. Irene allait en tomber malade, glacée jusqu'à la moelle. Ils auraient dû enfiler l'équipement de pluie qu'ils avaient emporté dans l'habitacle du pick-up, mais leur entêtement l'un envers l'autre les en avait empêchés. Si elle était allée chercher sa veste quand Gary le lui avait proposé, elle aurait interrompu le travail, les aurait ralentis, et cela aurait été remarqué, retenu contre elle, un hochement de tête imperceptible, peut-être même un soupir, mais émis avec un délai suffisant pour laisser penser qu'il n'y avait là aucun rapport. Pardessus tout, Gary était un homme impatient : impatient devant la majeure partie de son existence, devant ce qu'il était, ce qu'il avait fait, ce qu'il était devenu, impatient avec sa femme et ses enfants, et puis, bien sûr, impatient devant toutes les petites choses, devant chaque action mal réalisée, chaque instant de météo récalcitrante. Une impatience générale et continuelle avec laquelle elle avait vécu pendant plus de trente ans, un élément qu'elle avait respiré.

Le dernier rondin fut chargé, enfin. Gary et Irene remirent la rampe en place. Elle n'était pas lourde, pas rassurante. Du caoutchouc noir formait un joint à l'endroit où le métal touchait la carène du bateau. Ce serait leur seul moyen de locomotion depuis l'île.

Je vais garer le pick-up, dit Gary avant de s'éloigner d'un pas lourd entre les rochers. La pluie s'abattait toujours, mais le vent était tombé maintenant. Assez de visibilité pour déterminer la direction à prendre, mais pas assez pour apercevoir l'île, à trois kilomètres de là. Irene se demanda ce qu'il adviendrait une fois qu'ils seraient au milieu du lac. Verraient-ils la berge, ou rien qu'une nappe blanche autour d'eux ? Pas de GPS sur le bateau, pas de radar, pas de sonar. C'est un lac, avait dit Gary chez le concessionnaire. Rien qu'un lac.

Il y a de l'eau dans le bateau, dit Irene au retour de Gary. Elle formait une flaque sous les rondins, se concentrait surtout à la poupe, presque trente centimètres de pluie.

On s'en occupera une fois partis, dit Gary. Je ne veux pas utiliser la batterie pour faire marcher la pompe de cale avant d'avoir démarré.

Alors, c'est quoi ton plan ? demanda Irene. Elle ne savait pas comment ils pourraient pousser le bateau depuis la grève jusqu'à l'eau, surchargé qu'il était par les rondins.

Tu sais, je ne suis pas le seul à avoir voulu ça, dit Gary. Ce n'est pas seulement mon plan. C'est notre plan.

C'était un mensonge, mais bien trop gros pour y réagir là, à l'instant, sous la pluie. Très bien, dit Irene. Comment on fait pour mettre le bateau à l'eau ?

Gary regarda l'embarcation un moment. Puis il se pencha et poussa la proue. Elle ne bougea pas d'un millimètre.

La moitié avant du bateau était à terre et Irene imaginait qu'il devait peser plusieurs centaines de kilos, à ce stade, avec son chargement complet. De toute évidence, Gary n'y avait pas pensé. Il improvisait au fur et à mesure.

Gary contourna l'embarcation d'un côté, puis de l'autre. Il enjamba les rondins pour atteindre la poupe et le moteur hors-bord, s'y appuya et poussa pour faire balancer le bateau, mais celui-ci aurait tout aussi bien pu être fait de plomb. Pas le moindre mouvement.

Gary revint à l'avant, sauta à terre et observa l'embarcation un moment. Aide-moi à pousser, finit-il par dire. Irene se positionna à ses côtés, il compta un, deux, trois et ils poussèrent tous deux la proue. Leurs pieds glissèrent dans les galets noirs, mais cette fois encore, pas un seul mouvement.

Il faut toujours que ça soit compliqué, dit Gary. Toujours. Rien ne peut jamais être simple.

Comme pour appuyer ses propos, la pluie s'abattit encore plus fort et le vent froid souffla de plus belle depuis le glacier. Si vous vouliez jouer les idiots et tester vos limites, voir jusqu'où les choses pouvaient mal tourner, c'était l'endroit idéal. Mais Irene savait que Gary ne supporterait aucun commentaire. Elle essaya de lui apporter son soutien. Peut-être qu'on pourrait revenir demain, dit-elle. Le temps doit s'améliorer un peu. On pourrait tout décharger, pousser le bateau à l'eau et le recharger.

Non, dit Gary. Je n'ai pas envie de faire ça demain. J'emporte ce chargement aujourd'hui.

Irene tint sa langue.

Gary se dirigea d'un pas lourd vers le pick-up. Irene resta debout sous la pluie, trempée et rêvant d'être au chaud, au sec. Leur maison était si proche, à quelques minutes de là. Un bain tiède, un feu dans la cheminée.

Gary conduisit le pick-up sur la plage, contournant les arbres et descendant jusqu'au bateau afin d'approcher au maximum le pare-chocs de la proue. Dis-moi si je suis trop près, hurla-t-il par la vitre.

Irene s'avança, lui donna les indications, et il recula avec précaution jusqu'à effleurer le bateau.

C'est bon, dit Irene.

Gary appuya sur l'accélérateur, des galets jaillirent sous les roues arrière. Le bateau ne bougea pas. Utilisant les quatre roues motrices, il accéléra encore, les pneus s'enfoncèrent plus profond, les galets percutèrent le châssis du pick-up. L'embarcation se mit à glisser, puis recula brusquement dans l'eau, dérivant en une large courbe.

Attrape l'amarre ! cria-t-il depuis l'habitacle. Irene se précipita pour empoigner le filin qui glissait sur la plage. Elle l'attrapa, planta les talons dans le sol et se laissa tomber sur la grève jusqu'à ce que la pression diminue. Puis elle resta étendue là, les yeux rivés sur le ciel d'un blanc sombre. Elle pouvait voir la pluie former des traînées avant de lui heurter le visage. Pas de gants, les mains gelées et la corde en nylon rêche. Des galets et des pierres plus grosses sous sa tête. Ses vêtements pareils à une coquille mouillée et froide.

Elle entendit Gary remonter le pick-up jusqu'à l'aire de parking, puis ses bottes tandis qu'il redescendait à grandes enjambées déterminées.

Bien, dit-il en la surplombant. Allons-y.

Ce qu'elle voulait, c'était qu'il s'allonge à ses côtés. Tous les deux sur la plage. Ils abandonneraient, lâcheraient la corde, laisseraient dériver le bateau au loin, oublieraient la cabane, oublieraient tout ce qui avait cloché au fil des ans, rentreraient chez eux, se réchaufferaient et recommenceraient de zéro. Cela ne semblait pas impossible. S'ils le décidaient tous les deux, ils en seraient capables.

Mais au lieu de cela, ils avancèrent dans l'eau froide, les vagues s'écrasant sur leurs genoux par-dessus leurs bottes, et ils grimpèrent dans le bateau. Irene s'agrippa aux rondins et enjamba le plat-bord en se demandant pourquoi elle faisait tout cela. L'élan de ce qu'elle était devenue auprès de Gary, l'élan de ce qu'elle était devenue en Alaska, l'élan qui l'empêchait de s'arrêter en cet instant et de rentrer à la maison. Comment était-ce arrivé ?

Devant le moteur, Gary appuya sur la poire d'amorçage, actionna le starter et tira d'un coup violent sur la cordelette de démarrage. Le moteur rugit aussitôt, tourna avec régularité, cracha un jet d'eau refroidie mais pas autant de fumée que dans le souvenir d'Irene. Un bon moteur quatre chevaux, ridiculement coûteux mais qui avait l'avantage d'être fiable. La dernière chose dont elle avait envie, c'était bien de se retrouver à la dérive dans un orage au beau milieu du lac.

Gary avait mis en route la pompe de cale, une coulée d'eau épaisse jaillissait du flanc et, l'espace d'un instant, tout sembla gérable. C'est alors qu'Irene remarqua l'indentation à la proue. L'avant du bateau était tordu à l'endroit où Gary avait appuyé le pick-up. Rien de catastrophique, mais Irene s'avança pour examiner le joint de caoutchouc à l'endroit où la rampe se rabattait sur la carène, et elle vit qu'un filet d'eau s'insinuait à l'intérieur. Leur chargement était si lourd qu'une partie de la rampe était submergée.

Gary, dit-elle, mais il faisait déjà demi-tour en arc de cercle avant de mettre le moteur en marche avant. Il était concentré, ne lui accordait aucune attention. Gary ! cria-t-elle en agitant le bras.

Il passa au point mort et s'approcha pour regarder. Il émit un grognement, la mâchoire serrée. Mais il retourna au moteur et le remit en marche. Pas un mot, aucune discussion pour savoir s'il fallait continuer ou d'abord réparer l'embarcation.

Gary n'allait pas vite, pas à plus de dix ou quinze kilomètres à l'heure, mais ils avançaient de plein fouet dans les vagues soulevées par le vent, et chacune d'elles les éclaboussait avec violence pour les laisser trempés jusqu'aux os.

Irene se détourna des vagues et fit face à Gary, mais il regardait aussi derrière lui, dans la même direction, manœuvrant au jugé par rapport au rivage qu'ils venaient de quitter et qui rapetissait peu à peu. Le pick-up était encore visible à travers les bosquets d'arbres. Personne d'autre n'était garé près du terrain de camping. Il y avait habituellement quelques campeurs avec leurs bateaux, mais ce jour-là, s'il leur arrivait quelque chose, il n'y aurait qu'eux, les martèlements et les explosions de l'eau à quelques secondes d'intervalles, la pile de rondins sombres et humides, le plat-bord affaissé, le fonctionnement régulier de la pompe de cale. Presque un chariot de pionniers d'un nouveau genre, en route vers une nouvelle terre et la création d'un nouveau foyer.

LA DATSUN B210 CABOSSÉE DE RHODA n'était d'aucune efficacité hors des routes goudronnées. Elle s'efforçait de prendre de l'élan en abordant une côte mais sentait ses pneus déraper dans la boue. Elle ne voyait rien, juste la pluie qui heurtait son pare-brise avec violence, une masse confuse d'arbres verts au-delà, la route caillouteuse de terre marron qui serpentait. Elle visitait les concessionnaires depuis des années en quête d'une bonne camionnette, mais ne semblait jamais avoir assez d'argent lorsqu'ils s'asseyaient pour boucler l'affaire. Et ce qu'elle voulait, de toute façon, c'était un 4×4 et non un pick-up. Et comme elle espérait une augmentation de salaire et qu'elle espérait aussi épouser un dentiste, elle n'aurait sûrement plus longtemps à attendre.

Ce qui lui fit penser à Jim. Jim qui, en cet instant même, devait manger des pancakes pour le dîner, son plat habituel, en se demandant où elle était. Sortant des moitiés de pêches d'une boîte de conserve avant de les déposer sur ses crêpes en faisant inutilement tinter sa fourchette contre les parois métalliques de la boîte. Mais Rhoda se sentait pleine de bonne humeur et elle ne voulait pas tout gâcher en pensant à Jim.

Quand elle arriva enfin devant la maison de ses parents, le pick-up n'était plus là. Elle était en retard pour les aider à charger les rondins. Elle descendit quand même et courut le long des parterres de fleurs jusqu'à la porte.

Les parents de Rhoda vivaient dans une petite maison en bois de plain-pied à laquelle on avait fait des ajouts disparates au fil des ans, si bien qu'elle semblait enfler étrangement et que les différentes parties du bâtiment n'étaient pas coordonnées. Le père de Rhoda avait rêvé d'une vie de pionnier et de montagnard quand, âgé d'une vingtaine d'années, il avait quitté la Californie pour s'installer ici, et il possédait désormais tout l'attirail typique de l'Alaska. Ramures de wapitis, d'élans, de cerfs, de chèvres des montagnes, de mouflons de Dall avaient été fixées au bord du toit et aux murs extérieurs. Le parterre de fleurs surélevé à droite de la porte était orné d'une vieille pompe à main, d'une petite rampe de lavage et de divers récipients rouillés, pioches, seaux et autres outils datant de l'époque minière, rapportés pour la plupart de la mine d'Hatcher Pass au nord-est d'Anchorage, ou bien encore achetés à des collectionneurs ou dans des vide-greniers. Plus loin contre le mur à gauche de la porte, il avait empilé le bois pour la cheminée et le vieux poêle en fonte et en nickel. Entre le tas de bois et la porte, un vieux traîneau à chiens, ses rênes et sa structure pourrissant un peu plus chaque année sous l'effet de la pluie, de la neige, du vent et d'occasionnels rayons de soleil. L'endroit avait toujours ressemblé à une décharge et fait honte à Rhoda. Elle aimait par contre les fleurs et le tapis de mousse. Douze sortes de mousses et toutes les variétés endémiques de fleurs des champs, même les plus rares. Parterres entiers de fritillaires, épilobes et lupins de toutes les couleurs, du blanc au rose en passant par les bleus violacés des plus sombres, bien que seuls les épilobes fussent en fleurs en cette saison.

Rhoda frappa une fois encore à la porte, mais ils étaient partis. Elle roula jusqu'au camping et à l'embarcadère. Elle les y trouverait peut-être, même si elle ne comprenait pas pourquoi ils se seraient obstinés un jour comme celui-ci. Pourquoi ne pas rester chez eux ?

Ses pneus glissèrent un peu lors de la descente jusqu'au terrain de camping. Elle vit leur pick-up garé là, roula jusqu'à l'embarcadère au bord de l'eau. Pas de bateau. Personne dans les parages. Ses parents étaient fous de sortir par un temps pareil. Pourquoi ne pas avoir attendu une meilleure journée ? Même s'il s'agissait de la Cabane avec un grand C, du rêve de toute une vie, ce genre de conneries. Ce que Rhoda ne comprenait pas, c'était pourquoi sa mère tolérait cela.

Peu importe, dit-elle en rentrant vers la ville.

Rhoda et Jim vivaient dans une grande et haute maison surplombant l'embouchure de la Kenai River. L'un des avantages à être avec Jim. Le toit pentu en forme de A lui rappelait les restaurants de la chaîne Wienerschnitzel, mais il avait le mérite d'empêcher la neige de s'accumuler et offrait par ailleurs un plafond voûté de six mètres dans le salon à l'avant de la maison ainsi que dans la chambre principale à l'arrière. Les doubles baies vitrées de quatre mètres cinquante de haut permettaient d'admirer les couchers de soleil au-dessus de Cook Inlet, et les poutres apparentes étaient d'un bois verni aussi sombre que celui d'une habitation viking. Les meubles, une alliance de bois scandinave et de cuir. C'était le genre de maison dont Rhoda avait jadis rêvé.

Et voilà que j'y habite, pensait-elle, debout devant le plan de travail de la cuisine où elle injectait de petits échantillons d'excrément de beagle dans des éprouvettes en verre pour les analyser.

J'aimerais bien que tu évites de faire ça pendant que je mange, dit Jim. Il dégustait ses pancakes et ses pêches en conserve de l'autre côté du plan de travail.

Remets-toi, dit Rhoda. C'est juste de la merde de chien.

Jim rit. T'es la meilleure.

Non, c'est toi le meilleur, dit Rhoda. Ils vivaient ensemble depuis un an à peine, alors pourquoi pas. L'ex de Rhoda, c'était une autre histoire : un pêcheur qui gémissait et se plaignait tous les jours des forces de la nature, de l'industrie, du gouvernement, aussi imprévisibles et impitoyables les uns que les autres. Le prix du flétan était trop bas, puis l'année suivante, le prix trop élevé des permis l'empêchait de rejoindre une nouvelle pêcherie. Chaque année, la mer s'appliquait à l'attaquer personnellement. Il était ennuyeux à écouter, et tout ce qu'elle avait gagné, c'était de vivre dans un petit mobile home, à manger quelques filets de flétans gratuits. Alors qu'avec Jim elle avait tous les fruits en conserve et toutes les préparations pour pancakes Krusteaz qu'elle pouvait désirer.

Rhoda sourit. Elle se rendait compte qu'elle était heureuse. Suffisamment heureuse, du moins. Elle reposa sa seringue en plastique, contourna Jim et lui souffla doucement dans l'oreille.

Sur la berge de Skilak Lake, à environ un kilomètre de l'endroit où ses parents affrontaient les vagues avec leur chargement de rondins, Mark se déshabillait avec sa compagne Karen et un couple d'amis rencontré au Coffee Bus. Il ajouta du bois dans le feu et ils entrèrent dans le sauna avant de claquer la porte derrière eux. Le sauna était au bord du lac, l'entrée du bâtiment donnant directement sur un étroit ponton, il était chaud et sombre, sans fenêtre, isolé à l'aide de papier goudronné derrière les planches de bois. Les deux bancs étaient si hauts que la tête de Mark frôlait le plafond et que les personnes plus grandes étaient obligées de se baisser. Mark apportait toujours une ou deux branches de sapin-ciguë avec les aiguilles toujours dessus pour se fouetter. Quand ils transpirèrent et que la vapeur fut si épaisse dans le halo rougeâtre qu'ils s'apercevaient à peine, Karen s'inclina, la tête entre les genoux, les bras enroulés autour des mollets, et Mark se mit à la fouetter. Cela permettait de faire remonter le sang sous la peau et d'améliorer la circulation. Cela réveillait, aussi, et semblait avoir des vertus curatives et purificatrices. Ses gestes produisaient un bruissement puissant et laissèrent Mark en nage, Karen endolorie, tous deux haletants.

Ce fut au tour de Mark de s'incliner. Sa peau était si glissante et salée qu'il ne pouvait agripper ses mollets ou serrer les mains, aussi s'accrocha-t-il aux planches sous ses pieds tandis que Karen se mettait à le fouetter. Elle prit un bon rythme, frappant de toutes ses forces, puis elle ajouta sa voix aux mouvements. À chaque coup, elle cria bientôt à pleins poumons. Elle lui empoigna la nuque de l'autre main et le frappa avec force jusqu'à ce que la quasi-totalité des aiguilles et des petites branches soient arrachées, et qu'elle s'effondre sur lui pendant qu'il gémissait.

Carl et Monique voulurent essayer à leur tour. D'un pas chancelant, Mark sortit chercher d'autres branches et à son retour, proposa de fouetter Monique, mais elle s'empara d'un rameau et déclara de sa voix grave et sensuelle, Non, je veux m'occuper de Carl. Alors Carl se pencha, peut-être un peu hésitant, et Monique le fouetta une fois si fort qu'il hurla.

Hé, dit-il. Putain, mais ça fait mal.

Penche-toi, dit Monique. Attrape tes chevilles. Elle recommença à petits coups mesurés et augmenta peu à peu la cadence. Pour finir, elle demanda à Mark de l'aider à maintenir la tête de Carl baissée avant de s'exclamer, Mon Dieu, je n'arrive plus à respirer. Elle lâcha le fouet en lambeaux, sortit en titubant sur le ponton et plongea tête la première dans le lac.

Les autres lui emboîtèrent le pas. Une fois encore, Carl joua les rabat-joie. Il sauta en dernier et afficha une expression de choc, la bouche ouverte en un cri silencieux, puis il rejoignit le ponton en nageant comme un chien. Il resta étendu sur le bois, haletant et jurant, s'exclamant qu'il n'arrivait pas à y croire, à quel point c'était froid, pire qu'une eau de glacier, ce qui n'était pas totalement faux puisqu'un glacier alimentait en partie le lac.

Les autres l'ignorèrent et nagèrent encore quelques dizaines de mètres en faisant des remarques sur la beauté de la pluie battante, du vent incessant et de la montagne qui s'élevait, invisible, au-dessus d'eux.

Je suis vivante, dit Monique. Même les choses les plus idiotes sont vraies. Je ne veux plus jamais être morte.

Mais ils ne pouvaient rester plus longtemps dans l'eau, au risque de mourir. Ils étaient déjà engourdis. Ils s'entassèrent à nouveau dans le sauna et décidèrent de se défoncer avant la deuxième séance.

La meilleure herbe du monde, dit Mark en exhalant enfin. La plus haute concentration de THC.

Karen entra dans un état semi-catatonique, comme à son habitude. Elle avait été habituée à une herbe beaucoup moins forte, et les produits d'Alaska lui montaient toujours à la tête.

Mark put donc reluquer Monique à son aise. Elle était grande et arborait des cheveux courts et bruns coupés en un carré de style européen, un peu comme le mannequin de la publicité pour Clinique. Mark eut une érection à l'idée que la femme assise à côté de lui, ses tétons dressés et sa peau comparable à du marbre ou à de l'albâtre, eût l'air d'un mannequin. Il tendit le bras pour lui toucher le cou.

Ouais, dit-elle en repoussant sa main. T'es un vrai prince.

Hé, dit Carl.

La ferme, dit Monique. On n'a pas besoin d'un numéro viril. Je passe un bon moment.

Je suis tellement défoncée, dit Karen en levant les bras avant de tomber en arrière et de se cogner la tête à la paroi.

Alors Mark l'aida à se redresser, il versa un peu d'eau sur les pierres, et dans une explosion de vapeur, ils commencèrent la deuxième des trois séances de la coutume scandinave.

IRENE FRISSONNAIT ET CLAQUAIT DES DENTS, ses vêtements mouillés pareils à un carcan tout juste bon à refroidir et à attirer le vent, rien de plus. Et l'eau était presque gelée, un nouveau choc chaque fois qu'elle était aspergée.

Leur terrain apparut dans leur champ de vision, trois mille mètres carrés le long du rivage, face à la montagne et à l'extrémité du lac, à l'endroit où les eaux du glacier s'écoulaient dans la Kenai River. Une forêt à l'arrière de la propriété, mais aussi de la végétation plus basse au premier plan, myrtilliers et bosquets d'aulnes, fleurs sauvages et herbes de toutes sortes.

Gary se dirigeait vers la berge rocheuse. Pas de plage, pas de sable ni de petits galets. De gros rochers ronds. Des troncs d'arbres brisés de chaque côté, des vagues qui s'écrasaient, et Gary qui ne ralentissait pas, qui s'approchait à pleine vitesse. Irene lui cria de ralentir, puis elle se contenta de s'accrocher et de poser un pied contre la rampe. Ils heurtèrent le rivage. Les rondins supérieurs glissèrent et Irene déplaça son pied juste à temps. Bon sang, Gary, dit-elle.

Mais Gary ne lui prêtait aucune attention. Il remonta les pales du moteur, escalada les rondins et sauta dans l'eau peu profonde, à environ trois mètres de la berge. Aide-moi à baisser la rampe, dit-il. La pluie et le vent avaient diminué, elle parvenait au moins à l'entendre. Elle enjamba le rebord, s'enfonça jusqu'aux genoux, ses bottes submergées, l'eau glaciale, les roches glissantes sous ses pieds, et elle l'aida à défaire les attaches.

Alors qu'elle retirait la dernière, la rampe jaillit vers eux sous la pression des rondins. Ouh là, dit Gary, mais aucun d'eux ne fut blessé. Ils attrapèrent la rampe et l'abaissèrent tandis que les vagues s'écrasaient contre leurs cuisses et s'insinuaient dans le bateau par l'ouverture dans la proue. Ils n'étaient pas assez près du rivage.

Il faut décharger vite, dit Gary, et je dois remettre le moteur en marche pour actionner la pompe. Il gravit à nouveau les rondins vers la poupe, rabaissa le moteur, tira la cordelette et alluma la pompe de cale. C'est le moment de se démener, dit-il en se précipitant vers la proue. Il attrapa un rondin et recula. Prends-en un toute seule et traîne-le jusqu'à la berge.

Alors Irene empoigna un rondin et tira de toutes ses forces. Ses pieds gelés dans l'eau, son corps tout entier glacé, son estomac déjà douloureux d'avoir froid et de se mettre au travail.

Le bateau commence à couler, cria-t-elle à Gary. La pompe ne parvenait pas à suivre la cadence. L'embarcation prenait l'eau trop vite à la proue, ballottée par les vagues.

Merde, fit Gary. On remonte la rampe.

Ils la rattachèrent en hâte, puis il sauta à bord, l'arrière du bateau déjà très bas alors qu'une vague sur trois ou quatre venait ajouter son poids en eau, et il mit le moteur à fond pour pousser le bateau plus près du rivage. Irene pouvait entendre la coque crisser contre les rochers. Le bateau avança d'une trentaine de centimètres et s'arrêta net. Mais la poupe s'enfonça plus profond encore du fait de l'angle, et davantage d'eau s'insinua. Eh merde, hurla Gary avant d'empoigner l'écope, travaillant vite pour devancer les vagues, se penchant, se relevant et se penchant encore, rejetant plusieurs litres d'eau à chaque mouvement. Irene ne savait que faire, à part l'observer. Pas de deuxième seau, pas assez de place pour elle à l'arrière du bateau. Elle grimpa à la proue, espérant que son poids à l'avant contribue à rééquilibrer l'embarcation.

Gary, sombre et trempé, haletant et criant d'épuisement à chaque seau vidé. La fumée du moteur l'enveloppant, la pompe crachant, les vagues s'écrasant à l'arrière. Irene savait qu'il était effrayé, à présent, et elle voulait l'aider, mais elle voyait aussi qu'il s'en sortait, que la poupe se redressait, que les vagues déversaient moins d'eau. Ça marche, Gary, cria-t-elle. La poupe remonte. Tu vas y arriver.

Il était épuisé, elle le savait. Les seaux ralentissaient, son geste était parfois trop court et l'eau atterrissait dans le bateau. Je peux te relayer, cria-t-elle, mais il se contenta de hocher la tête et continua de plonger le seau et de rejeter l'eau jusqu'à ce que les vagues s'écrasent enfin contre la coque sans franchir le plat-bord. Il s'arrêta alors, lâcha l'écope et se pencha par-dessus bord pour vomir dans le lac.

Gary, dit Irene. Elle aurait voulu s'approcher pour le réconforter, mais elle craignait d'ajouter son poids à la poupe. La pompe de cale vida le restant d'eau en prenant son temps. Gary, dit-elle à nouveau, tout va bien, mon chéri ?

Ça va, finit-il par dire. Ça va. Je suis désolé. C'était une idée stupide.

Tout va bien, dit-elle. Tout ira bien. On va décharger le reste et on va rentrer à la maison.

Gary s'appuya un moment sur le moteur, puis il le coupa, ainsi que la pompe, il escalada leur chargement avec précaution et s'agenouilla sur les rondins à ses côtés, à l'avant du bateau. Elle le serra dans ses bras et ils restèrent ainsi quelques minutes, enlacés, tandis que le vent se levait à nouveau et que la pluie s'abattait de plus belle. Ils ne s'étaient pas enlacés ainsi depuis très longtemps.

Je t'aime, dit Gary.

Je t'aime aussi.

Bon, dit Gary, signifiant qu'il était temps de reprendre le travail. Irene avait espéré que l'instant durerait. Elle ne savait pas comment les choses avaient pu changer à ce point. Au début, elle dormait chaque nuit en posant un bras et une jambe sur lui. Ils restaient au lit le dimanche. Ils chassaient ensemble, leurs pas à l'unisson, leurs arcs bandés, l'oreille dressée à l'affût d'un élan, les yeux à la recherche du moindre mouvement. La forêt, une présence vivante, et eux, un élément à part entière de cet environnement, jamais seuls. Mais Gary avait cessé de chasser à l'arc. Trop inquiet à propos de l'argent, passant les week-ends à travailler, fini les dimanches au lit. Le début, pensa Irene. Il n'existe rien de tel que le début.

Ils n'abaissèrent pas la rampe et chacun attrapa un rondin pour le hisser par-dessus bord. Le vent gagnait en puissance, soufflait en rafales, la pluie leur piquait les yeux dès qu'ils s'avisaient de regarder en direction du lac. Irene éternua puis se moucha en se bouchant une narine avec l'index avant de s'essuyer du dos de la main. Elle tombait déjà malade.

Une éternité pour décharger tous les rondins, progressant avec lenteur, tous deux exténués. Gary traîna certains rondins d'Irene un peu plus loin de la berge. Enfin vide, le bateau fut assez léger pour être tiré à terre. Ils s'appuyèrent à la poupe, dos au vent et à la pluie, face à leur terre.

On aurait dû faire ça il y a trente ans, dit Gary. On aurait dû emménager ici.

On habitait déjà sur la rive, dit Irene. Au bord du lac, et c'était plus facile pour aller en ville, plus facile pour les enfants et l'école. Ç'aurait été impossible d'avoir des enfants, ici.

Ç'aurait été possible, dit Gary. Mais qu'importe.

Gary était le champion des regrets. Chaque jour en naissait un nouveau, et c'était peut-être ce qu'Irene aimait le moins. Leur vie entière remise en question. Le regret une chose vivante, un lac au fond de lui.

Bon, on est là, à présent, dit Irene. On a apporté les rondins et on va construire la cabane.

Ce que je cherche à dire, c'est qu'on aurait pu le faire il y a trente ans.

Je sais ce que tu cherches à dire, fit Irene.

Bon, dit Gary. Les lèvres pincées, il gardait les yeux rivés sur un bosquet d'aulnes et restait bloqué là, incapable de s'extraire du sentiment que sa vie aurait pu être différente, et Irene savait qu'elle était pour beaucoup dans ce regret.

Elle essayait de s'élever au-dessus de tout cela, essayait de ne pas se laisser happer. Elle observa leur propriété, qui était vraiment belle. Une rangée de fins bouleaux à l'arrière, des épicéas plus hauts, un peuplier de Virginie et plusieurs trembles. Un léger dénivelé du terrain, quelques tertres, et elle pouvait voir où se logerait la cabane. Ils y ajouteraient un porche, et lors des soirées clémentes ils regarderaient le soleil se coucher sur la montagne dans une lueur dorée. Cela pourrait fonctionner.

On peut y arriver, dit Irene. On peut construire une jolie cabane, ici.

Ouais, finit par dire Gary. Puis il se détourna de la propriété pour faire face au vent et à la pluie. Allez, on file.

Ils prirent appui contre le bateau, le délogèrent et enjambèrent la proue. Gary au moteur, Irene au fond de l'embarcation, les bras autour des genoux pour essayer de se réchauffer. Le chemin du retour ne fut pas si terrible, les vagues derrière eux, la rampe bien au-dessus de la ligne d'eau, le bateau ne ressemblait plus à une barge. Ils tanguaient un peu à chaque vague mais elles ne s'écrasaient plus sur eux, ne les éclaboussaient plus. Irene se remit à claquer des dents.

Un long trajet entre l'île et le terrain de camping. Gary avançait lentement, la pompe de cale tournait encore. Le terrain de camping et le pick-up apparurent enfin, il coupa le moteur et accosta sur la plage, près de l'embarcadère. Les vagues poussaient la poupe de bas en haut et sur le flanc.

On pourrait laisser tomber la remorque, dit Gary. Les vagues sont trop hautes ici. Ça va être un vrai cauchemar. On pourrait juste tirer le bateau sur la plage et l'attacher à un arbre.

Alors c'est ce qu'ils firent et ils purent rentrer chez eux en quelques minutes. Si près, et ils avaient eu froid si longtemps. Inutile, pensa Irene.

Gary prit une douche chaude en vitesse puis Irene se fit couler un bain brûlant. Y entrer lui fut douloureux, ses doigts et ses orteils, en particulier, étaient en partie engourdis. Mais la chaleur délicieuse l'enveloppa. Elle s'y laissa couler, ferma les yeux et se surprit à pleurer prudemment, sans un bruit, la bouche sous l'eau. Idiote, se dit-elle. On ne peut pas avoir ce qui n'existe plus.

EN CHEMIN VERS SON CABINET APRÈS LE DÉJEUNER, Jim fit un détour par le Coffee Bus pour s'acheter une pâtisserie. Sucre brun, miel et noisettes, cela donnait aussi un coup de pouce financier au frère de Rhoda, qui avait certainement besoin de ce genre de gestes. Des gens flânaient devant, comme d'habitude, mais cette fois-ci l'une des clientes était si belle qu'il se rendit compte trop tard qu'il la dévisageait. Il se sentit idiot, bien sûr, ce qui le mit hors de lui. Deux fois sa cadette, sans doute, mais le regard qu'elle lui adressa lui donna l'impression soudaine que sa quéquette se dressait à l'air libre, visible de tous.

Jim lâcha son grognement coutumier et jeta un demi-sourire dans sa direction. C'était rarement assez fort pour que les clients l'entendent, et il savait que beaucoup de gens de Soldotna qui ne le connaissaient pas bien le cataloguaient comme misanthrope pour cette raison, pourtant cela le stupéfiait. Pour lui, ce salut étouffé ressemblait à un bonjour joyeux, discret sans être trop agressif.

La femme, adossée au flanc du bus, lui adressa un hochement de tête en retour, elle resserra sa vieille parka autour d'elle et Jim la dépassa, maladroit, les jambes raides, avant de monter les quelques marches jusqu'à la vitrine en s'efforçant de ne pas la regarder. Elle se tenait maintenant à quelques pas, à peine, et il était gêné. Désespéré, aussi. Le désespoir s'enroulait comme une main glaciale autour de ses parties génitales et de ses reins.

Salut, Jim, lança Karen. Un sticky bun ?

C'est exactement ce qu'il me faut.

Mark apparut à la vitre et tendit la main.

Jim la serra. Comment tu vas ?

Je te présente une amie, dit Mark. Jim, voici Monique. Monique, je te présente Jim. Jim est dentiste, la roulette la plus rapide de l'Ouest. Monique vient visiter notre bel État, elle est venue voir les terres sauvages.

Monique lui tendit une main que Jim serra.

Salut, dit Jim. Ton séjour se passe bien ?

Oui, dit-elle. Mark et Karen prennent bien soin de moi. Elle patienta tandis qu'il la dévisageait. Pour Jim, elle semblait non seulement avoir tout le temps du monde, mais être également à l'origine même du temps. Un peu comme le Magicien d'Oz dans sa petite cabine de régie.

Tu pourras peut-être me dire, toi, fit Monique. Vu que tu es dentiste. J'ai l'impression d'avoir une dent gelée, parfois, et elle me fait un peu mal si je suis restée dans le froid. Elle me fait mal aujourd'hui, par exemple. Elle fit jouer sa mâchoire, comme pour la sentir. C'est une carie, tu crois ?

Ça se pourrait, dit Jim. Il faudrait que j'y jette un coup d'œil pour en être certain. Jim regarda sa montre. 13 h 35. En fait, je pourrais regarder vite fait maintenant, avant 14 heures, si tu es libre.

Euh, fit Monique. Puis elle haussa les épaules. OK.

Alors Jim la conduisit jusqu'à son cabinet. Personne n'était encore revenu de déjeuner. Il alluma les lumières et l'emmena à l'un des fauteuils à l'arrière. Oh, j'aurais peut-être dû te faire visiter avant.

C'est pas grave, dit Monique en s'installant. Sympa, les canards au plafond. Jim avait collé des moitiés inférieures de canards en plastique, leurs pattes orange palmées semblant nager dans les airs comme si le cabinet se trouvait sous l'eau.

C'est pour les enfants, dit Jim.

C'est pour les chasseurs.

Ouais, si on veut, dit Jim en essayant de rire doucement, sans trop savoir si elle le faisait marcher avec son histoire de chasseurs.

Jim alluma la lampe, lui demanda d'ouvrir grand la bouche et examina ses dents et ses gencives un moment.

Ce n'est que le début d'une carie, dit-il. Il faudrait faire quelques radios de contrôle, et si besoin on peut faire quelques soins, préventifs, surtout.

Aah, fit-elle, et il retira ses doigts pour la laisser parler.

C'est le prix qui m'inquiète.

C'est moi qui offre, dit Jim. Il attendit que les autres employés arrivent, il fit faire les radios et lui posa un petit plombage, bien que cela fiche son planning de rendez-vous en l'air pour tout l'après-midi.

N'en parle à personne, dit-il en redressant le fauteuil, une fois les soins terminés. Elle était en train de retirer sa serviette. Il s'approcha tout près d'elle et afficha un petit sourire pour accompagner ses paroles, essayant d'insinuer – et de ressentir – toutes sortes de secrets entre eux. Il avait un jour entendu un homme dire, Eh bien, ça c'est une reproductrice, et aussi horrible et démente qu'ait été cette phrase, et dégoûtante à ses yeux, il se rendait compte désormais qu'elle était pourtant vraie. Il avait devant lui la femme avec qui il voulait faire des bébés. Il ne pouvait pas l'imaginer changer des couches ou même être enceinte, mais il voyait déjà ses enfants magnifiques, grands et forts, sur une photo à venir, ne souffrant d'aucun sentiment d'insécurité ni de troubles particuliers. Elle parvenait à éliminer l'éventualité de toute autre femme et semblait suggérer la richesse, bien qu'elle fût vêtue comme une hippie et qu'elle n'eût certainement pas les moyens de payer le plombage qu'il venait de lui poser s'il le lui avait demandé.

Compris, dit-elle.

Il lui lança un regard vide. Il ne voyait pas du tout de quoi elle parlait.

Compris, je n'en parlerai à personne, dit-elle.

Oh. Hé, est-ce que je pourrais t'inviter à venir dîner, un de ces quatre ? Ma maison a une vue du coucher de soleil sur Cook Inlet. Je pourrais préparer du saumon ou du flétan, ou ce que tu aimes, histoire de te donner un petit goût de l'Alaska pendant que tu es ici. Ses propos étaient sortis avec un naturel étonnant, et même avec une petite pirouette habile à la fin. Il ne s'était pas crispé, n'avait pas eu l'air effrayé.

Elle le dévisagea, considérant sa proposition. Il sentit sa colonne vertébrale s'affaisser, ses omoplates se recroqueviller jusque dans son estomac.

OK, dit-elle.

Monique passa le reste de l'après-midi et de la soirée à lire au confluent de deux rivières, levant de temps à autre les yeux pour regarder Carl n'attraper aucun saumon. Il était aligné aux côtés de centaines d'autres touristes pêcheurs, hommes et femmes venus du monde entier. La rivière n'était pas large, à peine cinquante mètres, et les pêcheurs se tenaient à un mètre cinquante d'intervalle le long des deux berges sur près d'un kilomètre. À ce que l'on disait, le meilleur endroit se trouvait de l'autre côté de ce coude de rivière, là où l'eau se faisait plus profonde et plus rapide en franchissant un banc rocailleux.

Carl se tenait pourtant dans l'eau peu profonde du côté le plus proche, engoncé dans ses cuissardes à quelque six mètres de la berge, lançant sa mouche avec violence dans le lit de la rivière où les saumons nageaient paisiblement à contre-courant. Monique devinait leur ombre sous la surface scintillante, elle imaginait leurs bouches qui s'ouvraient et se fermaient en avalant l'eau, tandis qu'ils contemplaient d'un œil las les rangées régulières de bottes vertes qui poussaient par paires et les grosses mouches rouges qui flottaient partout.

Les pêcheurs étaient tous si sérieux. Pour Monique, l'intérêt de l'endroit tenait avant tout au paysage : les hautes montagnes luxuriantes, si proches, de chaque côté de la rivière, les courtes vallées parsemées de fleurs sauvages, les parcelles marécageuses où proliféraient fougères, faux arums, moustiques et élans. Mais pas un pêcheur ne levait les yeux de l'eau, jamais, pas même l'espace d'une seconde. Sur les rives, l'humeur était semblable à celle d'un casino.

Monique lisait un recueil de nouvelles de T. Coraghessan Boyle. Elles étaient drôles et elle éclatait souvent de rire. Dans l'une d'elles, Lassie poursuivait un coyote, histoire d'amour impossible. Cela lui plaisait particulièrement. Elle avait toujours détesté Lassie.

Monique eut assez de chance pour lever les yeux à l'instant où Carl jetait sa canne à pêche dans la rivière. Son geste fit s'interrompre quelques pêcheurs. Leurs lignes s'immobilisèrent un moment au fond de la rivière, et plusieurs furent obligés de fouetter l'air avec leur canne pour se libérer des chicots.

Carl revenait en pataugeant dans l'eau qui avait envahi ses cuissardes, dérapant un peu sur les pierres lisses, les entrailles de poissons et tout ce qui pouvait traîner au fond. Il avança droit sur Monique qui referma son livre.

La pêche a été mauvaise ? demanda-t-elle.

Carl l'attrapa par les épaules et l'embrassa avec violence. Mon Dieu, je me sens mieux, dit-il.

Monique sourit et l'empoigna pour échanger un autre baiser. C'était une des choses qu'elle aimait chez Carl. Si on lui laissait suffisamment de temps, il savait admettre quand il avait merdé. Et contrairement à la plupart des hommes, il ne persistait pas dans la stupidité sous prétexte qu'on l'observait.

Rhoda rentra à la maison et trouva Jim installé à la table basse, un verre devant lui. Face à la baie vitrée, il buvait et regardait l'étendue d'eau. Très étrange, puisque Jim ne buvait presque jamais, et certainement jamais seul. Rhoda se mit à remarquer les minuscules détails qu'elle notait au cours des épisodes tragiques : le frigo qui s'allumait brièvement en un cliquetis avant de s'éteindre avec un autre clic ; les rayons du soleil qui se reflétaient sur le bois sombre de la table basse sans pour autant frôler le verre ; la maison qui semblait inhabituellement chaude, presque humide, oppressante. Elle posa les sacs de courses et s'approcha de lui.

Qu'est-ce qui ne va pas ? demanda-t-elle d'une voix qui lui parut empreinte de peur. Elle lui toucha l'épaule avec douceur.

Salut, dit-il, le rouge aux joues lorsqu'il se tourna vers elle, mais pas ivre, son élocution claire. Comment s'est passée ta journée ?

C'est quoi, ça ? Pourquoi est-ce que tu bois ?

Je prends juste un petit sherry, dit Jim en soulevant son verre pour faire tourner les glaçons. Je profite de la vue.

Il se passe quelque chose. J'ai cru que quelqu'un était mort ou je ne sais pas quoi. Pourquoi ce soudain changement d'attitude ?

Un homme n'a pas le droit de boire un coup ? Putain, on croirait que j'ai mis le feu à la maison ou écrit au feutre sur les murs. J'ai quarante et un ans, je suis dentiste, je suis chez moi, ici, et je bois un petit verre de Harvey's après le boulot.

D'accord, d'accord.

Détends-toi.

D'accord, dit Rhoda. Je suis désolée, ça te va ? J'ai acheté du poulet. Je me suis dit qu'on pourrait se faire un poulet au citron.

Ça serait bien. Et au fait, ça me rappelle : j'ai peut-être trouvé un nouvel associé pour le cabinet. Un dentiste de Juneau qui s'appelle Jacobsen, je pensais l'inviter à dîner demain soir pour évoquer les détails pratiques. Je me demandais si tu pouvais t'arranger pour sortir quelques heures dans la soirée. Ça t'irait ?

Bien sûr. Pas de problème. J'irai dîner avec mes parents. J'appellerai Mark ce soir pour qu'il prévienne Maman.

Super, dit Jim. Merci. Puis il plongea de nouveau le regard vers la baie et les montagnes au-delà, la neige sur Mount Redoubt, et il se félicita d'être si habile et si méritant.

LE LENDEMAIN DE LA TEMPÊTE, Irene fut malade et malheureuse, mais le matin suivant, elle se réveilla en proie à une sensation bien pire, une migraine terrible naissant dans son orbite pour s'élever en spirale jusque dans son front. Si elle fermait les yeux, elle apercevait des nervures rouges de douleur. Un nouveau motif à chaque clignement ou pulsation, un ciel sombre et infini. Qui émergeait de derrière son sourcil droit, alors elle appuyait tout autour de l'œil, et la pression de son pouce vers le côté intérieur de son orbite lui apportait un bref soulagement.

Elle n'arrivait pas à respirer par le nez. Elle avait la gorge sèche d'avoir peut-être gardé la bouche ouverte toute la nuit. Elle déglutit et ressentit une vive douleur.

Gary, parvint-elle à croasser, sans réponse. Elle se recroquevilla sur le flanc, ne voulant pas quitter la chaleur de la couette et de la couverture, mais elle sentait maintenant ses sinus se vider à l'arrière de sa gorge, l'impression de se noyer. Elle se redressa, attrapa un mouchoir, souffla dedans mais tout était bloqué, dur comme du roc. Se moucher lui bouchait davantage les oreilles. Sans rien soulager.

Gary, appela-t-elle encore, un peu plus désespérée cette fois, mais toujours sans réponse. Elle regarda le réveil et vit qu'elle avait dormi tard, 9 heures passées. Elle se rallongea et gémit. La douleur dans sa tête comme elle ne l'avait jamais ressentie, si intense, si insistante.

Elle se leva et alla jusqu'à la salle de bains. Elle avait besoin de faire pipi et de prendre un antalgique. Elle avala deux Advil, puis deux autres avant de retourner au lit. Marcher lui était douloureux. Elle ressentait l'impact de chacun de ses pas dans son crâne. L'arrière de son œil, une zone dont elle avait négligé l'existence jusque-là.

Elle se glissa sous les couvertures, se mouvant avec prudence, et essaya de se moucher une fois encore. Puis elle tenta de s'endormir. Elle ne voulait pas rester éveillée si c'était pour sentir tout cela.

Gary était au bateau et réparait la bosse sur la rampe de chargement. La pluie s'était enfin calmée pour de bon, et il en profitait, bien qu'il se sente au plus mal, une sorte de grippe ou de fièvre, l'estomac retourné. Il avait passé la majeure partie de la veille au lit. Irene avait été dans un état bien pire.

À l'aide de plusieurs grosses pinces et d'un maillet en caoutchouc, il progressait bien, frappant fort des deux mains, le maillet rebondissant mais redressant aussi peu à peu la plaque métallique.

Ils auraient au moins pu construire une proue un peu plus solide. C'était une rampe de chargement, après tout. Elle aurait dû être assez solide pour tenir le coup, le bateau était assez grand pour transporter une petite voiture. Mais quel que fût celui qui l'avait conçue, il ne l'avait pas suffisamment renforcée au milieu. Gary était lui-même soudeur aluminium et constructeur de bateaux. Il avait voulu construire sa propre embarcation avec rampe, mais Irene l'en avait empêché. Trop de problèmes dans son estimation des coûts lors de ses précédents projets. Un manque de foi. Alors ils avaient gaspillé beaucoup d'argent en achetant celui-là.

Pendant la tempête, deux jours plus tôt, aucun autre bateau n'était sorti, mais aujourd'hui le trafic était constant sur l'embarcadère à côté de lui, cinq à dix petits bateaux étaient déjà partis. Les pêcheurs le regardaient et plusieurs vinrent inspecter son travail.

C'est une sacrée bosse que vous avez là, dit un homme. Il portait des cuissardes maintenues à ses épaules par des bretelles, le meilleur moyen de se noyer.

Si vous tombez à l'eau avec ça, lui dit Gary, les cuissardes deviennent d'énormes seaux.

L'homme baissa les yeux vers l'avant de ses cuissardes. Vous avez sans doute raison.

Ouais, dit Gary avant de retourner à son maillet. L'homme s'éloigna, tant mieux.

C'était peut-être qu'il s'était senti mal pendant deux jours, l'estomac retourné, mais Gary se montrait aussi critique à l'égard de lui-même. Il réfléchissait au fait qu'il n'avait pas d'ami intime en Alaska, même après toutes ces années. Personne pour lui proposer de l'aide dans la construction de la cabane. Quelques amis, certes, mais aucun qu'il pouvait appeler à l'improviste, pas de véritable amitié. Il se demandait pourquoi. Il avait toujours eu de bons amis, avant, en Californie, il en avait encore quelques-uns, bien qu'il ne les vît qu'une fois tous les deux ou trois ans. Irene n'avait pas arrangé les choses, elle n'était pas très sociable – timide, à sa manière, et plutôt casanière –, mais il ne comprenait toujours pas pourquoi il n'avait pas de bons amis en Alaska.

La rampe ne serait pas plus droite. Il desserra les pinces et remarqua qu'il restait du jeu au niveau des attaches. L'eau s'infiltrerait encore. Mais cela irait bien.

Gary ramassa ses outils et regarda le lac. Des vaguelettes, du vent, mais rien de comparable aux journées précédentes. Pas de pluie. Il irait chercher Irene et ils transporteraient un deuxième chargement. Il était presque 11 heures, un départ tardif, mais ils pourraient travailler un peu.

À la maison, Irene était encore au lit.

Il fait meilleur, dehors, dit-il. On pourrait emporter un deuxième chargement.

Éteins la lumière, dit-elle avant de se retourner et de lui montrer son dos.

Qu'est-ce qui ne va pas ? Tu ne te sens pas bien ?

J'ai une migraine atroce. Je n'ai jamais rien ressenti de pire.

Irene, dit-il. Reney-Reine. Il éteignit la lumière et s'assit sur le lit, passa un bras autour d'elle. Il faisait sombre dans la chambre, les lourds rideaux tirés, la seule source de lumière s'insinuant par la porte. Ses yeux n'étaient pas encore habitués à l'obscurité, il ne la voyait pas bien. Tu veux de l'aspirine ou un Advil ?

J'ai déjà essayé. Ça ne marche pas. Ça ne fait rien du tout. Elle parlait d'une voix épuisée.

Je suis désolé, Irene. Je devrais peut-être t'amener chez le docteur.

Laisse-moi dormir.

Alors il l'embrassa sur le front, qui n'avait pas l'air brûlant, et sortit en fermant la porte derrière lui. Il la rouvrit. Tu veux déjeuner ?

Non. Je veux juste dormir.

D'accord. Il referma la porte.

Gary entra dans la petite cuisine trop encombrée, il sortit du saumon fumé du frigo, des câpres, des cornichons et des biscottes, puis il s'installa à leur table en bois foncé. Comme dans une habitation viking. La table sombre et les bancs devant l'âtre. Une grande cheminée en pierre, quelque chose qu'il avait toujours désiré. Mais l'endroit était trop petit, trop étroit, le plafond trop bas. Tout semblait bon marché, irréel. De la moquette au sol, pas de parquet. Il avait toujours détesté la moquette. Irene en voulait, disait que c'était plus chaud. Lui voulait du parquet, ou même de la pierre nue. Des plaques d'ardoise. Il ne savait pas encore de quoi serait fait le sol de la cabane. Juste de la terre, peut-être. De la terre ou du bois.

Au déjeuner, ils avaient l'habitude de jouer ensemble à une espèce de belote, alors Gary ne savait pas comment s'occuper. Il se pencha vers la bibliothèque et attrapa son exemplaire de *Beowulf*, le posa sur la table mais ne l'ouvrit pas.

Hwaet. We Gar-Dena, récita-t-il en se souvenant de l'incipit. Un tour de chien savant. Il connaissait encore par cœur l'incipit de *Beowulf* et le "Seafarer" en vieil anglais, les *Contes de Canterbury* de Chaucer en moyen anglais, l'*Énéide* en latin, mais il n'était plus capable de lire les textes dans leur langue originale. Il pouvait en traduire quelques lignes en se débattant avec un dictionnaire et ses notes prises trente ans plus tôt, mais il ne pouvait pas simplement les lire. Il avait tout perdu, et s'il essayait bien de retrouver ces bases d'une année sur l'autre, ses tentatives ne duraient jamais plus d'une semaine ou deux, puis quelque chose survenait toujours, quelque chose d'autre qui méritait son attention.

Le saumon était si bon qu'il ferma les yeux. Un white king, d'une chair plus riche, un peu plus grasse, rare, mais il en avait pêché un l'été dernier, l'avait fumé et il en restait encore deux sachets emballés sous vide. Il faudrait qu'il ressorte pêcher avant la fin de la saison et installe un fumoir à la cabane.

Gary regardait le lac à travers les arbres par la fenêtre en mangeant son saumon, il savait qu'il aurait dû se sentir chanceux, mais il n'éprouvait rien d'autre qu'une légère terreur au fond de lui à l'idée de ne pas savoir comment passer la journée, comment meubler les heures. Il avait ressenti cela toute sa vie adulte, surtout le soir, surtout quand il était célibataire. Après le coucher du soleil, le laps de temps avant le sommeil ressemblait à une impossible étendue menaçante, un vide infranchissable. Il n'en avait jamais parlé à personne, pas même à Irene. Cela risquait de le faire passer pour déficient, d'une manière ou d'une autre. Il doutait que quelqu'un le comprenne vraiment.

Bon, dit Gary en se levant. Il fallait qu'il continue à s'activer. Irene ne l'aiderait pas de la journée, mais il fallait qu'il s'occupe. Il serait obligé de demander de l'aide à Mark ou à Rhoda. Il lava son assiette et sa fourchette, sortit et remonta le sentier jusqu'à la maison de Mark.

Désormais bien fréquenté, le chemin serpentait entre des bosquets d'aulnes jusque dans un bois d'épicéas. Voilà des années qu'il aurait dû venir avec une machette pour tailler une route plus directe. Mais quelque chose lui plaisait dans la disposition des virages et des détours, dans les arbustes qu'il avait vus grandir et devenir arbres, dans l'aspect changeant des saisons, vert en cet instant, luxuriant, foisonnant, le chemin devant lui dissimulé à sa vue.

Hé, les ours, cria-t-il par précaution. Hé les ours, hé les ours, tandis qu'il émergeait d'un virage. Des moustiques lui bourdonnaient aux oreilles, visaient son cou. La forêt humide et pourrissante, l'odeur du bois. Le vent dans les cimes, un son rassurant, s'élevait parfois, semblait toujours lointain même lorsqu'il était proche.

L'orage avait fait chuter de nouveaux arbres. Gary écartait les branches sur son chemin et les jetait de côté. Des brindilles se brisaient sous ses semelles.

Il était curieux de voir la rivière, et lorsqu'il l'atteignit enfin, l'eau était montée au niveau de la berge sans avoir perdu sa couleur. Les planches qu'il avait installées pour faire office de pont étaient encore au-dessus du niveau de l'eau, leurs bords couverts d'une mousse d'un vert éclatant. Il resta là un moment, tandis que l'eau se précipitait vers lui. Des fougères partout, des larges feuilles plates de bois piquant s'élevant à l'horizontale.

Il avançait, grimpait la côte à travers les épicéas et les peupliers de la propriété de Mark, et il apercevait déjà sa maison en contrebas, à travers les arbres, en bordure du lac. Un grand jardin sur le flanc de la bâtisse et des plants de marijuana au milieu des mauvaises herbes plus loin, dans des pots en plastique. Presque tout le monde était au courant, en ville. Mark avait acheté la maison et le terrain deux ans plus tôt pour dix-huit mille dollars, la somme totale en liquide tirée en avance sur plusieurs cartes de crédit. Le premier hiver, il avait tout juste réussi à régler les remboursements minimaux, et il avait attendu l'été où, comme le reste des habitants d'Alaska, il pourrait gagner l'intégralité de son revenu annuel. Et il avait eu de la chance. Le prix du saumon était inhabituellement haut, la pêche bonne et il avait gagné près de trente-cinq mille dollars en moins de deux mois – un nouveau record personnel – après avoir obtenu de l'armatrice d'un chalutier qui l'avait embauché une quote-part de trente pour cent, du jamais vu dans la région. La propriétaire avait reçu le bateau en dédommagement après son divorce et possédait très peu d'expérience; elle avait eu besoin d'un bon pêcheur et était disposée à y mettre le prix. Tout le monde connaissait Mark, il pêchait à Kenai depuis l'âge de treize ans, avec seulement une interruption de quatre années lorsqu'il était parti à Brown.

Après avoir remboursé ses crédits, Mark fit un mobile avec les cartes qu'il baptisa Crédit Flottant et qu'il accrocha au plafonnier de sa cuisine, au-dessus de la table. La maison n'était pas terminée, il manquait encore la plupart des cloisons sèches et de l'isolation, elle était froide en hiver et n'avait toujours ni toilettes ni eau courante. Le plateau de son pick-up était désormais rempli en permanence de gros bidons en plastique dans lesquels il transportait l'eau. Le jardin était aussi jonché d'autres véhicules. Une camionnette Dodge rouillée, une coccinelle Volkswagen inutilisable et un minibus Volkswagen multicolore qui roulait par intermittence.

Gary n'approuvait pas vraiment le style de vie de Mark, mais il savait que son approbation importait peu. Il savait aussi que Mark n'était pas chez lui. Ni sa compagne, Karen. Mark devait être à la pêche, sans aucun doute, et Karen au Coffee Bus. Gary s'y était attendu, mais il aimait marcher jusque-là et il pourrait en profiter pour utiliser leur téléphone et appeler Rhoda. Il ouvrit la porte, qui n'était jamais verrouillée, et alla jusqu'au téléphone dans la cuisine. Une assiette de cookies au chocolat reposait sur le plan de travail, alors il se servit.

Je travaille aujourd'hui, Papa, lui répondit Rhoda. Elle était au cabinet du Dr Turin et l'aidait à recoudre un labrador noir. Je ne peux pas te parler sur mon portable.

Désolé, chérie. J'ai perdu la notion des jours. Viens donc nous voir quand tu en auras l'occasion. Ta mère est malade.

Qu'est-ce qu'elle a ? Rhoda semblait inquiète.

Elle a mal à la tête. Un mauvais rhume.

Je vais demander à quelqu'un de passer, dit Rhoda, et j'apporterai des médicaments. C'est terrible qu'elle se sente aussi mal.

Ce n'est pas la peine de te déplacer. Je pense qu'elle a juste besoin de dormir.

Je viens quand même, Papa, pour le dîner ce soir, tu as oublié ?

Ah ouais. Pardon.

Gary se retrouvait donc seul pour l'instant, et il lui restait peu de temps avant le dîner pour tout faire. Il reprit le chemin en sens inverse, recula son pick-up jusqu'au tas de bois et se mit à charger. Ce n'était pas évident tout seul, mais ce n'était pas non plus trop compliqué. Traîner un rondin jusqu'au pare-chocs, en soulever une extrémité, attraper l'autre et avancer pour la pousser.

Il transporta les rondins jusqu'au bateau qu'il prit soin, cette fois, d'éloigner davantage du rivage. Tout se déroula bien plus sereinement. Irene avait vécu le pire. Il n'y avait presque pas de vent ce jour-là, les vagues étaient minuscules, et décharger sur l'île ne poserait pas non plus de problème.

Gary se rendit compte qu'il aurait pu attendre. Plutôt que de sortir dans la tempête et de tomber malades tous les deux, ils auraient pu patienter comme l'avait voulu Irene. Ç'aurait été mieux. Mais pour une raison ou pour une autre, cela n'avait pas été possible.

Irene se réveilla désorientée. Elle releva la tête pour lire l'heure, 14 heures passées, et ce mouvement rétablit une pression intense dans son front, la douleur comme une pulsation.

Gary, appela-t-elle, la gorge à vif. Elle avait faim, et soif aussi, elle voulait que Gary l'aide, qu'il prenne soin d'elle. Ce n'était pas le moment de se retrouver seule. La douleur derrière son œil était si intense qu'il lui fallait y échapper, elle sentait la panique la gagner.

Gary, cria-t-elle encore, sans réponse. Pas le moindre bruit dans la maison. Il l'avait laissée là, était sorti au bateau, sans aucun doute, avait décidé de s'en tenir au projet, au plan.

Gary, hurla-t-elle, furieuse. Va te faire foutre.

Elle appuya sur ses deux yeux, sur les orbites, appuya sur son front, sur sa nuque. Une douleur vivante perforait l'intérieur de son crâne.

Elle repoussa doucement les couvertures, ne voulant pas bouger trop vite, s'assit au bord du lit, prise d'un vertige. Elle attendit d'être certaine de ne pas tomber, puis elle longea le lit à pas prudents, le couloir jusqu'à la salle de bains, empoigna la boîte ouverte d'Advil, avala quatre comprimés puis quatre aspirines et un peu de NyQuil. Elle voulait être assommée. Voulait ne plus rien sentir. Peu lui importaient les effets secondaires à moyen terme. Seul l'instant présent comptait.

Elle retourna au lit, se roula en position fœtale sous les couvertures et gémit. Comme un chien, dit-elle à voix haute.

Les médicaments commencèrent à faire effet, et s'ils ne calmaient pas la douleur, ils l'abrutissaient et elle réussit enfin à s'endormir.

Irene se réveilla une fois encore après des cauchemars de panique et de pression. Elle appela Gary à nouveau, en vain. Le réveil affichait presque 17 h 30.

Elle se leva et marcha lentement vers la cuisine. Elle ne pouvait respirer que par la bouche et déglutir lui était douloureux. Mais elle mourait de faim.

Elle opta pour du yaourt. C'était rapide et ça ne lui ferait pas mal à la gorge. Elle avala avec prudence, s'efforça d'en manger un bol entier, un goût doux et rafraîchissant de vanille, puis elle entendit arriver le tas de ferraille de Rhoda. Dieu merci, dit-elle. Elle avait hâte qu'on s'occupe d'elle.

Rhoda entra en trombe, encore vêtue de la blouse bleu clair qu'elle portait chez le Dr Turin. Oh, Maman, dit-elle. Tu as une mine affreuse. Elle s'installa à califourchon sur le banc et s'approcha d'Irene, posa ses lèvres sur le front de sa mère. Tu n'as pas de fièvre.

Non. J'ai mal derrière les yeux, surtout derrière l'œil droit.

Je ne sais pas ce que ça peut être, dit Rhoda.

Ton père m'a laissée seule toute la journée.

Quoi ?

Il est venu me voir une fois et il a disparu.

Mais il sait que tu es malade.

Il le sait, oui.

Est-ce qu'il a essayé de t'aider ? Il t'a demandé si tu avais besoin de quelque chose ?

Irene réfléchit un instant. Je crois que oui. Il m'a demandé s'il pouvait m'emmener chez le docteur et si j'avais envie de déjeuner.

Alors, il a essayé, Maman.

C'était il y a près de six heures. Plus de six heures.

Bon, eh bien je suis là, moi, et Frank Bishop arrivera bientôt. D'ici quelques minutes. Je t'ai apporté des analgésiques, aussi, au cas où il n'aurait rien avec lui.

Je vais les prendre tout de suite, dit Irene.

Désolée, Maman. Il faut qu'on attende.

Irene soupira. Dans la santé comme dans la maladie, dit-elle. Nos vœux de mariage, dans la santé comme dans la maladie. Et dès qu'il m'arrive quelque chose, ton père s'enfuit.

Il t'aime, Maman. Tu ne te sens pas bien, alors tu n'es pas juste envers lui.

Il est comme ça. Il ne peut prendre soin de personne d'autre que de lui-même.

Pourquoi ne pas retourner t'allonger, Maman ?

Elles revinrent à la chambre et Rhoda mettait Irene au lit lorsqu'une voiture s'approcha dans l'allée.

Ça doit être Bishop, dit Rhoda.

Irene attendit au lit, absorbée par la douleur, voulant seulement qu'elle disparaisse.

Frank Bishop entra et lui adressa un salut joyeux. Comment ça va, Irene ? Qu'est-ce que vous nous avez encore fait ?

Tu n'as que trente ans, Frank. Ne sois pas condescendant avec moi.

Très bien, dit-il en levant les yeux au plafond devant Rhoda.

Arrête ça, dit Irene.

Il ne prononça plus un mot. Il fouilla dans sa sacoche, s'installa sur la chaise que Rhoda avait posée près du lit et sortit un thermomètre qu'il glissa dans la bouche d'Irene. Puis il lui prit son pouls.

En silence, ils attendirent tous trois le résultat du thermomètre pendant une minute, et Bishop le ressortit. Pas de fièvre, dit-il.

Ouaip, dit Rhoda. Elle n'est pas chaude.

Alors, quels sont vos symptômes, Irene ? demanda-t-il.

Une douleur terrible derrière l'œil droit, en spirale. J'ai mal à la tête et dans la nuque, mais la douleur derrière mon œil est insupportable. L'aspirine et l'Advil n'y font rien. Il me faut quelque chose de plus fort. Et j'ai la gorge sèche, le nez complètement bouché. Je me sens horriblement mal.

D'accord, dit-il. On dirait bien une infection des sinus.

Ouais, dit Rhoda.

Il faut que vous fassiez une radio. Je veux savoir si c'est vraiment méchant.

Tu peux déjà me donner des antalgiques ?

Demain, dit-il.

Ça ne m'aide pas beaucoup.

Désolé, Irene, je ne peux rien faire de plus. Il faut que je sache ce que je soigne. Il se leva, lui tapota l'épaule et sortit.

Rhoda l'accompagna jusqu'à sa voiture, une Lexus au châssis boueux. Désolée, lui dit-elle. Elle ne se sent pas bien.

Ouais, dit-il. Ramène-la-moi demain matin. Puis il monta dans sa voiture et s'éloigna. Rhoda et lui avaient été au lycée ensemble, à la primaire, même. Et maintenant il était riche et jouait à Dieu pendant qu'elle recousait des chiens et prélevait des échantillons de crottes.

Quand Rhoda revint au chevet de sa mère, Irene voulait des antalgiques.

D'accord, Maman, dit-elle. J'ai du Vicodin. Rien qu'un comprimé toutes les quatre heures. Pas plus, sinon tu risques d'avoir des problèmes. Et ça risque de te rendre nauséeuse. Ça peut aussi avoir d'autres effets secondaires.

Il faut juste que ça s'arrête, dit Irene. Je me fiche que ma peau tombe ou qu'un troisième téton me pousse sur la poitrine. Je veux juste dormir et ne plus rien sentir.

AU TOURNANT QUI MENAIT AU TERRAIN DE CAMPING de Lower Salmon River, Monique se tenait près d'un des igloos bleus en ciment qui abritaient jadis des magasins de souvenirs, avec l'air d'une auto-stoppeuse ou d'une bikeuse, peut-être. La culpabilité et la peur harcelaient déjà Jim. Il pensa un instant continuer sa route, mais elle était là à le regarder.

Sympa, la bagnole, dit-elle en sautant sur le siège passager. Il y a de la place pour douze personnes.

Ouais, c'est assez spacieux, dit Jim. Ce n'était qu'un Suburban Chevrolet et il ne savait pas trop si elle se moquait de lui. Comment ça se fait que tu te sois installée ici ? C'est à plus de vingt minutes de Soldotna.

Carl aime bien bouger, voir des endroits différents. Il a dans l'idée que plus il verra de choses, mieux ce sera.

Carl ?

Ouais, Carl.

C'est qui, Carl ?

C'est mon copain. On est venus ici ensemble.

Oh, dit Jim, comme si le monde venait soudain de s'effondrer.

Peu importe, dit Monique. C'est pas comme si on était mariés.

Non. Non, dit Jim. C'est vrai. C'est pas comme si tu étais mariée. Hé, c'est pas comme si j'étais marié, moi non plus.

Tu sors avec quelqu'un ?

Non, pas vraiment.

Hmm, fit Monique, et Jim se demanda si elle était déjà au courant, pour Rhoda. Il se souvint alors qu'il avait rencontré Monique par l'intermédiaire du frère de Rhoda, Mark. Monique avait déjà dû entendre parler de Rhoda, elle l'avait peut-être même rencontrée. Elles pourraient bientôt devenir bonnes amies, pour ce qu'il en savait.

Eh merde, dit Jim à voix haute.

Quoi ?

Oh, pardon. J'ai oublié un truc important à faire aujourd'hui. Je déteste quand ça m'arrive.

Ouais. Jim se demanda comment passer les vingt prochaines minutes. Il s'était imaginé qu'ils flirteraient un moment, puis tomberaient dans les bras l'un de l'autre une fois chez lui.

Alors, d'où tu viens ? demanda-t-il.

De Washington D.C. Où rien n'est beau et où il n'y a pas de montagnes.

Et que font tes parents là-bas ? Il espérait avoir ainsi une idée de son âge.

Ma mère est une grosse légume au sein de l'AID.

Ah, dit Jim. Il ne pouvait pas simplement admettre qu'il ne savait pas ce qu'était l'AID. Un organisme quelconque, sans doute, ou un truc gouvernemental. Il ne lisait pas beaucoup les journaux.

Et qu'est-ce qu'elle y fait exactement ?

Elle s'occupe surtout de missions sanitaires. Elle a fait des études d'anthropologie médicale. Elle passe son temps à voyager dans des endroits où elle refuse de m'emmener, et elle revient toujours avec des chaussures ou des trucs comme ça. Ça nous arrive de voyager ensemble, parfois.

Et ton père ?

Il est mort.

Oh, je suis désolé.

C'est rien, vraiment. C'est pas grave. On est plus heureuses sans lui.

Ah, dit Jim.

Et toi, alors, chéri ? lui demanda-t-elle en imitant une actrice célèbre qu'il aurait dû connaître. Parle-moi de toi.

Mon père était dentiste, lui aussi.

Une belle et glorieuse tradition. Et ta mère ?

Elle ne travaillait pas.

Tu veux dire qu'elle élevait les enfants, s'occupait des tâches ménagères et des factures ?

Quel âge as-tu ? demanda Jim.

Je pourrais être ta grand-mère.

Jim éclata de rire. Elle est bonne, celle-là.

Ouais, dit-elle.

De son côté, Carl était de retour au camping, recroquevillé dans la tente pour se protéger de la pluie, et il écrivait des cartes postales. Il saluait ses amis à Washington, leur racontait comment il allait, comment allait Monique, puisqu'elle ne daignait pas écrire de cartes. Monique ne daignait pas non plus dormir sous la tente, apparemment. Elle avait trouvé une meilleure offre quelque part. Son mot annonçait juste : À demain. Cela le mit en rogne. Il aurait pu courir sous la pluie, arracher ses vêtements et hurler comme le roi Lear, mais personne n'était là pour le voir. Monique s'en serait moquée, elle n'aurait pas écouté. Au final, il se serait seulement retrouvé avec des vêtements déchiquetés et le corps trempé. La situation craignait vraiment.

C'était le genre de choses qui se produisaient sans arrêt depuis leur arrivée à Soldotna. Le premier jour, Carl et Monique avaient entendu dire qu'on pêchait à la traîne aux hameçons triples sur la barre de gravier d'Homer et ils s'étaient précipités pour louer une voiture. C'était à l'époque où Carl avait encore de l'argent.

Monique trouvait Homer magnifique. Elle avait arpenté le port tandis que Carl préparait son équipement. À l'autre extrémité de la baie, les montagnes jaillissaient de la mer en une rangée discontinue, leurs sommets encore enneigés. Des vols de cormorans frôlaient la plage de sable noir, l'eau se parait de joyaux sous les rayons de fin d'après-midi et, en regardant vers la baie, la main en pare-soleil, Monique avait aperçu le jet d'une baleine à bosse gicler, doré et scintillant, et s'envoler dans le vent à la surface de l'eau. Je pourrais vivre dans un endroit pareil, avait-elle pensé. Puis elle avait avancé jusqu'aux docks, avait regardé les bateaux et rencontré un pêcheur aux yeux bleus et aux cheveux sombres qui lui avait parlé des crabes royaux, des flétans et de la douceur nocturne de la mer.

Carl était au courant de tout cela car Monique le lui avait raconté en détail, après coup. Elle était comme ça. Il ne lui venait jamais à l'esprit qu'elle pouvait marcher sur un terrain miné.

À des lieues du beau brun aux yeux bleus et de ses conneries sur la douceur de la mer, Carl s'était approché d'une barre de gravier partiellement recouverte d'eau trouble. Large d'une trentaine de mètres et trois fois plus longue, elle ressemblait à un étang saumâtre. Il y devinait de petites nappes irisées d'essence à la surface. Mais les saumons chinook y venaient quand même, accompagnant apparemment la marée haute.

La marée était spectaculaire le long de Cook Inlet, avec un courant aussi puissant que celui d'une rivière, et quand elle monta, aux alentours de 20 heures, elle monta vite. Carl était impressionné. Les saumons arrivaient en masse et la centaine de pêcheurs parmi lesquels il se trouvait avaient lancé dans toutes les directions d'énormes hameçons triples lestés et dépourvus d'appâts pour tenter d'accrocher au passage les poissons qui se précipitaient devant eux. Un hameçon se détachait souvent et volait à travers les rangées de pêcheurs pour aller s'enfoncer dans la barre de gravier derrière eux. C'était idiot et dangereux. Il n'était pas inhabituel de se faire hameçonner et déchiqueter, avait dit un des habitués à Carl avec un ricanement. Des enfants de dix ans agitaient leurs cannes à tout-va sans même regarder derrière eux, et des vieillards chancelant sous l'effet de l'alcool et des médicaments avaient leurs vestes et leurs chapeaux recouverts d'un amas d'hameçons et de fils entortillés. C'était ridicule et humiliant. Les saumons que l'on finissait par ferrer étaient lacérés et épuisés, déjà blessés par tous les hameçons précédents dont ils étaient parvenus à se libérer.

Carl écrivit une carte postale à la mère de Monique : Tout est magnifique, ici. Monique et moi profitons bien de l'Alaska, des paysages, des gens et de la pêche. Nous avons rencontré un pêcheur qui nous a parlé de crabes royaux et de flétans, tout ça après avoir vu des cormorans par vols entiers. Carl déchira la carte. La mère de Monique ne le trouvait pas assez vif. Elle le surnommait dans son dos Carl l'ahuri. Monique le lui avait dit. Carl se roula en boule dans la partie la plus sèche de son sac de couchage et essaya de trouver le sommeil.

Monique et Jim rencontraient eux aussi des problèmes en ce qui concernait l'organisation de la nuit à venir. Ils venaient de dîner d'un agréable repas de saumon, de riz sauvage et de vin blanc, terminé par une omelette norvégienne à l'allure quelque peu flapie mais plutôt délicieuse, selon Jim qui l'avait préparée lui-même. Yo-Yo-Ma interprétait un morceau sur la chaîne hi-fi et Jim imaginait une magnifique partie de jambes en l'air à venir. C'est alors que Monique lui demanda où elle dormirait cette nuit-là.

Quoi ? fit Jim.

Je suis un peu crevée, dit-elle. J'ai veillé tard hier soir, alors je me disais que je pourrais me coucher tôt après un si merveilleux dîner. C'était super, vraiment. Tu es un sacré chef. Elle leva son verre en son honneur.

Euh, fit-il. Hmm. Je pensais plutôt te ramener au camping dans la soirée. Jim paniquait. Rhoda dormait parfois chez ses parents après avoir dîné avec eux, mais ce n'était pas toujours le cas, c'était même assez rare.

Tu n'imagines quand même pas me ramener au camping au beau milieu de la nuit ?

Non, non, bien sûr que non. Je ne sais pas ce qui m'est passé par la tête.

C'est Rhoda ? Elle vient passer la nuit ici ?

Oui.

Tu ne vis pas seul ici, pas vrai ?

Non.

Et Rhoda a prévu de t'épouser, c'est ça ?

L'érection de Jim s'était évanouie. Il ferma les yeux et se massa les tempes.

Jim, dit Monique. C'est un peu mal planifié, ton truc, tu crois pas ?

Jim émit un léger gémissement et essaya d'y penser sans pour autant trop réfléchir.

Écoute, dit Monique. Un bon hôtel fera l'affaire. Je ne veux pas te causer de problème avec Rhoda.

C'est vrai ? demanda Jim, revigoré. T'es la meilleure.

Ça me gêne pas.

Jim l'emmena donc au King Salmon Hotel, où il espérait ne pas connaître le réceptionniste qui serait en poste à cette heure-là. Mais après avoir attendu à l'accueil et avoir sonné, il vit apparaître l'une de ses patiente qui lança, le sourire aux lèvres, Bonjour, docteur Fenn.

Jim dut jeter un coup d'œil rapide à son badge.

Salut, Sarah.

Que puis-je faire pour vous ? Elle adressa un sourire à Monique.

Voici ma nièce, Monique, dit-il. Elle nous rend visite quelque temps mais on fait des travaux à la maison et on s'est dit qu'il valait mieux l'installer ici de façon temporaire, le temps que l'odeur des bâches et de la peinture s'estompe, vous voyez. Il plissa le nez pour illustrer l'odeur de peinture et Sarah fronça le sien en réponse.

Monique éclata de rire lorsqu'ils arrivèrent dans la chambre. Merci, mon Oncle.

Ne m'appelle pas Oncle.

Elle lui accorda alors un long baiser avant de le pousser dehors.

Tandis que sa mère s'efforçait de trouver le sommeil, Rhoda inspecta la cuisine en quête d'une idée pour le dîner. Des haricots en conserve, du maïs en conserve, de la purée en flocons dans un sachet. Ce serait bien assez simple. Elle mit la bouilloire en marche pour la purée, réchauffa le maïs au micro-ondes et versa la boîte de haricots dans une casserole. Quand la bouilloire s'éteignit, son père arriva au volant de son vieux pick-up F-150 déglingué. Personne dans la famille ne conduisait de voiture digne de ce nom.

Son père avança jusqu'à mi-chemin de la maison, il s'arrêta et regarda autour de lui. Les arbres, la montagne, les ramures décorant le toit, les parterres de fleurs. Il faisait toujours ça. Elle l'avait toujours vu faire, d'aussi loin que remontaient ses souvenirs. Elle ne savait pas à quoi cela rimait.

Salut Papa, dit-elle quand il entra enfin. Tu regardais les arbres ?

Quoi ?

Tu t'arrêtes toujours pour regarder autour de toi avant d'entrer dans la maison, ou dans n'importe quel bâtiment, d'ailleurs, ou avant de monter dans une voiture ou un bateau. C'est quoi, cette manie ?

Comment ça ? demanda-t-il. J'en sais rien.

Tu vas avoir des ennuis avec Maman.

Quoi ?

Tu l'as laissée seule toute la journée. Elle a des envies de meurtres.

Je lui ai demandé si elle voulait que je l'emmène voir un médecin, dit-il.

Je sais.

Tu sais ?

Elle me l'a dit. J'ai pris ton parti. Et j'ai fait venir un docteur, Bishop. D'après lui, elle a une sinusite et elle doit aller faire une radio demain matin.

OK, dit son père.

OK ? Je m'inquiète pour elle, Papa. Elle a l'air vraiment malade. La douleur la rend folle.

Ah, dit-il, puis il longea le couloir jusqu'à la porte qu'il entrouvrit doucement. Il entendait la respiration rauque d'Irene, sa gorge obstruée. Il referma la porte avec précaution et fit le tour du lit dans le noir, s'allongea derrière sa femme et passa son bras autour d'elle.

Hmm, fit-elle en se blottissant contre lui, un geste si naturel et si simple. Il ferma les yeux, cherchant à s'accrocher à cela, à cet instant de plus en plus rare entre eux. Un réconfort élémentaire, eux deux, le besoin qu'ils avaient l'un de l'autre. Pourquoi n'était-ce pas suffisant ?

Son attirance pour Irene avait été instantanée. Il était doctorant médiéviste à Berkeley, mais il était distancé et il le savait. Il ne pouvait pas tenir le rythme des autres étudiants. Il se débrouillait sur les œuvres principales mais faiblissait sur les textes secondaires, les épopées, les registres, les almanachs, les journaux en moyen anglais. Les documents religieux en moyen anglais, en vieil anglais et en latin. Tous les ouvrages critiques, les analyses et les articles récents. C'était trop pour lui. Il n'avait jamais appris le français ni le vieux français, ce qui posait un gros problème.

Un ami de son programme lui avait présenté Irene lors d'un dîner à plusieurs dans un petit restaurant. Elle avait de longs cheveux blonds, les yeux bleus. Elle ressemblait à un personnage tout droit sorti d'une saga islandaise. Elle ne s'exprimait pas dans un jargon universitaire. Institutrice de maternelle, elle travaillait dans le milieu de l'éducation sans être intimidante. Il sentait qu'il pouvait enfin respirer. Elle était sans danger.

Gary tint Irene dans ses bras et essaya de se rappeler l'époque de leurs vingt-quatre ans, essaya de ressentir ce qu'il avait ressenti alors, mais c'était bien trop lointain. Irene gémit encore, s'éloigna de lui et tenta de se racler la gorge, puis elle rejeta brutalement les couvertures.

Je n'arrive pas à avaler, dit-elle. Je ne peux déjà plus respirer, et voilà que je ne peux plus déglutir. Comment est-ce que je suis censée aspirer de l'air ?

Elle marcha jusqu'à la salle de bains et Gary s'assit sur le lit. Je peux faire quelque chose ?

Fais en sorte que ça s'arrête, dit-elle. Je ne peux plus respirer. Je ne peux plus dormir. La douleur ne disparaît pas. Et maintenant j'ai des vertiges. Le Vicodin. Elle se fit un gargarisme, essaya de se racler la gorge une fois encore.

Viens te recoucher.

Je suis en train de me noyer, dit-elle. Peut-être qu'un peu de nourriture m'aidera. Et du thé.

Elle s'habilla et ils allèrent à la cuisine. Rhoda avait installé le repas sur la table et préparé une tasse de thé.

Merci, dit Irene avant d'embrasser Rhoda sur le front. Gary chiffonna un journal devant la cheminée, fit un tas de petit bois, y ajouta quelques morceaux plus épais et une bûche, puis il alluma le feu sur les bords et l'éventa jusqu'à ce que de belles flammes jaillissent.

Irene se mit à pleurer. Elle essayait de manger de la purée et des haricots lorsqu'elle éclata en sanglots.

Maman, dit Rhoda.

Irene, fit Gary, et ils s'installèrent chacun à côté d'elle pour l'enlacer.

Ça fait vraiment mal, dit-elle. Ça ne s'arrête jamais. Mais elle savait qu'elle ne pleurait pas seulement de douleur. Elle avait enfin une excuse pour pleurer sans se cacher, et il lui était impossible de s'arrêter. Ses sanglots avaient du volume et de la profondeur, ils occupaient un espace physique en elle, comme une voûte, la sculpture vide d'un tout. Gary s'apprêtait à la quitter après trente ans passés dans cet endroit glacial et impitoyable. Elle ne savait pas comment empêcher cela, comment ralentir l'engrenage de toutes ces années, comment lui faire ouvrir les yeux.

Quand Jim revint de l'hôtel où il avait déposé Monique, Rhoda était déjà rentrée. Devant l'évier, elle lavait la vaisselle du dîner.

Hé, dit-elle. Tu as mis les petits plats dans les grands. Comment se fait-il que j'aie jamais droit à une omelette norvégienne, moi ? Elle souriait. Cherchait à faire la paix. Et elle était jolie, aux yeux de Jim. Il l'attira contre lui et l'embrassa.

Hé, attends. Laisse-moi d'abord me rincer les mains.

Jim enlevait déjà le jean de Rhoda, juste là, devant l'évier.

J'en conclus que la rencontre s'est bien passée ? demanda Rhoda, dont la voix s'était faite plus grave.

Jim s'agenouilla devant elle sur le sol de la cuisine.

Peu importe, murmura-t-elle.

Ensuite, ils jouèrent au Yahtzee sur la table de la cuisine. Rhoda fit un yahtzee de un. Elle jubila et il grogna. Au tour suivant, elle fit un autre yahtzee de un en seulement deux jets de dés.

Ouh là, dit Jim. Les dieux sont de sortie, ce soir.

Il fit un lancer merdique, tout sauf un trois, se rabattit sur les deux, en eut un deuxième mais rien de plus.

Très bien, dit-il. C'est alors que Rhoda fit un troisième yahtzee, avec les un, une fois encore.

Ah ! s'écrièrent-ils ensemble. Rhoda porta les mains à sa bouche et commença à bondir sur sa chaise. Jim cria, sérieusement effrayé. Ils se levèrent tous deux et se mirent à courir à travers la pièce en époussetant instinctivement leurs vêtements et en frissonnant, comme si la chance s'accrochait encore à eux de ses minuscules mains semblables à des ailes de chauve-souris.

En route vers la ville, Irene sentait chaque bosse de la chaussée. Chaque ornière et chaque strie, chaque dénivelé et chaque nid-de-poule envoyaient des spirales rougeoyantes dans le monde qui peuplait l'arrière de son œil droit. Une journée ensoleillée, une journée estivale, mais même la lumière était douloureuse, aussi gardait-elle les yeux fermés.

On arrive bientôt, dit Gary. Tiens encore le coup.

Le Vicodin me donne la nausée.

Encore quelques minutes.

Au cabinet, on lui fit une radio et Frank l'étudia sur l'écran éclairé. Voilà la vue frontale, dit-il. C'était le crâne d'Irene, les orbites vides et les mâchoires décharnées, deux rangées de dents souriantes, exactement comme un emblème de pirates. Un aperçu de sa propre mort.

Ça donne la chair de poule, dit-elle.

Et voici la vue de profil, dit-il. Et l'autre côté.

Où est l'infection ? demanda Irene. À quoi ça ressemble ?

Eh bien, c'est là le problème, Irene. Il n'y a rien.

Comment ça, il n'y a rien ?

D'après les radios, vous n'avez pas d'infection à proprement parler.

Mais j'en ai forcément une.

Vous avez certainement attrapé un rhume, avec une légère infection, peut-être. Si vous y tenez, je peux vous prescrire des antibiotiques pendant sept jours.

Je ne comprends pas.

Les radios ne mettent rien en évidence.

Irene se mit à pleurer et se balança sur sa chaise, la tête entre les mains.

Irene, dit Frank en il lui tapotant l'épaule avec maladresse.

J'ai quelque chose, dit-elle. Il y a quelque chose qui cloche.

Je suis désolé. Je vais vous faire une ordonnance. Mais je ne vois rien de particulier.

Irene attendit de s'être ressaisie. Elle essaya en vain de se moucher, puis elle prit son ordonnance, paya et fut obligée d'aller tout raconter à Gary dans la salle d'attente. Il n'y a rien sur les radios, dit-elle.

Quoi ?

Je sais que j'ai quelque chose. Mais ça n'est pas apparu à l'image, c'est tout.

Irene, dit-il en l'attirant contre lui. Je suis désolé, Irene. Mais c'est peut-être une bonne nouvelle. Peut-être que tu vas te remettre rapidement.

Non. J'ai quelque chose qui cloche.

Je te ramène à la maison. On va t'installer près du feu.

Ils firent donc ainsi. Ils allèrent chercher les médicaments, rentrèrent chez eux, toutes les ornières et les bosses, Irene à l'agonie, puis Gary apporta des couvertures sur le canapé devant la cheminée, allongea Irene et prépara un bon feu.

Une cheminée en pierre, une maison agréable, son mari qui s'appliquait à la mettre à l'aise. Cette affreuse douleur sera peut-être une bonne chose, après tout, pensa Irene. Peut-être qu'elle nous rapprochera. Peut-être que Gary se souviendra de moi. Quelle époque étrange de sa vie, ses enfants partis, son travail envolé, rien que Gary, et pas le Gary avec qui elle avait commencé sa vie à deux. Elle n'aimait pas la retraite. Quelques mois plus tôt, elle dansait et chantait chaque jour avec les enfants, à l'école. Des petits entre trois et cinq ans qui apprenaient à travers les jeux, qui découvraient leurs centres d'intérêt, depuis les vers de terre jusqu'aux dinosaures en passant par les trains capables de traverser l'océan vers la Russie pour continuer leur route jusqu'en Afrique. Ils venaient s'asseoir sur ses genoux, étaient chez eux sur elle.

Gary lui prépara un thé et elle le sirota, tenant la tasse brûlante entre ses mains. Elle avait avalé ses nouveaux médicaments dans le pick-up, sur le chemin du retour, et elle en attendait encore les effets.

La douleur ne diminue pas, dit-elle à Gary. Ces médicaments ne me font rien de spécial. Qu'est-ce qu'il m'a donné, comme antalgique ?

Gary ouvrit le sachet de la pharmacie. On dirait de l'amoxicilline pour les antibiotiques, un décongestionnant dont je n'arrive pas à prononcer le nom, et de l'Aleve pour les antidouleurs.

De l'Aleve ?

Ouais.

Quel petit merdeux. L'Aleve, c'est rien que de l'Advil. Appelle Rhoda. Il me faut davantage de Vicodin.

Irene. Tu devrais prendre ce qu'il t'a prescrit. Il a dit qu'il n'y avait rien à la radio.

La radio se trompe.

Comment une radio peut-elle se tromper ?

Je ne sais pas. Mais elle se trompe.

Rhoda travailla tard au cabinet, le Dr Turin et les autres employés étaient déjà partis. Juste pour finir un peu de paperasse, leur avait-elle dit. Dans l'armoire à échantillons de médicaments, elle prit le reste du Vicodin qui avait été envoyé au cabinet par erreur. Rien qu'une ration d'une semaine, et ils n'en recevraient jamais plus. Elle aurait besoin d'autre chose.

Elle trouva du Tramadol, un autre antalgique, et elle en chercha la composition sur Internet. Il semblait convenir aussi aux humains. Elle risquait de perdre son travail pour cela, peut-être même d'être poursuivie en justice. Frank aurait dû lui prescrire quelque chose. Elle pourrait demander une ordonnance à Jim, mais elle ne voulait pas instaurer de pression dans leur relation.

En route vers chez ses parents, elle pensa à son mariage. Jim ne lui avait pas encore fait sa demande, mais ils en avaient parlé, de façon indirecte. Elle voulait organiser la cérémonie à Hawaï et il était d'accord, dans l'ensemble. Elle ne voulait pas du froid, ni des moustiques, ni du moindre petit saumon. Pas de ramures d'élan dans la pièce voisine, pas de cuissardes de pêche. Elle voulait Kauai, soit le Waimea Canyon, soit Hanalei Bay. Une cérémonie sur la plage, ou surplombant l'océan ou le canyon, quelque chose de magnifique. Des cocotiers, de grands saladiers de fruits, du nectar de goyave, des noix de macadamia. Une vieille demeure au milieu d'une ancienne plantation, peut-être, blanche avec un porche couvert orné d'arabesques et de balustrades en bois. Des oiseaux de paradis sur les tables, leurs grandes et longues tiges, leurs pétales multicolores. Et de vrais volatiles, peut-être aussi, perroquets ou autres.

Et j'arborerais éventuellement un bandeau sur l'œil, dit Rhoda à voix haute en souriant. Pauvre Jim. Tu ne sais pas dans quoi tu t'es fourré.

Elle bifurqua en direction du lac, rebondissant et grinçant sur la route merdique. Ce qu'elle voulait vraiment, c'était un mariage qui ait de la classe. Elle ne voulait rien de bas étage. Elle voulait de la dignité, et ce serait difficile avec la famille qu'elle avait. Mark serait défoncé, à n'en pas douter, et son père chercherait à enlever son smoking à la première occasion. Sa mère saurait se tenir. Elle essayait de se représenter l'endroit, mais elle ne saisissait que des fragments de différents mariages flottant sans lien précis dans son esprit. Jim et elle devraient peut-être faire un voyage de repérage à Hawaï. Elle voulait voir les lieux en vrai.

À son arrivée, son père jardinait et s'occupait des pots.

Comment ça va, Papa ?

Salut, Rhoda. Tu as les antalgiques ? Il se releva et essuya son jean.

Je pourrais me faire coffrer pour ça. Il faut qu'on lui fasse faire une ordonnance.

Ouais, dit-il. À mon avis, d'ici un jour ou deux, ça se tassera. Elle n'a rien qui cloche, vraiment, c'est juste un rhume.

Hmm, fit Rhoda en entrant dans la maison. Sa mère était étendue sur le canapé devant la cheminée, emmitouflée dans une couverture.

Je me sens tellement mal, dit Irene.

Je t'ai apporté pour deux semaines d'antalgiques, dit Rhoda. Du Vicodin et du Tramadol, c'est ce qu'on utilise pour les gros chiens. Ça devrait te faire autant d'effet. Prends-en peut-être deux, si un seul ne suffit pas. Mais ne dis à personne où tu les as eus. Rhoda remplit un verre d'eau qu'elle tendit à sa mère avec un comprimé de Vicodin.

Merci, ma chérie. Aide-moi à retourner dans la chambre. Il faut que je dorme.

D'accord, dit Rhoda. Mais tu n'arrives pas à marcher seule ?

J'ai des vertiges. Aide-moi, c'est tout. Pourquoi est-ce que tout le monde remet tout en question ?

Désolée, Maman.

Elles marchèrent jusqu'à la chambre et sa mère s'allongea sous les couvertures sans ajouter un mot.

Rhoda fit la vaisselle avant de ressortir pour discuter avec son père. Qu'est-ce qu'elle a vraiment ? demanda-t-elle.

Elle me punit, c'est tout. Pour nous avoir obligés à sortir sous la pluie. Ce que je n'aurais sûrement pas dû faire. Mais bon, elle traînera ce rhume aussi longtemps que possible pour me montrer ce qu'elle pense vraiment.

Papa, dit Rhoda.

C'est vrai. C'est exactement ce qui se passe. C'est de ma faute mais ça ne veut pas dire que ça me plaît pour autant.

Je ne pense pas qu'elle te ferait ça, Papa.

Eh bien, tu ne la connais pas comme je la connais. Vous avez une relation différente, elle et toi. Et tant mieux.

Je pense qu'elle a un problème. Je ne crois pas qu'elle fasse semblant.

Peu importe. Il faut que je m'occupe des fleurs et, demain, il faudra que je recommence à travailler à la cabane. Ta mère est censée m'aider.

Je dois aller bosser demain, sinon je t'aurais aidé.

Merci, dit-il les lèvres serrées, signifiant ainsi la fin de la conversation. Il en avait toujours été ainsi, aussi longtemps que

Rhoda s'en souvienne. Toutes les vraies discussions tournaient court. À l'instant où elle semblait enfin entrevoir qui il était, il disparaissait.

Mark rentra d'une longue journée de pêche pour trouver sa sœur assise avec Karen à la table de la cuisine.

Comment ça s'est passé ? demanda Karen.

On est sauvés de la pauvreté pour quelques jours supplémentaires, dit Mark. Il y a assez de poiscailles pour qu'on évite de se retrouver à la rue.

J'ai préparé des crosses de fougères pour le dîner, dit Karen.

Oh, cool. Mark s'avança vers l'îlot central pour prendre une poignée de petites spirales marinées dans le vinaigre balsamique et l'huile d'olive. J'adore ça.

Comment ça va, Mark ? lança Rhoda.

Salut, frangine. Comment se passe ta recherche de la richesse et du bonheur ?

Sympa, Mark.

Il la contourna et se jeta sur elle pour lui frotter le visage de ses mains qui sentaient le poisson.

Rhoda hurla, elle s'appuya contre lui de toutes ses forces et, lorsqu'il s'écarta, elle tomba à la renverse sur le sol. Super, Mark, dit-elle. Tu as beaucoup mûri.

Pas besoin de changer, dit-il, quand tout va déjà bien. Karen s'esclaffa. Mark fondit sur elle pour l'enlacer et échanger un baiser.

Rhoda ramassa sa chaise et se rassit. Je suis désolée d'interrompre la parade amoureuse et je suis certaine que ça ne vous gênerait pas de faire ça sur le sol devant moi, mais je ne suis pas venue vous voir par hasard.

Raconte-nous tes malheurs, Sœur Rhoda, dit Mark, et Karen gloussa.

Rhoda les ignora. Maman a très mal et Papa ne pense pas qu'elle ait un problème parce que la radio n'a rien montré de particulier.

Hmm, fit Mark.

Je te demande juste de passer chez eux quelques fois par jour, histoire de veiller sur Maman. Tu habites la porte à côté. Moi, je suis à quarante minutes de route.

J'aimerais bien, mais je bosse. Je ressors en mer demain et après-demain. Et Karen travaille, elle aussi.

OK, dit Rhoda. Laisse tomber, alors.

Je veux bien donner un coup de main, mais je dois travailler.

OK, OK. J'ai compris. T'auras été un sale con indigne de confiance toute ta vie.

Ça, c'est de l'amour, dit Mark.

Vous voulez vous défoncer ? demanda Karen.

JIM ANNULA SES RENDEZ-VOUS DE LA JOURNÉE, ce qui ficha en rogne sa secrétaire et l'hygiéniste. Puis il se précipita au King Salmon Hotel. À fond de cale, se dit-il. *I'm a man on a mission, a boy with a gun.* Il essaya de fredonner la vieille chanson de Devo, mais il ne se souvenait pas de la mélodie.

Ce qui lui fit penser à un autre morceau de Devo : *little girl with the four red lips, never knew it could be like this, I'm going under, I'm going under.* Il souriait à présent. Je t'en prie, Monique, baise avec moi aujourd'hui. S'il te plaît, s'il te plaît, s'il te plaît.

Il arrêta la Suburban sur le gravier dans un crissement, sauta à terre et courut presque jusqu'à la porte de sa chambre.

Quand il eut frappé, il y eut une longue pause avant qu'elle ne vienne lui ouvrir. Mais elle était habillée et prête à partir. Vêtue d'une chemise d'homme. Un tissu écossais vert foncé, les boutons du col défait, le bas sorti de son pantalon. Un jean.

Eh ben, dit-il.

Salut, lança-t-elle, et elle avança pour libérer le seuil de la porte, l'obligeant à reculer. Pas de baiser, pas d'invitation à entrer. Elle verrouilla le loquet et fit volte-face pour se placer devant lui. C'est quoi, le programme de la journée ?

Euh, fit-il. Ce que tu veux.

Que dirais-tu d'un tour en hélicoptère ? Il y a un coin que j'ai envie de voir.

OK, dit-il. Ils grimpèrent dans la voiture et partirent pour l'endroit où il avait repéré quelques hélicos. Ce n'était qu'un terrain caillouteux abandonné. Il appela les renseignements pour obtenir les coordonnées d'un service de tourisme en hélicoptère, récupéra un numéro et ils roulèrent devant des centres commerciaux, des pick-up, des bateaux perchés sur des remorques garées en bordure de la route.

L'Alaska est une vraie décharge, dit Monique. Mais j'aime bien.

On devrait sortir en mer, dit Jim. Aller pêcher. Ça te plairait peut-être.

Peut-être. Mais d'abord l'hélicoptère. Bien reçu ?

Jim se sentait un peu utilisé, et aussi un peu agacé, mais il essaya de conserver sa bonne humeur. Ils feraient un petit tour dans les airs puis ils rentreraient à l'hôtel et baiseraient, sinon il laisserait tomber toutes ces conneries.

Oh là, dit Monique. Tu viens de louper l'entrée, cow-boy. J'ai vu les hélicos.

Désolé, dit Jim avant de trouver un endroit pour faire demi-tour. Il était déconcentré, il se disait que Rhoda n'était peut-être pas une si mauvaise affaire. Elle était gentille avec lui et ça devait bien compter, ça.

Jim paya la peau des fesses au guichet, parce que Monique ne voulait pas se contenter du petit tour. Elle voulait l'excursion complète de cinq heures avec les glaciers, le détroit de Prince William, une pause déjeuner à Seward, et voler jusqu'à Homer pour survoler la péninsule tout entière. Ils montèrent dans un hélicoptère d'un noir étincelant et enfilèrent les casques.

Monique se pencha tout près de lui et lui attrapa le bras. Merci, Jim, dit-elle dans le micro. Ça va être marrant. Et quand le moteur rugit, il sentit son moral se revigorer, lui aussi. Peut-être que son plan fonctionnerait.

Le pilote s'éleva avec douceur dans les airs et se mit à débiter des idioties sur l'Alaska. Nous faisons presque la taille du volatile emblématique de notre État. Et vous savez ce que c'est, ce volatile, les amis ?

Le moustique, dit Jim sans enthousiasme.

Le pilote se tut une minute, désarçonné. Tout à fait, dit-il. Vous êtes du coin ?

Ouais.

Très bien. Alors je vous signalerai juste quelques détails du paysage, un peu plus loin. Profitez du voyage, les amis. Et n'hésitez pas si vous avez des questions.

Ils prirent rapidement de l'altitude et obliquèrent vers l'est. La forêt, puis Skilak Lake, comme l'annonça le pilote. Jim jeta un coup d'œil par la vitre et essaya de trouver la maison des parents de Rhoda ou celle de Mark, mais elles étaient enfouies quelque part entre les arbres. Le lac était d'un vert de jade dans les rayons du soleil, ce jour-là, les vaguelettes visibles à la surface, même à cette hauteur. Une rivière zigzaguait à l'extrémité nord-est du lac.

Voilà le début du Skilak Glacier, les amis, expliqua le pilote. Ses eaux se jettent dans Skilak Lake. On va le suivre jusqu'aux montagnes.

Le pilote descendit pour frôler la glace, son hélicoptère un minuscule élément dans l'immensité blanche, le glacier une large cascade gelée encadrée de rochers à pic.

Ouah, fit Monique.

Le glacier n'était que pression, crevasses et courbures. Il semblait vivant aux yeux de Jim et il se demanda pourquoi il n'était jamais venu jusqu'ici en hélicoptère. C'était magnifique. Il fallait que Rhoda voie ça, elle aussi. Elle avait grandi presque au pied du glacier, mais il était dissimulé, à peine visible du lac, et même si elle l'avait aperçu en randonnée, il était certain qu'elle ne l'avait jamais vu ainsi.

J'ai envie de me poser dessus, dit Monique.

Le pilote avait un écouteur intégré au casque, lui aussi, mais il ne répondit pas.

C'est possible ? lui demanda Jim. On peut s'y poser ?

Eh bien… Ouais. Je dirais que oui. Mais restez dans les parages, par contre. Ne vous éloignez pas trop.

Entendu, dit Jim.

Le pilote continua vers la pointe du glacier, puis il ralentit l'allure, descendit encore et chercha un endroit sûr où atterrir. De près, les crevasses étaient bien plus grandes que ne l'avait imaginé

Jim. Tout était immense, les distances étendues, la paroi rocheuse plus haute. Aucun signe d'une présence humaine.

Ils se posèrent en douceur sur une parcelle de neige lisse, à bonne distance d'une éventuelle crevasse. Un nuage de flocons tourbillonna autour d'eux, les patins touchèrent le sol dans un soubresaut et le pilote ralentit le rotor pour couper enfin le moteur. L'air s'éclaircit à nouveau. Un soleil éclatant.

Monique fut la première à descendre. Elle avait toujours rêvé de marcher sur un glacier. Un nouveau monde vierge, dit-elle par-dessus son épaule. Elle entendit Jim sauter à terre derrière elle. Elle aurait préféré profiter seule de cet instant.

C'est assez incroyable, dit-il.

Et tellement silencieux. Ne parlons pas. Savourons juste cette occasion.

OK.

Monique avança vers une crevasse, une crête de lumière bleutée pareille à un phare, translucide. La plupart n'étaient généralement que des entailles creuses, mais celle-ci s'était élevée sous la pression terrestre, et tandis que Monique marchait dans sa direction, elle se rendit compte que les distances étaient trompeuses. La crevasse était bien plus loin et bien plus grande qu'elle ne l'avait imaginé.

J'adore ça, dit-elle. Un univers extensible, sous mes yeux.

Je croyais qu'il ne fallait pas parler, dit Jim.

La règle ne s'applique qu'à toi. Pour que tu ne gâches pas cet instant.

Elle continua son chemin, ses bottes s'enfonçant dans la couche supérieure de poudreuse et heurtant avec violence la glace au-dessous. Elle savait qu'il risquait d'y avoir des névés, des crevasses invisibles et dissimulées, mais tout lui paraissait si sécurisant. Elle s'allongea sur le dos, écarta les bras et les jambes pour imprimer un motif d'ange dans la neige, leva les yeux vers le bleu éclatant du ciel. C'est mortel, dit-elle.

Hmm, fit Jim.

Pauvre Jim. Tu peux parler.

C'est bon, dit-il. C'est un bel endroit. Je n'arrive pas à croire que je ne suis jamais venu ici.

Mmm, fit Monique. J'adore. Elle ferma les yeux, sentit le froid s'insinuer dans son jean et même dans sa parka. Rafraîchissant et limpide. Je pourrais presque faire la sieste, dit-elle.

Mais au bout de quelques minutes, elle eut froid à la tête alors elle se leva et ils retournèrent à l'hélicoptère.

Ils attachèrent leur ceinture et coiffèrent leurs casques. Emmenez-nous au septième ciel, Monsieur, dit Monique au pilote.

Bien reçu, Madame, dit-il. Le rotor se mit à tourner, puis ils s'élevèrent en direction d'une étendue blanche encore plus vaste, le Harding Icefield qui s'étalait sur près de cent cinquante kilomètres. Duveteux, moelleux, bordé d'immenses pics sombres. Ils survolèrent la chaîne montagneuse et aperçurent l'océan qui se déployait vers l'horizon devant eux.

Le golfe d'Alaska, dit le pilote. On va passer au-dessus de Mount Marathon, pour repartir vers Seward et Resurrection Bay. On continuera vers le détroit de Prince William et on reviendra vers Seward pour déjeuner, si ça vous convient, les amis.

C'est super, dit Jim. Merci.

Ils descendirent sous la limite des neiges éternelles, de grandes montagnes vertes s'enfonçaient dans Resurrection Bay. Un bleu profond, si profond. Monique regardait par la vitre, mais elle posa la main sur la cuisse de Jim et la remonta vers son entrejambe. Rien de très évident, au début, mais elle le sentit durcir. Elle le caressa doucement et vit son pantalon se surélever sous la pression du U qui se formait dans son caleçon. C'était drôle et elle laissa sa main en place, contribua à maintenir cette forme. Elle le sentit s'agiter, mal à l'aise. Elle éclata de rire.

Désolée, dit-elle. Il semblait un peu vexé, mais elle ne pouvait contenir son rire. Je suis désolée. Elle l'attira pour l'embrasser, mais c'était impossible avec les casques. Elle n'atteignait pas ses lèvres et elle en rit de plus belle. Désolée, dit-elle encore. Plus tard, c'est promis. Puis elle replongea le regard par la vitre.

Ils survolaient désormais la côte à basse altitude, les vagues blanches s'écrasaient sur les rochers noirs au bord desquels avait poussé l'épaisse forêt de conifères. Quelques larges plages de galets gris, du bois flotté. Spectaculaire, tout sans exception. Aucune maison le long du rivage. C'était ce qui étonnait le plus Monique, originaire de Washington. C'était vraiment la dernière frontière.

Je ne veux pas rentrer à Soldotna, dit Monique. Je veux rester ici. Prenons un hôtel à Seward, un truc avec jacuzzi.

Jim ne savait pas trop quoi penser. Il regarda Monique, mais elle lui tournait le dos, les yeux rivés sur le paysage. Il n'était pas certain de pouvoir expliquer tout cela à Rhoda ; il pourrait peut-être lui dire qu'il était parti en voyage pour rencontrer un associé potentiel pour le cabinet. Cela fonctionnerait certainement. Et un hôtel, tous les deux, une nuit entière, ce n'était pas une idée désagréable. Monique le menait peut-être encore en bateau, mais il avait une chance.

C'est possible ? demanda-t-il enfin au pilote. On pourrait passer la nuit à Seward et se faire récupérer demain ?

Ouais, je vois pas pourquoi ce ne serait pas possible, dit le pilote. Il y aura des frais supplémentaires, bien sûr.

Gary œuvra seul toute la matinée à charger d'autres rondins. Pour une petite cabane, il semblait y avoir une sacrée quantité de bois. Mais il avait fait le calcul lui-même.

Enfin sur l'eau, traversant le lac par un après-midi ensoleillé, petite brise, météo idéale. Quelques éclaboussures en heurtant de plein fouet les rares vaguelettes. Il se tenait debout à la poupe, le bras du moteur hors-bord redressé, et il aimait être là à faire ce genre de choses. L'air cristallin et clair.

Quand il se fut rapproché de l'île, il amorça un arc de cercle et avança vers le rivage. Il tomba en avant sur les rondins quand le bateau heurta des rochers submergés, mais il se rattrapa avec les mains.

Il coupa le moteur, escalada son chargement et commença à vider l'embarcation par-dessus la rampe, traînant un rondin à la fois, pataugeant dans l'eau. Ce n'était pas difficile, le travail était un vrai plaisir.

Gary avait toujours aimé les tâches physiques, construire quelque chose, en contraste avec le milieu universitaire. Il aimait l'idée de Vonnegut – plutôt celle de Max Frisch, d'ailleurs – selon laquelle nous aurions dû nous appeler *Homo faber*, et non *Homo sapiens*. Nous vivons pour bâtir. C'est ce qui nous définit. C'était vrai, pensa-t-il. Imaginer quelque chose, le tourner en tous sens dans son esprit, l'arpenter encore et encore dans ses rêves, puis le rendre réel dans la vraie vie. Rien de plus satisfaisant que cela.

Gary tira les rondins sur le rivage jusqu'à ce qu'ils soient tous alignés en petits tas. À grandes enjambées, il traversa les buissons vers l'emplacement de la construction, une pelle à la main. Il voulait faire simple. Il allait faire place nette sur un rectangle, aplanir le sol et enterrer les premiers rondins jusqu'à mi-hauteur. Pas d'autre fondation que celle-ci, ce n'était pas nécessaire. L'idée était de bâtir une cabane à l'ancienne. Sans assise en ciment, sans permis de construire. La cabane devenue simple reflet d'un homme, à l'image de son propre esprit.

Il observa le lac, étudia la vue, étudia la perspective, se déplaça de quelques pas dans un sens, puis dans l'autre, pour être certain de ne pas s'être trompé, puis il plongea la pelle dans ce qui serait le centre de la bâtisse. La première pelletée de terre, dit-il. Enfin. Après une trentaine d'années. Mais comment est-ce qu'on en arrive là, bordel ?

Il fit trois enjambées sur le côté, traça un repère supplémentaire, refit trois enjambées plus loin. Une cabane large de six enjambées, et il la ferait profonde de quatre pas. Aucun mètre ruban. Rien que des pas humains. Une fois déterminées les extrémités, il traça les coins.

Très bien, dit-il, debout au milieu du rectangle. Son épaule gauche était douloureuse, une bursite remontant à plusieurs années et qui se réveillait dès qu'il s'activait. Il grimpa jusqu'à un épicéa et posa la main sur son tronc pour s'étirer l'épaule. Il étira ensuite son deuxième bras, son épaule, et un peu ses jambes. Il entamait son projet si tard dans la saison qu'il ne pouvait pas se permettre une blessure. Tout devait aller comme sur des roulettes. C'était déjà la mi-août. Il avait prévu de commencer à la fin mai.

Il redescendit jusqu'au site de construction de la cabane, le débarrassa du bois mort, jetant les branches et quelques pierres au loin. Puis il planta sa pelle. La terre était sombre, riche et aérée, mais les racines trop nombreuses l'empêchaient d'extraire une pelletée entière. Un râteau aurait été plus utile. Un outil pour tout arracher. Il avait de bons gants, il s'agenouilla et ratissa à la main, tira et hissa, trouva la tâche bien plus difficile que prévu. Saletés de petits machins, dit-il.

Il se releva et réessaya avec la pelle, l'utilisant pour fendre les racines. Cela semblait fonctionner. Il l'abattit le long de la limite de sa cabane, sur toute la longueur, les moustiques se massaient autour de lui, sur son visage et sur son cou, ralentissaient son rythme de travail à cause de toutes les claques qu'il était obligé de s'asséner.

Il tomba à genoux et tira la végétation qu'il avait réussi à couper, mais certaines racines étaient encore bien accrochées, alors il recommença à fendre, à creuser de sa pelle. La zone tout entière n'était en réalité qu'un épais tapis de végétation, et il se demanda s'il ne valait pas mieux laisser le sol tel quel et construire directement par-dessus. La terre battue était-elle vraiment préférable ? À la première pluie, l'endroit se transformerait en une mare boueuse.

Gary s'allongea à même le sol et ferma les yeux. L'odeur de terre, de bois pourri, de faux arums. Le bourdonnement des moustiques à son oreille. Il avait mis du répulsif mais ils étaient tenaces, comme d'habitude. Il rouvrit les yeux et le ciel tournoya. Son pouls sembla remonter dans ses tempes, la tête lui tournait.

Trente ans plus tôt, cet endroit était vierge. Lui était plus jeune, son rêve était encore frais, encore réalisable. L'air était plus clair, les montagnes se dessinaient plus nettement sur le ciel, la forêt était plus vivante. Quelque chose dans ce goût-là. Un sens aigu du monde qui se dissipait avec le temps. On nous offre un cadeau, mais il est fragile, éphémère. À présent, ce lieu se rapprochait davantage d'une idée, il était creux, manquait de substance. Réduit à un nuage de moustiques, à un vieux corps fatigué, à un air ordinaire. Il aurait dû vivre là, il aurait dû venir y vivre des années auparavant.

Irene pensait qu'il était juste amer, que c'était un défaut de caractère. Elle ne voyait pas la forme du monde, la forme d'une vie. Elle ne saisissait pas les énormes différences. Il aurait dû choisir une femme plus intelligente, mais il avait préféré opter pour quelqu'un de rassurant. Et à cause de cela, sa vie en était bien plus médiocre.

Mais il devait se concentrer. Il faut que je réfléchisse, dit-il à voix haute pour essayer d'organiser ses pensées. Il était en train de préparer une mare de boue. Les rondins fichés en terre formeraient un barrage, une sorte de bassin qui retiendrait l'eau. Il était en train de construire une citerne et non retiendrait cabane. Ses pensées errèrent vers son déjeuner, vers Irene et sa migraine, vers Rhoda, vers Mark. Viendraient-ils jamais l'aider sur l'île ? Serpentant, glissant, incapable de se concentrer. Un esprit jadis aiguisé, désormais émoussé.

Très bien, dit-il. Une plateforme, il me faut une plateforme. Et il comprenait que c'était sensé. Une plateforme en bois, un sol surélevé de quinze centimètres au-dessus de la terre, aplani. Puis il monterait ses murs autour.

Il se releva et décida d'aller marcher. Il était trop tard, aujourd'hui, pour récupérer le matériel prévu pour la plateforme, alors autant en profiter pour explorer l'île.

Il avança d'un pas résolu vers les bouleaux à l'arrière de sa propriété et continua jusqu'à ce qu'il trouve un sentier. C'était bien plus facile à suivre, une sente de gibier, le sol y était plus stable. Bouleaux et épicéas tout autour, aucune percée pour voir l'eau, quand il tomba sur une cabane vide. Une cabane en bois, comme celle qu'il avait imaginée, les rondins bien plus gros que les siens, larges d'environ trente centimètres. Il se demanda où ils les avaient trouvés. Il s'approcha pour l'étudier de plus près, essaya de comprendre comment ils étaient parvenus à si bien les emboîter. Cela avait un rapport avec les interstices, mais il ne savait pas quoi, exactement. Couverts de mousse et de toiles d'araignées. Il jeta un coup d'œil par une petite fenêtre, aperçut un lavabo blanc, un poêle à bois sombre. Il fit le tour jusqu'à l'arrière, une grande cabane, deux autres chambres, il regarda par d'autres fenêtres, essaya de distinguer le sol. Des lattes, apparemment. Il s'agenouilla le long des bords, tenta de trouver des indices permettant de comprendre comment les murs s'imbriquaient avec le plancher, mais il n'y avait aucune brèche dans les parois, rien de visible.

Eh bien, dit-il en se relevant. Ce sera un bon point de référence. Il se demanda pourquoi avoir choisi de la construire à cet endroit. Aucune vue sur l'eau, rien qu'un avant-poste au milieu des arbres. Pas étonnant qu'elle soit vide. Il pourrait faire bien mieux.

IRENE ATTENDIT SEULE TOUTE LA JOURNÉE, allongée dans le lit à regarder les lattes du plafond. Son mari était sur l'île, ses enfants travaillaient, le Vicodin la rendait nauséeuse et faible, moite. La pièce était trop ensoleillée, mais elle n'avait pas le courage de se lever pour tirer les rideaux. Personne ne se souciait de ce qui pouvait lui arriver. Elle pouvait tout aussi bien mourir.

L'autoapitoiement, dit-elle à voix haute. Pas très joli. Et cela lui rappelait trop les années après la disparition de sa mère, après la disparition de son père. Son déménagement chez un membre de la famille éloignée, puis chez un autre, transbahutée à travers tout le Canada, puis la Californie, non désirée, trop souvent seule.

Elle goba un autre Vicodin, la douleur atteignant un nouveau pic d'intensité, et d'abord elle n'éprouva rien, mais au bout de quinze ou vingt minutes, elle sentit le glissement glacial et piquant vers la nausée et le néant, un soulagement bienvenu. Sa tête sembla s'éloigner, ou du moins la conscience qu'elle avait de son crâne, et elle resta à mijoter dans le reste de son corps. Elle était lourde, s'enfonçait profondément dans le matelas.

C'était presque comme plonger, quand elle fermait les yeux, la surface si loin au-dessus d'elle. Un océan animé d'un battement de cœur, de lentes vagues de pression, l'eau compacte, sans limites. Aucun contact avec la surface. Le monde aérien un simple mythe, ses orages et ses éclairs et son soleil. La densité de l'eau comme seule réalité, le froid qu'elle dégageait, sa pression et son poids.

Irene se réveilla des heures plus tard. La douleur était revenue, tranchante et irrégulière, elle lui fendait le crâne.

Gary, appela-t-elle, et elle entendit une réponse, cette fois. Un bruissement dans la cuisine. Il ouvrit la porte.

Comment tu te sens ? demanda-t-il.

Il me faut un autre Vicodin. J'ai vraiment peur. Je n'avais jamais connu une telle douleur.

Je pense que tu ferais mieux d'attendre encore un peu, si tu y arrives. Tu n'es pas censée en prendre plus de quatre par jour, d'après Rhoda. Et le docteur n'avait même pas l'air de penser que tu en avais besoin.

La douleur est insupportable, Gary.

Peut-être qu'avec un peu de nourriture chaude… Un peu de nourriture et de l'eau t'aideront. Qu'est-ce qui te ferait envie ?

Irene ne pouvait plus respirer. Elle se tourna sur le flanc, ce qui ne fit qu'augmenter sa douleur et sa difficulté à respirer. Je veux bien essayer, dit-elle. Je voudrais juste que ça cesse.

J'ai fait décongeler un morceau de cerf. Je vais le faire cuire avec de la purée. Il faut que tu manges davantage.

D'accord, dit-elle avant de baisser les paupières. Elle l'entendit fermer la porte. Elle tenta de respirer pour faire passer la douleur, la laissant s'échapper à chaque expiration. Elle essaya de ne pas paniquer pour trouver de l'air. Mais ses oreilles sifflaient, un bourdonnement aigu, la même fréquence que sa douleur, qui refusait d'être ignorée. Elle ne pouvait penser à rien d'autre. Elle reprit un autre Vicodin. Peu importait ce que pensaient Gary et les autres.

L'attente d'un soulagement se fit plus longue qu'avant, un quart d'heure d'une lenteur extraordinaire, puis elle sombra dans une période plus supportable jusqu'à ce que Gary rouvre la porte.

C'est prêt. Comment ça va ?

J'ai dû prendre un autre comprimé.

Irene.

Tu n'as aucune idée. Tu n'imagines pas ce que ça fait. Si quelqu'un me l'avait dit, je ne l'aurais pas cru.

Bon, le dîner est prêt.

Irene s'assit lentement au bord du lit, prise de vertiges. Mes chaussons et ma robe de chambre. Tu peux m'aider à les enfiler ?

Tu as vraiment besoin d'aide ?

Oui, vraiment.

OK. Il l'aida et ils s'installèrent bientôt à la table, près d'un feu de cheminée. Des steaks de cerf pané, un animal tué à l'automne dernier sur l'île Kodiak. En altitude, à flanc de montagne, la flèche d'Irene lui avait perforé les deux poumons. Penchée sur son assiette, elle coupa un morceau de viande, c'était délicieux. Elle mourait de faim. Mais elle se sentait aussi sur le point de vomir. Le repas serait un étrange mélange de ces deux sensations.

Merci, Gary, dit-elle.

Je suis désolé. Désolé de nous avoir obligés à sortir pendant la tempête. Je ferai tout mon possible pour t'aider à te rétablir. Mais ces antalgiques m'inquiètent. Ça pourrait te rendre accro. Tu l'es peut-être déjà.

Ce n'est pas ça qui m'inquiète, moi. Je m'inquiète surtout que les antalgiques ne soient pas efficaces. Même en ce moment, ils n'atténuent pas complètement la douleur. Et si jamais ça empirait ? Qu'est-ce que je ferais alors ?

Je crois que tu paniques, là.

Bien sûr que je panique.

Jim et Monique s'installèrent dans une suite du plus bel hôtel de Seward. Des chevets ornés de faux ivoire sculpté, de mauvaises aquarelles représentant des chalutiers. Un lit géant et accueillant, qui attira aussitôt le regard de Jim. Une baignoire thalasso, aussi, assez grande pour deux.

Allons déjeuner, dit Monique. Et puis on fera un tour en bateau.

OK, dit Jim en essayant de contenir la tristesse et le désir dans sa voix. Ils sortirent et arpentèrent le quai.

D'autres touristes se promenaient ce jour-là, les trottoirs étaient bondés. Un ferry venait d'accoster. Jim patienta dans la file d'une compagnie de tourisme maritime pendant que Monique faisait les boutiques. Une belle journée et les têtes se retournaient sur son passage, superbe, grande et mince. Jim pensa qu'il aurait dû être heureux. Mais il se sentait utilisé, énervé et coupable. Reprends-toi, marmonna-t-il dans sa barbe. Tu es déjà dedans jusqu'au cou. Il ne voulait certainement pas manquer le bouquet final.

Il n'avait jamais emmené Rhoda en vacances, pas même un jour ou deux. Ils n'étaient jamais allés nulle part.

Jim arriva à l'avant de la file d'attente, enfin, deux tickets pour une excursion de trois heures dans Resurrection Bay et le parc national de Kenai Fjords. Une excursion de trois heures, chantonna-t-il en imitant le générique de la série *L'Île aux naufragés*, mais la femme au guichet avait dû l'entendre un million de fois et elle ne réagit pas.

Jim retrouva Monique qui s'émerveillait devant des tentures en velours noir représentant des ours et des aigles royaux. C'est incroyable, dit-elle. L'art ne peut pas tomber plus bas. Il faut absolument que je reparte avec.

OK, dit Jim avant d'en acheter une d'un mètre vingt où un ours brun pêchait un saumon.

Tu aides à préserver un patrimoine culturel, dit Monique. Rien que ça. Elle le prit par le bras, se rit de l'Alaska et des touristes, puis ils allèrent déjeuner.

Au simple contact de sa main sur son bras, Jim durcit. Il se rendit compte qu'il avait envie d'elle comme il n'avait jamais eu envie de personne. Même ses amourettes de collège ou de lycée ne lui avaient pas paru aussi pressantes, et il avait pourtant quarante et un ans. Il ne se pensait plus capable d'un tel sentiment. Avec Rhoda, il ne pouvait guère assurer plus d'une relation sexuelle tous les quelques jours. Il se demanda une fois encore quel âge pouvait avoir Monique. Une petite vingtaine, imaginait-il sans certitude. Elle semblait bien plus jeune que Rhoda, qui avait trente ans.

Ils trouvèrent une table libre sur le quai, commandèrent des huîtres, du flétan et du champagne. Jim mangeait rarement des huîtres à cause de leur poche gastrique. Il essayait de ne rien manger qui soit doté d'une poche gastrique. Mais Monique lui en fit goûter une et ce n'était pas si terrible que cela. Il décela surtout le goût du beurre, et le Tabasco lui brûla les lèvres. Il ne mâcha presque pas. Avala d'une traite.

Raconte-moi des récits sur l'Alaska, dit Monique. Commence par la fois où tu t'es retrouvé le plus près d'un ours, tiens.

Et toi ? demanda Jim. Je ne sais presque rien de toi.

Je suis sans intérêt, moi. Washington, parents hauts placés, bonnes écoles, aucune vision d'avenir, aucun sentiment d'utilité.

Quel âge as-tu ?

L'âge requis. Et si tu veux baiser avec moi, il va falloir que tu arrêtes de me poser cette question.

Désolé.

Bon, parle-moi de l'ours.

C'était près d'une rivière. La rivière où j'ai pêché mon premier saumon chinook à l'âge de dix ans, peut-être même moins. Je me souviens juste que le poisson était plus gros que moi. Je mesurais un mètre vingt-deux et le poisson, un mètre vingt-cinq. On a bataillé pendant presque une heure, il me traînait en aval et j'essayais de rester dans l'eau moins profonde près de la berge. Je portais des cuissardes et j'avais peur de couler, mais mon père me retenait.

Ah, dit Monique. Je parie que tu étais un gamin très mignon.

Blond aux yeux bleus, plein de charme, dit Jim.

Monique sourit.

C'était donc près de cette rivière, des années plus tard. J'avais une vingtaine d'années, j'étais revenu par nostalgie, je pêchais au même endroit mais j'étais seul, ce qui n'était vraiment pas malin. La saison était déjà bien avancée, c'était l'époque où les ours sont un peu plus désespérés, et quand j'ai attrapé un saumon, je l'ai vidé et je l'ai accroché à mon sac à dos pour continuer à pêcher.

Non, dit Monique.

Si, il pendait à mon dos, quatre-vingt-dix centimètres de saumon odorant, luisant et éviscéré qui se balançaient entre mes omoplates pendant que je pêchais. J'étais un véritable appât à ours.

Monique hocha la tête.

J'ai entendu un truc derrière moi, des éclaboussements lourds, et quand je me suis retourné, j'ai vu un énorme ours brun. Un grizzly. Le genre mangeur d'hommes. Qui fendait l'eau dans ma direction. Il s'est arrêté net. Je me suis rendu compte que le saumon était dans mon dos, dissimulé à l'ours, comme si j'essayais de lui cacher de la nourriture.

Qu'est-ce que tu as fait ?

Je te raconterai plus tard, dit Jim.

Monique lui colla un coup de poing dans le bras. Assise en face de lui, elle était à bonne portée. Salaud, chuchota-t-elle pour que personne ne l'entende.

En Alaska, les histoires se méritent, dit-il avec un sourire.

C'est ce qu'on verra.

Il nous reste une heure avant l'excursion, dit-il en regardant sa montre.

On va faire du shopping, alors. J'aimerais bien une paire de chaussures à talons et peut-être une cravate, aussi. Elle afficha un sourire malicieux en disant cela et Jim crut s'évanouir.

Il paya et ils partirent, longèrent le quai en quête d'une boutique, où Monique trouva une paire d'escarpins noirs qui la ravirent. Ça te plaît ? demanda-t-elle.

Bien sûr. C'est plutôt sexy avec un jean. Inattendu.

Je ne les porterai pas avec un jean.

C'était le moment de chercher une cravate. Il ne leur restait que vingt minutes avant l'excursion mais ils trouvèrent un magasin qui vendait des cravates ornées de saumons, de flétans, de crabes royaux et de chalutiers, ainsi que quelques cravates classiques. Monique opta pour un modèle en soie bleu foncé.

Il va falloir courir pour attraper le bateau, dit Jim.

Ils n'ont pas des départs plus tard dans la journée ? demanda Monique.

Ils reprogrammèrent donc pour une excursion à 16 heures, ce qui leur laissait deux heures devant eux. En chemin vers l'hôtel, Monique prit Jim par la main. Ils n'échangèrent pas un mot. Jim craignait de parler, craignait de tout gâcher d'une manière ou d'une autre.

Prends d'abord une petite douche, dit Monique et Jim s'exécuta. Quand il sortit, enroulé dans une serviette, elle le détailla. T'as un bourrelin, dit-elle.

Un bourrelin ?

Un début, du moins. Elle sourit. Ne sois pas vexé.

Mais c'est quoi, un bourrelin ?

Un bourrelet à muffin, le petit bourrelet sur ton ventre qui pendouille au-dessus de ta ceinture. Ça pend à un angle bizarre.

Hmm, fit-il.

C'est pas grave. C'est la première fois que je fais ça avec un bourrelin, mais je m'adapterai.

Monique passa à son tour sous la douche et Jim s'allongea sur le lit, se sentant vieux et répugnant. Un bourrelin. Si tu avais la moindre once de respect pour toi-même, réfléchit-il à voix haute, tu sortirais de cette chambre sur-le-champ. Il entrouvrit sa serviette et son petit pénis flasque semblait une cible de choix pour une deuxième moquerie. Elle allait le taquiner et rire de lui. Voilà tout.

Jim grogna et décida de se glisser sous les couvertures. Il se cacherait. Il jeta la serviette sur une chaise et se mit à l'aise avec les deux oreillers.

Monique coupa l'eau et l'attente fut longue. Jim pensa à Rhoda en se sentant coupable car il était là, sur le point de la tromper. C'était désormais inévitable. Tout, jusqu'à cet instant, pouvait être effacé. Peut-être. Mais rien après cette seconde.

C'est alors que Monique fit son apparition, avançant vers lui d'un pas lent, vêtue de ses seuls escarpins et de sa cravate.

Elle était très grande, surtout avec ses talons, et elle arborait le physique mince que seule la jeunesse confère, les lignes douces de ses côtes et de ses clavicules, de son ventre et de ses cuisses. Ses cheveux encore mouillés, son visage anguleux.

Je me suis rasée pour toi, dit-elle.

Elle avait la peau totalement lisse. Elle s'approcha du lit, se tourna sans précipitation, se pencha du haut de ses talons, sa cravate pendait devant elle, ses seins jeunes, et elle le regarda entre ses jambes.

Fini les taquineries, dit-elle. Tu peux avoir ce que tu veux, maintenant.

Mark avait invité Carl sur le bateau. C'était par pitié, vu que Carl se morfondait sans Monique. Elle s'était envolée quelque part.

C'est ainsi que Carl, frissonnant dans son équipement de pluie, sachet en plastique de bagels et de hamburger végétarien en main, attendait à 3 h 30 sous la lueur jaune lugubre des quais de la Pacific Salmon Fisheries. Il observait les bateaux amarrés par paires dans le chenal de la Kenai River. Les embarcations et l'eau étaient à six mètres en contrebas, la rivière bordée de bancs de boue. Il était censé trouver le bateau de Mark et grimper à bord. Mark et l'armatrice étaient arrivés la veille au soir et avaient dormi sur place. Mais Mark n'avait pas pensé à préciser à Carl comment atteindre le bateau, ni même comment trouver la bonne embarcation. Le bateau était baptisé *Slippery Jay*, mais Carl ignorait où se trouvait son mouillage.

Il patienta encore une vingtaine de minutes sous les lampadaires du quai, jusqu'à ce que des lumières s'allument dans certaines cabines de bateaux et que des moteurs diesel se mettent à rugir et à ronfler. Un skiff en aluminium, une sorte de ravitailleur destiné à décharger les saumons, à en croire les trois grandes cuves métalliques à bord, remontait la rivière. Long d'environ six mètres, équipé d'un énorme hors-bord de deux cents chevaux, il fendait l'eau et laissait derrière lui un sillage qui scintillait de blanc et s'écrasait contre le flanc des bateaux à quai qui tanguaient. Le ciel commençait tout juste à s'éclaircir à l'horizon sous les nuages de pluie et Carl n'avait aucune idée de ce qu'il était censé faire. Il ne pouvait pas sauter à l'eau et nager parmi les bateaux. Ils allaient le laisser en plan sur le quai. Il passerait la journée entière là, sous la bruine, il mangerait ses burgers végétariens vers midi et rentrerait à pied ou en stop au terrain de camping.

C'est alors qu'une jeune femme indo-américaine, vêtue d'un ciré vert foncé et de bottes de pêche, passa devant lui en trombe et traversa le quai jusqu'à une étroite échelle menant aux embarcations qui tanguaient plus bas.

Excusez-moi, dit Carl quand elle fut descendue de trois mètres.

Pas de réponse, alors il répéta un peu plus fort et se racla la gorge.

Oui ? demanda-t-elle en relevant la tête.

Je suis censé rejoindre le *Slippery Jay*. Vous savez où il est, ou comment je peux m'y rendre ?

C'est un de nos bateaux, dit-elle. Je vous y emmène.

Elle sourit en disant cela, un bref sourire, mais Carl en fut encouragé et se dit que Monique n'était peut-être pas une si bonne affaire, après tout. Elle avait peu d'égard envers les autres, à vrai dire.

Carl souriait lorsqu'il monta à bord de l'esquif. Il fit un petit numéro comique pour enjamber le plat-bord. Merci, dit-il avec chaleur après s'être redressé devant elle.

Accrochez-vous, dit-elle. Elle démarra le hors-bord, mit les gaz, et ils s'engagèrent à toute vitesse sur la rivière. Carl, qui s'était assis juste à temps, manqua de tomber au fond du bateau, mais la fille resta debout.

Ouh là, dit-il, mais il parvenait à peine à s'entendre lui-même au milieu du rugissement. La jeune femme gardait les yeux rivés sur l'eau devant elle. Elle prit un brusque virage, zigzagua entre plusieurs embarcations et ralentit soudain, le moteur au point mort, à quelques centimètres du *Slippery Jay*.

Carl s'extirpa avec maladresse du bateau, obligé d'enfourcher le plat-bord de la deuxième embarcation, ballotté en tous sens. Mais il grimpa à bord sans trébucher ni faire tomber son déjeuner.

Merci.

Y a pas de quoi, dit-elle, puis elle mit les gaz et disparut.

Pourquoi était-il venu ? Debout sur le pont arrière, il jeta un regard vague vers l'horizon. La question semblait plus vaste, elle allait au-delà du bateau, du lever de soleil, de Monique, ou même de l'Alaska. Quelque chose dans sa vie, quelque chose d'impossible mais d'étrangement pressant. C'était sûrement dû au manque de sommeil.

Face à l'horizon, Carl bâilla à s'en décrocher la mâchoire, puis il fit demi-tour et se glissa dans la cabine. Il posa son déjeuner sur le banc dans la partie supérieure du cockpit, ou dans la salle des commandes, ou peu importait le nom qu'on lui donnait. Le poste de pilotage ? Même sur un bateau aussi petit ? Quelques marches plus bas se trouvait le coin cuisine et repas, équipé d'une table minuscule, d'un cagibi et d'un vieux réchaud en fer monté sur des rails métalliques. À l'avant, derrière une porte étroite, le coin repos. Il y entendait une respiration.

Carl prit place à la table de la kitchenette, à côté de son déjeuner, balançant ses pieds chaussés de bottes, il observa par la vitre en plexiglas le ciel qui virait du bleu clair au blanc jaunâtre et il patienta jusqu'à ce qu'une alarme de montre se déclenche.

Mark lui adressa un salut renfrogné, puis Carl salua Dora, la propriétaire du bateau, qui agita la main dans sa direction, prépara le café et mangea un doughnut. Les beignets semblèrent soudain appétissants aux yeux de Carl et il se demanda s'il parviendrait à passer la journée sans en manger un en douce. La nourriture des autres lui avait toujours paru meilleure que la sienne.

Ils se mirent bientôt en route et traversèrent le chenal à grand renfort de remous. Des bancs de boue et des falaises érodées. L'air plus frais, les nuages bas à l'horizon, leurs extrémités teintées d'orange.

Carl s'installa sur le pont supérieur, au-dessus de la cabine. Un gouvernail et des commandes de contrôle, là aussi. Dora partageait le banc avec Carl et pilotait d'un air résigné et préoccupé qui n'invitait pas à la conversation. À travers un trou dans le plancher, elle appelait Mark de temps à autre pour s'enquérir de la profondeur.

Quand ils furent sortis du chenal et eurent atteint le bras de mer, ils obliquèrent en direction du sud-ouest vers le grand large où plusieurs bateaux en aluminium, des chalutiers équipés d'un grand portique à l'arrière, les doublèrent en trombe. Leurs moteurs étaient puissants, leur son rauque couvrait celui du *Slippery Jay*. L'un d'eux passa tout près, le pilote agita la main, Dora lui rendit son salut, puis il les dépassa.

Les moteurs à essence, dit Dora. Ils peuvent aller à plus de vingt nœuds. Mais si les capteurs déconnent, ils risquent d'exploser.

Les capteurs ? demanda Carl.

Des capteurs pour détecter un éventuel trop-plein de gaz dans le carter. Ils peuvent filtrer l'excédent d'émanations avant le départ, le remplacer par de l'air frais, mais s'il en reste la moindre trace, le bateau tout entier se transforme en grenade.

Et nous, c'est un diesel ? Carl essayait juste d'entretenir la conversation, essayait d'en apprendre davantage, mais il se rendit compte que sa question était évidente et idiote.

Ouaip. C'est tout ce qu'on a.

Carl acquiesça. Une flotte entière de chalutiers autour d'eux, au moins cinquante bateaux qu'il voyait prendre la même direction, bien que certains aillent vers le Nord, dans d'autres secteurs du bras de mer.

Combien de navires prennent la mer ? demanda-t-il.

Sur Cook Inlet ? Presque six cents, je pense, et la plupart sont de sortie, aujourd'hui. Tu as déjà manœuvré un bateau ?

Des petits hors-bord, des canoës, ce genre de trucs.

Eh bien, prends la barre, lui dit Dora en se levant. Tu vois cette boussole ? Tu nous maintiens entre cette marque et celle-là, dit-elle d'un geste de l'index. Le gouvernail est un peu lent, alors ne compense pas trop. Je descends un moment.

OK, dit Carl. Merci.

Dora descendit au pont inférieur et Carl garda un œil sur la boussole et l'horizon. Il n'allait jamais en ligne droite. Il dérivait un peu d'un côté, tournait la barre et déviait trop de l'autre côté, puis corrigeait trop la trajectoire. Il zigzaguait en permanence.

Une faible houle, la surface de l'eau lisse, le seul vent créé par leur propre mouvement, et il était placé en hauteur, il avait une bonne visibilité, la barre en contrebas, cela aurait dû être facile mais il semblait y avoir une sorte de courant, loin en dessous. Le bras de mer donnait vraiment l'impression d'être sur une rivière. Carl essayait d'éviter les rondins flottants, aussi, se disant qu'il n'était sûrement pas censé les heurter.

Comment ça va, là-haut ? cria Mark à travers le trou au bout d'un moment.

Ça va, dit Carl.

Tant mieux. Laisse un peu de jeu. Puis Carl fut seul à nouveau, pendant longtemps. Il se demanda s'il allait toujours dans la bonne direction et si les deux autres n'étaient pas en train de faire la sieste. Il n'y avait visiblement rien d'autre à faire. Ils jouaient peut-être aux cartes.

Près de deux heures s'écoulèrent avant que Mark ne réapparaisse, vêtu d'un bas de ciré maintenu aux épaules par des bretelles. Le pantalon était vert foncé, identique à celui de la jeune fille du matin, et il portait le même genre de bottes de pêche bleu foncé.

Mark pointa le doigt vers la droite, devant eux. Des gerbeurs, dit-il.

Quoi ?

Des gerbeurs. Des pêcheurs amateurs. Le bateau de plaisance qui dérive là-bas, bien qu'ils pensent sûrement faire du surplace. Ils pêchent le flétan.

Sympa, le surnom, dit Carl. Tout le monde les appelle comme ça ? Si je vivais ici et que j'allais pêcher en amateur, je serais un gerbeur, moi aussi ?

Mark sourit. Tu sais faire la cuisine ?

Bien sûr.

Ça t'embêterait de préparer le petit déjeuner ?

Quand ils arrivèrent enfin dans la zone de pêche, Carl était descendu à la kitchenette et cassait des œufs. Ils s'arrêtèrent pour une raison indéterminée, redémarrèrent et s'arrêtèrent encore, puis ils échangèrent des propos en criant et Carl aperçut Mark qui abaissait le chalut à l'arrière du bateau. Le bateau tanguait fortement sous l'impulsion d'une force bien plus importante que celle des vaguelettes, et Carl dut se contenter d'un simple coup d'œil dehors.

Mark voulait douze œufs brouillés et l'unique bol de la cuisine était petit. Carl prit appui sur l'un des plans de travail pour éviter de tomber sur la gazinière, il essaya de maintenir en l'air le bol plein et fit de son mieux pour battre les œufs de l'autre main.

Il se rendit soudain compte qu'il fallait d'abord faire frire le bacon. Il souleva le bol et le tint en équilibre tandis qu'il se baissait pour sortir le bacon du petit frigo.

Carl déchira l'emballage d'un coup de dents et le laissa tomber sur le plan de travail. Le sachet glissa au rythme du tangage pendant que Carl cherchait une poêle à frire. Le bateau s'agita soudain avec plus de violence et il se cogna la tête contre un placard. Les œufs giclèrent en partie sur son jean, jaunes et gluants, et glissèrent lentement en imprégnant la toile.

Super, dit Carl par-dessus le rugissement du moteur. Il porta sa main libre à sa tête sans quitter des yeux le reste des œufs, dont le niveau avait baissé, et s'efforça de les maintenir en équilibre.

Au moment où il parvint enfin à poser une poêle sur la gazinière, à allumer un feu et à y déposer quelques morceaux de bacon, Mark passa la tête dans la cabine et hurla : Ramène-toi ! J'ai besoin que tu jettes les poissons. Puis il disparut.

Carl resta à se balancer sur place un instant, tenta de comprendre ce qu'il était censé faire. Il versa les œufs sur le bacon cru, coupa le gaz et se rua sur le pont.

Seigneur, dit-il. Le sol était jonché de saumons, partout, et le filet se rembobinait autour du portique, emportant avec lui d'autres poissons encore accrochés dedans.

Viens par ici ! cria Mark. Il se tenait entre le chalut et la poupe, où il ramassait les saumons. Ça n'avait pas l'air facile. Quand le filet arriva au-dessus du plat-bord, Mark en dégagea un saumon pour qu'il ne tienne que par les branchies, puis il tira d'un geste brusque et le poisson tomba sur le pont. Des saumons partout autour de ses pieds, argentés et haletants, affalés et glissant dans leur propre viscosité, dans le sang et l'eau de mer.

Jette ceux-là dans les containers latéraux ! cria Mark. L'association du moteur et de la pompe hydraulique du portique créait un immense raffut.

Carl attrapa les poissons et les lança. Mais il les lâchait ou les lançait trop bas, les saumons heurtaient la paroi extérieure des containers et glissaient sur le pont. Puis il perdit l'équilibre et s'étala au milieu des poissons.

Mark l'empoigna par le col et le remit sur ses pieds. Chope-les par les branchies ! hurla-t-il. Et reste pas dans mes pattes !

Carl s'écarta de quelques pas et se mit à les soulever par les branchies, ce qui s'avéra plus simple, sauf lorsqu'elles étaient fermées. Mais la plupart des poissons haletaient, leurs branchies d'un rouge sombre exposées à l'air libre et crénelées comme des algues. La peau de leur dos, d'un bleu verdâtre aussi foncé que l'océan, virait à l'argent sur leurs flancs et au blanc sur leur ventre. Leurs grands yeux révulsés, perplexes. Carl s'activait autant qu'il pouvait. Il se coupait les doigts, il y avait quelque chose de tranchant, là-dedans.

IRENE ET GARY CHARGÈRENT des lattes de contreplaqué traité dans le bateau. C'était la première fois qu'elle sortait depuis la tempête, à part pour son rendez-vous chez le médecin. Le temps était couvert, ce jour-là, froid et un peu venté.

Tu attires les tempêtes, dit Gary. C'est le jour le plus sombre qu'on ait eu de toute la semaine. Il a fait bon et ensoleillé jusque-là.

Si j'attirais les tempêtes, elles seraient bien pires que ça, dit Irene. Soldotna tout entière serait rayée de la carte.

Mince, fit Gary avant d'empoigner le seau rempli d'outils et quelques clous. Garde tes forces pour les coups de marteau. Il faut qu'on installe toutes ces plaques aujourd'hui. Il était de bonne humeur, Irene le voyait bien. Il avait gagné. Elle sortait l'aider à terminer son projet idiot.

Ils remontèrent la rampe de poupe, la fixèrent et partirent. Irene emmitouflée dans un manteau et un bonnet, rentrant la tête dans son col, le dos tourné au vent. Le vent et le froid faisaient empirer sa migraine. Elle se moucha, le bout de son nez était engourdi et à vif. Les antibiotiques et le décongestionnant semblaient inefficaces. Mais elle allait bien, d'après le docteur et tous les autres. Rien ne clochait. Rien qu'un petit rhume. Elle goba deux Tramadol dès que Gary eut le dos tourné.

Ils accostèrent presque sur le rivage, le bateau était assez léger pour s'en approcher, puis ils attrapèrent les grandes lattes de contreplaqué et les portèrent à travers les buissons. Le vent butait contre les planches s'ils les tenaient en travers et Irene faisait de son mieux pour ne pas tomber. Les moustiques lui piquaient le cou et le visage sans qu'elle puisse libérer ses mains. Elle aurait bien exprimé un peu sa frustration, mais à quoi bon ? Elle n'y aurait gagné qu'un sermon de Gary. Le sermon du type Reste forte et continue, ou le sermon J'ai besoin d'aide, ou pire encore, le sermon mensonger Cette cabane est pour nous deux. D'ici peu, l'idée même de la cabane finirait peut-être par venir d'Irene.

Gary avait monté la structure du plancher. De fins poteaux fichés en terre, les solives fixées, tout s'imbriquait. Pas tout à fait d'aplomb ni régulier, mais cela semblait plus stable qu'elle ne s'y était attendue.

Ça m'a l'air plutôt bien, dit-elle. Tu as sacrément bossé.

Merci. Je me suis rendu compte que le sol en terre battue ne conviendrait pas. Et j'ai fait attention de bâtir les coins à angle droit pour que le contreplaqué s'y glisse sans problème, avec un peu de chance.

Comment va-t-on fixer les murs ?

Je ne pense pas qu'ils seront fixés. On les attachera ensemble aux coins et on fera en sorte que tout s'emboîte au maximum.

OK, dit-elle.

Ils laissèrent tomber les lattes de contreplaqué sur la plateforme, en alignèrent les bords avec précaution et les clouèrent aux solives. Irene sentait chaque coup de marteau, même après avoir pris les Tramadol. Elle n'arrivait pas à respirer et la douleur lui faisait monter les larmes aux yeux, mais elle les essuya et ne dit rien.

Le vent souffla de plus belle, bien entendu, comme pour la saluer et la remercier de sa présence. Le soleil disparut derrière une couverture de nuages plus épais. Mais il ne plut pas.

Rien que six planches de contreplaqué, une petite plateforme, trois mètres cinquante par cinq, alors il ne fallut pas longtemps pour tout clouer. Ils reculèrent pour regarder.

C'est vraiment petit, dit Irene.

Ouais, dit-il. Rien d'inutile. Rien qu'une cabane. Rien que le nécessaire.

Je pense qu'on a besoin de plus. Si tu veux que je vive ici, que je vive vraiment ici, il nous faut de la place pour un lit, une cuisine, une salle de bains, et peut-être encore un peu d'espace pour marcher. Et un coin pour s'asseoir.

Trois mètres cinquante par cinq, c'est plutôt grand. Je pense que c'est bien comme ça.

Où va-t-on installer les toilettes ?

À l'extérieur.

À l'extérieur ?

Ils restèrent immobiles en silence un moment.

Et la cheminée ? demanda enfin Irene. Est-ce qu'il y aura une cheminée ?

C'est compliqué, dit Gary. Peut-être une sorte de poêle. On pourrait ajouter ça.

Irene comprit dans un instant de lucidité terrible qu'ils allaient vraiment vivre là. La cabane ne serait jamais montée comme il faut. Elle ne leur offrirait pas ce dont ils auraient besoin. Mais ils y vivraient tout de même. Elle pouvait voir tout cela avec une clarté absolue. Et bien qu'elle eût envie de dire à Gary de vivre là tout seul, elle savait qu'elle ne pouvait pas car c'était le prétexte qu'il attendait. Il la quitterait pour toujours et elle ne supporterait pas d'être quittée à nouveau. Cela ne se reproduirait pas encore une fois dans sa vie.

Et pour l'eau ? demanda-t-elle.

Je vais installer une pompe depuis le lac.

Est-ce qu'on aura l'électricité ?

Ce sera une pompe à main. Il faut que j'en dégotte une.

Pour la lumière, je veux dire.

On utilisera des lanternes.

Et pour la gazinière ?

Du propane. Je vais trouver un petit réchaud à deux ou trois feux.

Et pour le toit ?

Je ne suis pas encore certain pour le toit. Bon sang, Irene. Je viens à peine de commencer. Le sol est déjà bien, non ? Le reste suivra. Il passa un bras autour de ses épaules et l'attira contre lui un moment, une petite étreinte de réconfort.

OK, dit-elle. Je crois qu'il faut que je rentre. J'ai vraiment mal à la tête. Il faut que je m'allonge.

On va te ramener à la maison en moins de deux. Avec cérémonie, il l'aida à monter à bord et rassembla les outils et le reste. La période d'optimisme qui précédait toujours ses échecs. C'était le pire, pour Irene. Tous ses projets commerciaux tombés à l'eau, les bateaux qu'il avait construits et qui avaient dépassé son budget pour finir par ne pas se vendre. Il les avait tous commencés ainsi, pleins d'espoir. Et Gary était intelligent, il avait fait des études. Il aurait dû s'y attendre. Il aurait dû faire mieux. Leur vie aurait dû être meilleure.

Gary avait semblé si prometteur. Un doctorant assez doué pour entrer à Berkeley. Il avait les cheveux longs, à l'époque, blonds et bouclés. Elle pouvait tirer sur une boucle et la voir se remettre en place comme un ressort. Ils jouaient de la guitare assis en tailleur, les yeux dans les yeux à chanter *Brown-Eyed Girl* ou *Suzanne*. Elle se sentait liée à lui, désirée, elle se sentait appartenir à quelque chose. Gary avait un drôle de sourire en coin, il parlait toujours de ses sentiments et des sentiments d'Irene. Il était si facile à atteindre, il lui avait promis qu'il resterait toujours ainsi.

L'Alaska n'était qu'une idée. Une année loin de l'université, une petite pause pour prendre du recul sur sa thèse, pour acquérir la perspective nécessaire. Ils iraient jusqu'à cette frontière mythique, s'imprégneraient de nature sauvage. Elle n'avait pas vraiment cru qu'ils partiraient. Mais Gary fuyait. C'est ce qu'elle n'avait pas compris. Il n'avait jamais eu l'intention de rentrer en Californie.

Gary bénéficiait d'une bourse d'été pour préparer sa thèse et ils l'avaient vite dilapidée en voyageant au sud-est de l'Alaska, à Ketchikan et à Juneau, dans les villes plus petites comme Wrangell ou St Petersburg. En quête d'une représentation de l'Alaska.

Pour Gary, cette représentation était scandinave, liée à ses études, à *Beowulf* et au "Seafarer", une société guerrière traversant les mers peuplées de baleines jusqu'aux fjords de terres inconnues et accostant dans de petits villages de pêcheurs repliés sur eux-mêmes. Des hameaux de maisons en bois aux toits pentus construits au bord de l'eau, qui n'avaient pas de noms pour le monde extérieur. Ces villages nichés dans d'étroites baies au sud-est de l'Alaska, entre des montagnes de mille ou mille trois cents mètres d'altitude qui semblaient jaillir du rivage. Vus du large, ils semblaient inhabités, des villes fantômes, reliques des temps miniers, du commerce des fourrures ou d'une époque plus ancienne encore. Ce que Gary voulait vraiment, c'était ce village imaginaire, ce retour à une ère idyllique où il pourrait avoir un rôle, une tâche définie, forgeron, boulanger ou barde. C'était ce qu'il voulait être, le "créateur", celui qui chantait l'histoire d'un peuple, l'histoire d'un lieu, ce qui ne faisait qu'un au final. Ce qu'Irene voulait, c'était ne plus jamais être seule, trimbalée d'une famille à une autre, abandonnée.

Gary avait dépensé ses derniers billets pour aller voir ces endroits, il avait payé des excursions sur des bateaux privés. Il était si enthousiaste chaque fois qu'ils prenaient la mer. Irene s'était laissée gagnée par cet enthousiasme, mais chaque nouveau village était une déception. Une maison avait installé une pompe à essence au bout d'un embarcadère et peut-être un panneau publicitaire fané derrière une fenêtre. Une autre était en réalité un atelier de mécanique. Des cabanes estivales et des plantations hippies poussant à la vue de tous, des animaux en liberté, des carcasses de voitures dispersées dans les jardins, l'impression que sous un matelas moisi à l'intérieur de la maison reposaient de grosses liasses de billets issus de la vente de marijuana. Gary et Irene étaient eux-mêmes hippies, la drogue en moins, mais ils cherchaient quelque chose en plus, quelque chose d'authentique. Gary voulait marcher dans un village et y entendre parler une langue ancestrale.

Ils avaient traversé un ensemble d'habitations plus important qui abritait un coiffeur annoncé par une enseigne classique cylindrique bleu, blanc et rouge. Elle prenait tout l'espace d'un coin de son porche. Cela plut à Gary. Elle n'avait pas mille ans, mais elle lui donnait l'impression de pouvoir prendre un bain à cinq cents et de payer dix cents pour de l'eau propre. Elle datait au moins de l'époque minière, sans doute. Mais pour finir, tout ne fut qu'une amère déception. Le véritable Alaska ne semblait pas exister. Personne ne s'intéressait à la vie simple et rude au sein de la nature sauvage, celle sur laquelle il aurait voulu méditer, et aucun de ces endroits n'était assez scandinave à son goût. Aucun n'évoquait son village imaginaire.

Ils avaient dépensé tout leur argent quand ils arrivèrent dans la péninsule de Kenai et Irene fut obligée de trouver un travail. Dans son domaine de compétences, maîtresse de maternelle, elle pouvait toujours trouver un poste et elle aimait son boulot. C'était censé n'être qu'une situation temporaire, mais Gary n'avait jamais eu l'intention de repartir. Il ne finirait pas sa thèse. Il ne brillerait pas dans son champ d'expertise et cette quête de l'Alaska n'avait été qu'une expression de son désespoir, le village imaginaire un signe que Gary n'avait jamais trouvé une façon de s'intégrer à sa vraie vie.

Si Irene avait pu comprendre tout cela à temps, elle aurait peut-être quitté Gary à l'époque où cela était encore possible. Mais il lui avait fallu plusieurs décennies pour découvrir la vérité, pas seulement à cause de son travail et des enfants, mais parce que Gary était un excellent menteur, toujours enthousiaste à l'idée d'une nouvelle entreprise. Cette cabane était un nouveau mensonge, une nouvelle tentative pour atteindre la pureté, pour trouver la vie rêvée dont il avait besoin parce qu'il avait toujours fui ce qu'il était vraiment.

Et voilà qu'il la fuyait elle aussi, à présent, sans qu'elle comprenne pourquoi. Elle le sentait, tout le monde l'aurait accusée de paranoïa, mais elle savait que c'était la vérité. Aussi simple qu'un changement de mise au point, elle devenait peu à peu invisible. Il n'y avait encore aucune autre femme, mais le temps viendrait. Gary atteignait la limite de cette vie censée le protéger du désespoir, et quand il aurait échoué à construire sa cabane, un rêve de trente ans, il serait obligé de s'éloigner en quête d'une distraction plus grande.

Blottie à l'avant du bateau, les yeux rivés sur la berge qui approchait, Irene ressentait désormais sa vie et celle de Gary comme une suffocation. Un poids terrible, un essoufflement et une panique, et elle savait que ce n'était pas le simple effet du Tramadol.

RHODA FAISAIT FACE À UN CHAT PERSAN GRIS revêche nommé Smokey. C'est l'heure de ton médoc, lui dit-elle, et il chercha à se débattre quand elle lui attrapa la tête, mais elle était rapide et savait comment lui maintenir la mâchoire ouverte. Ce fut terminé avant même qu'il n'ait eu le temps de ciller. Voilà, on peut être à nouveau amis, dit-elle.

Ce n'était pas aussi simple avec Jim. Elle recomposa son numéro de portable, tomba sur sa messagerie et raccrocha d'un geste brusque. Hmm, fit-elle.

Jim était à Juneau où il rencontrait un nouvel associé potentiel pour son cabinet, un dentiste du nom de Jacobsen. Elle n'en savait pas davantage, ce qui était inhabituel. Jim avait tendance à s'attarder sur les détails, mais en l'occurrence il n'y avait eu aucun détail, pas même un coup de fil. Disparu toute la journée d'hier, pas d'appel dans la soirée, disparu aujourd'hui encore. Il avait certainement dîné avec Jacobsen, il avait peut-être même passé la nuit chez lui, avec sa famille, bien qu'elle ne sût rien de ce dénommé Jacobsen, ni de son éventuelle famille.

Après le travail, elle roula jusqu'au cabinet de Jim et fut surprise de trouver sa Suburban sur le parking. Elle frappa à la porte et, quelques instants plus tard, il vint lui ouvrir, l'air épuisé.

Salut, dit-il. Il portait les mêmes vêtements que la veille, froissés et teintés d'une légère odeur de sueur.

Qu'est-ce qui t'est arrivé ? demanda-t-elle. Pas un coup de fil ? Elle le serra dans ses bras, heureuse de le savoir de retour.

Hé, merci. Mais, ouais, j'ai perdu mon portable. Il est peut-être tombé de ma poche dans l'avion. Pas sûr. Bref, ça fait plaisir de te revoir.

Ben ouais. J'étais inquiète. Tu avais disparu de la surface de la Terre.

Désolé.

Tu peux te faire pardonner.

Oh là, dit-il. Je suis crevé. J'ai pas fermé l'œil de la nuit.

Pauvre Jim, dit-elle. Viens, on rentre. Je vais te préparer à dîner.

Il faut que je rattrape mon retard. On s'absente deux jours et tout part en vrille.

Je peux t'aider, dit-elle. Ils s'assirent côte à côte et organisèrent les reprogrammations de rendez-vous, les messages, les commandes aux fournisseurs, les questions de comptabilité. Le tout étalé sur des post-it jaunes collés au hasard par sa secrétaire.

Elle est nulle, dit Rhoda. C'est pas un système de classement, ça.

Tout doux, dit Jim.

Quand ils eurent terminé, enfin, et qu'ils arrivèrent chez eux, Rhoda prépara un bon plat de lingue enroulée dans du bacon, une grande salade d'avocats et de tomates plus mûres qu'à l'habitude. Un vrai plaisir de cuisiner, de cuisiner pour Jim, là, dans leur maison. Elle fit des pauses pour regarder la haute voûte du plafond, tout ce bois. Se servit un verre de vin. Se sentit un tantinet rêveuse.

C'est prêt, cria-t-elle quand elle eut déposé les assiettes sur la table. Sans réponse de sa part, elle alla dans la chambre et l'y trouva endormi. Pauvre Jim, dit-elle en éteignant la lumière.

Monique fit le chemin de son hôtel jusqu'au Coffee Bus à pied sous la pluie. Fin de matinée, un jour après son retour de l'excursion avec Jim, et elle ne supportait déjà plus d'être seule. Elle avait besoin d'un peu de compagnie.

La route n'était pas des plus courtes et la pluie n'était pas chaude non plus. Elle avait une parka à capuche, mais sous son jean ses jambes étaient froides et trempées. La fin de l'été dans cette région ressemblait fort à l'hiver. Ne te plains pas, se dit-elle. C'est toi qui as voulu venir. Elle avait imaginé l'Alaska comme une véritable aventure, mais à dire vrai la région lui semblait plutôt fade. On voit un ou deux élans et ils commencent à sembler aussi communs que des vaches. Le glacier avait été sympa, par contre.

Elle longea un centre commercial de plain-pied, un parking abandonné où pourrissaient une vieille voiture et d'autres débris en bordure de forêt. Ploucland, dit-elle à voix haute. Le sol était décoré d'éclats de rouille.

Le Coffee Bus se dressait dans un coin vide sur un grand parterre de gravier. Un vieux bus blanc, peut-être un car de transport scolaire repeint, avec un auvent sur le côté et des marches menant à une vitre. Pas de drive-in.

Salut, Mark, dit-elle, arrivée sous l'auvent.

Dis donc, fit-il. Carl en peut plus de chagrin. C'est drôle de l'avoir laissé en plan au camping.

T'es pas censé être en mer ?

La proprio a décidé de faire une pause d'un jour ou deux. Elle voulait que j'en profite pour nettoyer le bateau et jouer les larbins, mais c'est pas trop mon style.

Salut, Monique, dit Karen.

Monique lui rendit son salut.

Entre prendre un café.

Monique fit le tour vers la porte arrière, elle grimpa à bord et s'installa sur un tabouret. L'intérieur du bus dégageait une odeur de torréfaction, l'air y était épais et riche.

Alors, où t'étais passée ? demanda Karen.

Monique leur parla de Seward, sans évoquer Jim, et dit qu'elle avait squatté chez des gens rencontrés là-bas. Elle s'enquit de Carl, qui se languissait apparemment d'elle. Elle espérait qu'ils lui proposeraient de la raccompagner au terrain de camping, mais ils en laissèrent le soin à Rhoda.

Elle passe juste après midi, dit Mark. Réglée comme une horloge. Elle te déposera.

D'accord, dit Monique. Il ne fallut pas longtemps à Rhoda pour arriver et accepter. Le trajet jusqu'au camping était long, mais cela ne semblait pas la gêner. Ça me fait plaisir, dit-elle avec un léger hochement de tête étrangement formel qui aurait pu accompagner une révérence.

Merci, dit Monique en marchant jusqu'à la voiture de Rhoda, bien loin d'un carrosse royal. Une Datsun, une marque qui n'existait même plus. Un vrai royaume de citrouilles.

Tu voles à mon secours, dit Monique.

Aucun problème. Raconte-moi tes excursions. Tu as passé tout l'été ici ?

On est allés un peu partout. En ferry vers Denali et Fairbanks et on finit ici, sur la péninsule. Carl est en pleine quête personnelle pour devenir un homme. Pêcher un gros poisson devrait faire l'affaire pour lui, visiblement.

Rhoda éclata de rire. Pourquoi ne peuvent-ils pas se contenter d'*être* des hommes ? Pourquoi sont-ils obligés de le devenir ?

C'est vrai.

J'en ai un, moi aussi, qui n'a pas encore éclos. Un dentiste qui s'appelle Jim.

Je l'ai rencontré, dit Monique. Au Coffee Bus. Mark nous a présentés.

Est-ce qu'il t'a donné l'impression de ne pas te dire bonjour ?

Il était discret.

Il est toujours comme ça. Les gens ont l'impression qu'il ne dit pas bonjour, mais si.

Il avait l'air sympa, dit Monique. Elle observait Rhoda, la trouvant très attirante, à sa manière. Elle voulut presque lui dire la vérité, à cet instant, tout depuis le début, pour la sauver de Jim, mais cela paraissait inutile. Rhoda et Jim poursuivraient leur petite existence, peu importait ce que ferait Monique. Tu as grandi ici ? demanda-t-elle à Rhoda.

Ouaip. Au bord de Skilak Lake. Un super endroit pour grandir. On était toujours libres de se balader.

Tu as déjà croisé un ours ?

Plusieurs fois.

Tu peux me raconter ? J'adore les histoires d'ours.

Eh bien, il y en a une que tu ne croiras jamais.

Super ! dit Monique. Une bonne histoire. Je sais déjà qu'elle sera bonne. Elle pivota sur son siège pour accorder son entière attention à Rhoda.

J'avais quatre ans. C'est un de mes plus vieux souvenirs. Je portais mon manteau rouge, celui à capuche.

Le petit chaperon rouge.

Exactement. J'adorais ce manteau.

C'est génial.

J'étais au sommet de la colline juste derrière la maison, je cueillais des myrtilles. C'était en août, encore l'été, mais il faisait déjà froid. Plus tard cette semaine-là, on a même eu de la neige, ce qui arrive très rarement en août.

Ça alors, dit Monique.

Et peut-être que les ours étaient plus aux abois qu'à l'accoutumée avec cette vague de froid précoce. Je ne sais pas. J'avais les yeux baissés vers un myrtillier et j'ai eu l'impression d'être observée. J'ai relevé la tête, un peu malgré moi, et à six mètres de moi, j'ai vu un ours énorme.

Oh, mon Dieu.

Ouais, un ours brun très gros. Pas un noir, ç'aurait été bon. Et puis, on ne voit jamais un ours de si près. Ils ne s'approchent jamais de toi à ce point. Ils prennent la direction opposée. Si on les effraie, ils s'enfuient. Mais celui-là était si proche, il avait dû me sentir ou m'entendre et il s'était approché.

Qu'as-tu fait ?

C'est ça, le truc. Je n'ai rien fait. Je suis restée là à le regarder, et il m'a regardée. Il était magnifique, il avait l'air gentil, comme un gros chien. Je lui ai dit bonjour et il a balancé un peu la tête, puis il a fait demi-tour et il s'est enfui.

Tu lui as dit bonjour.

Ouais, je lui ai dit bonjour, et aujourd'hui je bosse chez un véto. J'ai toujours eu un bon contact avec les animaux, la conviction qu'ils ne veulent jamais nous faire de mal. C'est juste que, parfois, on se trouve en travers de leur chemin.

C'est toi qui gagnes le prix de la meilleure histoire d'ours.

Elles arrivèrent au terrain de camping et Monique guida Rhoda jusqu'à la tente. Elles se garèrent tout près et Carl passa la tête dehors.

Salut, dit Monique.

Mais, putain… dit Carl.

Sois pas en colère.

Il pleut et il fait moche, dit Rhoda. Pourquoi vous ne viendriez pas tous les deux chez nous ? Vous pourriez rester au sec pour la journée, dîner et passer la nuit. Je vous ramènerai ici demain à l'heure du déjeuner.

Monique éclata de rire. Jim allait flipper. C'est super, dit-elle. Qu'est-ce que tu en dis, Carl ? Tu préfères rester à larmoyer ici ou te joindre au genre humain ?

Je viens, dit-il. Je déteste cette tente.

LES RONDINS N'ÉTAIENT PAS TOUS IDENTIQUES. Du bouleau clair à l'écorce fine comme du papier. De l'épicéa foncé. Toutes les espèces d'arbres endémiques de cette région de l'Alaska. Et aucun n'était droit. Des nœuds, des bosses et des moignons de branches sciées. Gary soulevait une extrémité, s'y agrippait, la laissait retomber et passait au rondin suivant.

La pluie, à nouveau, mais cette fois ils portaient leur équipement complet, des cirés de pêcheur épais vert foncé avec des bottes. Irene était au sec et au chaud.

J'aurais peut-être dû les faire aplanir, dit Gary.

Irene tint sa langue. Elle s'installa au bord de la plateforme et attendit. Elle ferait ce qu'il voudrait pour cette cabane. S'il décidait de nouer les rondins à l'aide de réglisse ou de combler les interstices avec du glaçage de gâteau, elle le ferait.

Gary choisit enfin quatre rondins d'épicéa parmi les plus foncés, il les mesura et en scia les extrémités afin que les coins s'emboîtent. Des angles à quarante-cinq degrés, sciés à la main, et il n'y parvint pas tout à fait. La sciure jaune virant au rouge orangé sous la pluie. L'odeur du bois après la coupe. Gary essayant d'ajuster les angles et s'interrogeant sur les interstices.

Ça fera bien l'affaire, dit-il, mais Irene voyait bien qu'il était déjà frustré. Il avait une image de perfection en tête et il en voyait à présent les premières flétrissures.

Elle s'accroupit et maintint les rondins ensemble pendant qu'il clouait. De gros clous galvanisés de quinze centimètres. Ses mains étaient humides et froides contre l'écorce rude.

Ils clouèrent les quatre coins qui composeraient la première couronne du mur. Deux rondins de cinq mètres et deux de trois mètres cinquante formaient ainsi une barrière basse. Côté colline, le rondin atteignait presque le sol. Côté lac, il était trop court de presque trente centimètres.

Au niveau du toit, est-ce qu'on ajoutera des rangées supplémentaires pour compenser ? demanda Irene.

Ouais, dit Gary. On va être obligés. Bien que le toit puisse être penché, je suppose. Ça lui donnerait un air plutôt intéressant. Il adressa un sourire à Irene.

Irene rit. Ça lui donnerait un aspect rustique.

Marché conclu, dit Gary. On fera un toit penché.

Irene passa ses bras autour de Gary et le serra contre elle. Peut-être que tout finirait par aboutir. Peut-être que ce ne serait pas grave si la cabane avait l'air ridicule.

On fait une deuxième rangée ? demanda-t-il.

Pardi, répondit-elle. Elle avait des vertiges et un pic à glace dans le cerveau, mais elle faisait de son mieux pour tout ignorer. Il lui fallait peut-être davantage d'antibiotiques.

Ils prirent des nouvelles mesures et il scia les extrémités. La pluie s'abattait de plus belle, soufflée par un vent plus fort, alors ils lui tournèrent le dos.

Irene tenait les coins tandis qu'il clouait et elle apercevait d'énormes interstices entre les deux rangées. À certains endroits, il y avait peut-être six ou sept centimètres de jeu entre les rondins.

Eh merde, dit Gary.

La pluie tombait de biais, à présent, comme pour illustrer ce qui risquait d'arriver avec ces interstices. Irene engloutit un Tramadol en vitesse pendant que Gary regardait ailleurs. Il ne lui en restait presque plus. Elle devrait en demander d'autres à Rhoda.

Eh merde, dit encore Gary. Il me faut un rabot, mais à la main ça va prendre une éternité. Avec tous ces nœuds, ces branches coupées et toute cette écorce. Je n'y arriverai jamais. J'aurais dû les faire aplanir avant. Je le savais. Je le savais et je ne l'ai pas fait.

C'est la première fois que tu montes un projet comme ça, dit Irene.

Mais je le savais. Je n'ai pas eu assez de temps. J'ai commencé trop tard. Je me suis dit que je parviendrais peut-être à m'en tirer. Quand est-ce que je vais apprendre à ne pas commencer mes trucs trop tard ?

Eh bien, dit Irene, je pense que tu es un peu dur envers toi-même.

Non, c'est faux. Je suis un idiot. Je suis un idiot incompétent, je l'ai toujours été. Sur tous mes projets.

Gary, dit-elle en essayant de passer ses bras autour de lui, mais il s'éloigna à grands pas vers les arbres. Difficile de croire qu'il avait cinquante-cinq ans. Il aurait pu en avoir vingt, ou treize, ou même trois. À piquer une colère comme les enfants à qui elle avait enseigné pendant trente-trois ans.

Et pendant ce temps, murmura Irene pour elle-même, voilà ma vie. On peut choisir ceux avec qui l'on va passer sa vie, mais on ne peut pas choisir ce qu'ils deviendront.

Gary était entré dans le sous-bois au bout de leur terrain, il avançait vite. La pluie tombait à grosses gouttes, ses pas pesants faisaient craquer le bois mort. Il avait le sentiment de pouvoir continuer ainsi indéfiniment, traverser l'Alaska jusqu'au Yukon et aux Territoires du Nord-Ouest, marcher jusqu'à ce que ses jambes s'embrasent et que son esprit s'éclaircisse. Il retrouva l'autre cabane aux gros rondins égalisés. Il examina les interstices et ne comprit toujours pas ce qu'ils avaient utilisé. Le bout de son marteau et les rondins étaient trop incurvés pour lui permettre d'enfoncer son outil, aussi frappa-t-il avec force pour entamer l'un des interstices et arracher un éclat de rondin. Le bois clair fut mis au jour, la surface presque noire. Il parvint à détacher un petit morceau de mastic. Un mélange grisâtre, du ciment ou de l'époxy. C'était souple mais ce n'était ni du caoutchouc ni du silicone. C'était légèrement granuleux entre ses doigts. Il le renifla mais ne put en déterminer la matière. Et il doutait que cela puisse combler plusieurs centimètres d'espace entre ses rondins. Rien ne pourrait les combler. Il serait obligé de clouer des planches de contreplaqué. Au lieu d'une cabane en bois, l'intérieur ressemblerait à un container.

Gary fit volte-face et jeta son marteau contre un arbre. Il heurta le tronc dans un bruit trop discret, rien de très satisfaisant. Il alla le ramasser pour le jeter contre un autre arbre, plus proche de lui. Le marteau ricocha vers lui et il dut faire un bond de côté pour l'éviter.

Il avait envie de prendre l'île à pleines mains, de la déchirer et de voir l'eau du lac s'infiltrer par le trou. Ce serait suffisant. Rien que ça.

Bien, dit-il. Parce qu'il était l'heure de repartir.

Il rejoignit Irene, assise au bord de la plateforme, courbée, dos au vent et à la pluie. Il devrait la laisser rentrer à la maison. Elle ne devrait pas être obligée de prendre part à tout cela. Encore quelques rangées de rondins et ils s'en iraient.

Il s'approcha d'elle et s'excusa. C'est tellement frustrant, dit-il. Il y a une autre cabane un peu plus haut et je ne comprends pas où ils ont eu ces gros rondins.

C'est pas grave. On va peut-être réussir à faire quelque chose avec ceux-là.

Ils montèrent donc une autre couronne, sciant et clouant les angles, puis ils reculèrent pour étudier l'espace entre les rondins. Immobiles sous la pluie, ils essayèrent de trouver une solution.

Peut-être qu'on peut clouer chaque rangée à la précédente, dit Irene. Avec des clous plus longs. Ça pourra peut-être les rapprocher. Elle pensa que c'était une sorte de métaphore, que s'ils prenaient tous ceux qu'ils avaient été par le passé et qu'ils les clouaient ensemble, s'ils parvenaient à rapprocher ceux qu'ils avaient été cinq ans ou vingt-cinq ans plus tôt, ils auraient peut-être l'impression de quelque chose de plus solide. Pour eux-mêmes, pour leur mariage, un mariage pas si éloigné de ce sentiment, quelque chose de changeant et d'impalpable, d'important et de futile à la fois. Vous pouviez vous reposer dessus des années entières, vous l'imaginer à portée de main, mais si vous commenciez à le chercher vraiment, si vous en aviez besoin, si vous essayiez d'y trouver de la matière, quelque chose à quoi vous raccrocher, vos mains se refermaient sur le néant.

C'est une bonne idée, dit Gary. Je vais essayer. Merci, Reney.

Ils firent une rangée supplémentaire, puis ils soulevèrent les rangées une à une et les traînèrent de côté pour leur journée de travail du lendemain. Demain, ils feraient de leur mieux pour que tout s'imbrique plus étroitement.

MONIQUE ET CARL ÉTAIENT ALLONGÉS sur le lit de la chambre d'amis de Jim. Fin d'après-midi, après la douche. Carl priait pour qu'elle accepte de faire l'amour avec lui, effrayé à l'idée de dire quelque chose. Monique, les yeux rivés au plafond.

Je suis fatiguée, dit Monique.

Hmm, fit Carl.

Monique fit craquer ses orteils.

Tu devrais éviter de faire ça. L'arthrose.

Monique soupira. Elle se leva, détacha sa serviette qu'elle jeta sur une chaise et, nue, se glissa sous les couvertures.

Carl fit de même avec sa serviette et passa sous les couvertures à son tour.

Monique s'allongea sur le ventre, lui tourna le dos et s'endormit.

Carl se rhabilla avant de s'aventurer dans la cuisine et le salon. Un endroit luxueux, des vues magnifiques, tout ce bois, de beaux canapés. Il ouvrit le frigo et le congélateur, chercha quelque chose de bon. Des barres glacées, c'était une possibilité. Du saumon fumé, toujours bon. Mais il referma les portes et fouilla dans le garde-manger en quête d'autre chose. Il trouva une petite bouteille en verre de sirop d'érable encore scellée. L'anse était assez grande pour y glisser un doigt et le goulot était fermé par un bouchon doré. Importée du Canada.

Carl l'apporta au salon, il s'installa sur un canapé avec vue sur Cook Inlet, assombri par la pluie. Il dévissa le bouchon et avala le sirop à petites gorgées, tenant la bouteille à deux mains sur ses genoux entre deux lampées, comme une flasque de whisky.

Les nuages au-dessus de l'eau formaient un plafond sombre et bas, presque comme dans un théâtre, les raies obliques de pluie et de lumière un simple truc de mise en scène, le tout en mouvement. C'était magnifique et différent à présent qu'il était à l'abri dans cet endroit luxueux, sec et chaud. L'argent n'était pas une si mauvaise chose. Il allait peut-être devoir remettre en question ses études d'anthropologie. Vivre sous cette tente avait été un avant-goût de ce que serait sa vie s'il empruntait un tel chemin désargenté.

Il bascula la tête en arrière et ferma les yeux. Il dormait si mal depuis quelque temps, la moitié inférieure de son sac de couchage était invariablement trempée à chaque averse. Le canapé était d'un confort irrésistible.

Dans son rêve, Carl était secoué par des singes, il essayait de se retenir aux branches d'un arbre immense, mais c'était Rhoda, ses mains sur lui, et il se réveilla pour découvrir le sirop d'érable renversé sur ses vêtements et sur le canapé, une bave gluante répandue partout. Rhoda essuyait sa chemise et son jean à l'aide d'un torchon humide.

Je suis désolé, dit Carl, paniqué.

C'est pas grave, dit Rhoda. C'est marrant. Laisse-moi en essuyer encore un peu que ça ne goutte pas quand tu te lèveras.

Mon Dieu, dit Carl. Je suis trop con.

Tout va bien, mon grand. Avec moi, ton secret sera bien gardé.

Ah, dit-il. Il y en a partout.

Oui, c'est vrai.

Il parvint enfin à se lever et l'aida à tamponner le canapé qui, heureusement, était marron foncé.

Je suis désolé, dit-il.

C'est pas grave, honnêtement.

Carl s'éloigna d'un pas furtif pour se changer et reprendre une douche, mais Monique était réveillée et elle lui demanda ce qui s'était passé, puis elle éclata de rire, bien évidemment.

Merci, dit-il. Je me sens beaucoup mieux.

Fais pas la tête, dit-elle, mais il ferma la porte de la salle de bains et entra sous la douche. Il en avait sa claque de Monique.

Rhoda termina de nettoyer avant de préparer un plateau de fromage, d'olives, de saumon fumé, de crackers, de câpres et diverses tapenades. Elle ouvrit une bouteille de shiraz et une autre de pinot gris. Elle aimait recevoir. Elle fredonnait *Un morceau de sucre*, une chanson de *Mary Poppins*, le film fétiche de son enfance. Elle s'imaginait sans peine poser des assiettes de sucreries devant des enfants.

Quand Jim passa la porte, elle sautilla jusqu'à lui, passa ses bras autour de son cou et l'embrassa. J'ai une surprise, dit-elle.

Une surprise ?

Des invités à dîner. Un peu de compagnie. J'ai préparé un plateau de fromages.

C'est vrai ? C'est qui ?

Ils vont te plaire, dit Rhoda. Tu as déjà rencontré l'un d'eux. Elle mena Jim jusque dans le salon, où il jeta sa veste sur le canapé et s'installa.

La pluie est plutôt belle aujourd'hui, dit-elle. Carl l'admirait, un peu plus tôt.

Carl ?

Rhoda lui versa un verre de shiraz. Ouais, il est venu avec sa copine, Monique. Tu l'as rencontrée au Coffee Bus.

Jim se leva d'un bond, geste étrange. Il se tourna vers elle, bouche bée, puis se tourna à nouveau vers la fenêtre.

Qu'est-ce qu'il y a ? demanda Rhoda.

Une pause. Et elle lui apporta son vin. Quelque chose ne va pas ?

Non, dit Jim. Mais il semblait perturbé. Je préfère ne pas fréquenter mes patients en dehors du cabinet, c'est tout. Monique est venue se faire poser un plombage.

Oh, je suis désolée, dit Rhoda. Je suis désolée, Jim. Elle l'étreignit et lui caressa le dos.

C'est rien, dit-il.

Jim se rassit sur le canapé et Rhoda entreprit de préparer le dîner, des steaks de caribou donnés par sa mère. Elle les posa dans la poêle à frire avec des gousses d'ail entières, des oignons doux de l'île Maui, de l'huile d'olive, du romarin, du vinaigre balsamique et du poivre noir. Elle mit des pommes de terre à bouillir et avait prévu du brocoli à la vapeur.

Monique sortit de la chambre d'amis, Carl dans son sillage. Elle était grande et plutôt glamour à sa façon, bien qu'elle soit affublée d'un petit nez étrange. Comme un elfe dont le corps aurait trop grandi. Carl, lui, ne semblait pas à la hauteur à ses côtés, mal assuré et incapable. Rhoda ne donnait encore à leur relation que quelques semaines, à peine.

Salut, dit Rhoda. Prenez un verre de vin. Et il y a un plateau de fromages près de Jim. On pourra regarder la pluie tous ensemble.

Salut, Jim, dit Monique. Jim se leva et s'approcha pour leur serrer la main à tous les deux. Mais il ne disait toujours rien, ce qui était étrange. Il était bien plus âgé qu'eux. Qu'il soit ainsi gêné n'avait aucun sens.

Jim m'a dit que tu étais une de ses patientes, Monique. Rhoda prononça cette phrase dans le simple but de calmer la tension.

C'est vrai, dit Monique. J'ai bien aimé les pattes de canards au plafond.

Jim rit. Je les ai installées pour les enfants.

Pour les chasseurs, dit Monique, et un nouvel instant de silence étrange s'installa.

Asseyez-vous, dit Rhoda. Je peux vous offrir du vin ? On a du shiraz ou du pinot gris.

Du shiraz, s'il te plaît, dit Monique. Et un peu de jus de fruit ou d'eau pour Carl, il ne boit pas d'alcool.

Merci, Monique, dit Carl.

Quoi ? C'est vrai, tu ne bois pas.

Ouais, mais j'ai pas six ans.

C'est pas le moment de défendre ta virilité.

Tu fais chier, Monique.

Rhoda rit pour essayer une fois encore de calmer la tension. On dirait bien que la tente a eu raison de toi.

Ouais, dit Carl. Et pour toi, Monique, c'était comment de dormir sous la tente ? Un peu inconfortable ?

Carl est en colère après moi parce qu'il a dû rester seul un moment.

Et tu étais où ? demanda Carl.

J'étais à Seward. Tu es déjà allée à Seward, Rhoda ?

Rhoda enrageait de les voir se disputer autour de son vin et de son plateau de fromages, elle ne comprenait pas pourquoi Jim jouait ainsi les idiots, mais elle saisit l'occasion au vol pour changer le ton de la conversation. J'adore Seward, dit-elle. C'est une des plus jolies baies, avec les montagnes autour. Ça fait des années que je n'y suis pas allée. On devrait faire un voyage là-bas, Jim.

Ouais, dit Monique. Tu devrais emmener Rhoda à Seward.

Bien sûr, dit Jim. Il semblait pris dans une sorte d'abrutissement, ou bien était-ce juste la fatigue. Seward, c'est une bonne idée, dit-il.

Et ils en restèrent là. Le silence, à nouveau. Rhoda aurait voulu les tuer tous les trois. Elle retourna à son dîner et les laissa mariner dans leur étrange marmite d'asociabilité. Elle attrapa la laitue, la rinça rapidement et la déchira en petits morceaux. Elle coupa deux tomates, une moitié d'oignon rouge et ajouta quelques pignons de pin. Elle décida qu'elle n'aimait pas du tout Monique. Des trois, c'était Monique qu'elle aimait le moins. Son ton bizarre pour dire à Jim qu'il fallait qu'il l'emmène à Seward. Comme si elle avait un droit de regard sur leur relation. Quel âge pouvait-elle bien avoir, en plus ? Aux alentours de vingt-deux ans, et elle se comportait comme si le monde entier lui appartenait.

Tandis qu'elle cuisinait, Rhoda gardait l'oreille tendue, mais il n'y avait qu'un silence pesant dans le salon. Un silence absolu. Incroyable. Qui donc se comportait ainsi ? Quand le dîner fut enfin prêt, qu'ils furent tous passés à table, ce fut Monique qui reprit la parole.

Rhoda m'a raconté une super histoire d'ours, aujourd'hui. Est-ce que tu en as une, Jim ?

Rhoda n'aima pas la façon dont Monique prononça Jim. Comme si elle lui parlait avec condescendance. Et pour une étrange raison, il se laissait faire.

Pas vraiment, dit-il. Est-ce que j'ai une bonne histoire d'ours, Rhoda ?

Bien sûr, mon chéri. Tu as celle de la rivière, avec le saumon accroché à ton dos. Tu racontes toujours celle-là.

Ah, ouais, dit Jim. Mais toi, Carl ? Tu as vu un ours, pendant ton séjour ?

Non, mais j'aimerais bien. On est même allés jusqu'à Denali, mais on n'en a pas vu un seul.

C'est dommage, dit Rhoda. Il y a toujours beaucoup d'ours à Denali. Je n'arrive pas à croire que vous n'en ayez vu aucun. C'est pas de chance, vraiment.

C'est tout moi, ça, dit Carl.

Mais tu es en Alaska, et ça, c'est une chance. Et tu y es avec Monique.

Ah, dit Monique. C'est gentil. Merci, Rhoda.

La soirée prenait donc une autre tournure, pour finir. Rhoda en fut heureuse. Monique semblait ragaillardie, plus amicale, et la conversation évolua de façon normale, quatre personnes passant une bonne soirée, comme il se devait. Des ooh et des aah en mangeant le caribou. Tué par ma propre mère, dit Rhoda. Puis au dessert, elle suscita la surprise générale avec son tiramisu maison.

J'ai juste acheté les boudoirs, dit-elle. Le reste, c'est mon œuvre.

C'est formidable, dit Monique. Quel festin.

Ouais, merci Rhoda, dit Carl. Ça vaut largement la tente.

Seul Jim restait relativement calme, et cela ne lui ressemblait pas. Il avait bu deux verres de vin, ce qui le rendait d'habitude très bavard.

Jim vient de rentrer de Juneau, dit Rhoda. Il essayait de convaincre un autre dentiste de s'associer à lui dans son cabinet.

C'était comment, Juneau ? demanda Monique.

Oh, Juneau est agréable, dit Jim. Le Mendenhall Glacier. Il y a une belle balade autour du lac en contrebas, et si on grimpe par le flanc gauche, on peut même marcher sur certaines parties du glacier.

J'aimerais bien aller sur un glacier, dit Monique. Peut-être y atterrir en hélicoptère, m'allonger dans la neige et m'y rouler.

Ça pourrait être sympa, dit Jim. Rhoda voyait bien que quelque chose clochait, qu'il y avait quelque chose d'anormal. Elle regarda Carl, mais il était captivé par le tiramisu, les yeux rivés dessus tandis qu'il en savourait chaque petite bouchée de la pointe de sa cuillère. Il avait un rapport bizarre à la nourriture.

Carl, dit Monique. T'es pas obligé de baiser avec ton tiramisu. Tu peux te contenter de le manger. Et elle adressa un clin d'œil à Rhoda.

Carl ne leva même pas les yeux. Merci, Monique, dit-il. J'éprouve plus de plaisir avec ce bol que j'en ai jamais eu avec toi.

Aïe, dit Jim avant d'éclater de rire.

C'est pas gentil, Jim, dit Rhoda.

Désolé.

Hmm, fit Monique. De toute évidence, elle n'était pas habituée à être la cible de commentaires négatifs. Rhoda s'en réjouit intérieurement.

Que diriez-vous d'un jeu ? proposa Rhoda. On pourrait jouer à quelque chose.

Vous avez un Twister ? demanda Monique.

Carl leva les yeux. Twister ?

On en a un, dit Rhoda. Elle longea le couloir jusqu'au placard et fouilla. Laissez la vaisselle. Je la ferai plus tard.

Ils se déchaussèrent tous et s'assirent autour du tapis de jeu du Twister.

C'est tellement ringard, ce jeu, dit Monique en regardant les ronds de couleurs vives. J'adore ça.

Ils firent tourner la flèche chacun leur tour. Jim se retrouva dans une position inconfortable, les pieds très éloignés des mains. Dépêchez-vous, dit-il, les dents serrées. Il était face au plafond, les mains derrière lui et les fesses dangereusement basses.

Rhoda riait. Elle avait un emplacement facile dans un coin, deux pieds et une main.

Carl fit tourner la flèche et fut obligé de passer par-dessus Jim en un mouvement de pompe étirée. Monique éclata de rire.

Merci, Monique, dit-il.

À son tour, Monique dut s'étendre sur deux mains, mais ce n'était pas compliqué.

Rhoda eut ensuite une position impossible. Elle devait passer sa deuxième main par-dessus Monique, ce qui l'obligea à mettre le nez contre les fesses de son invitée, à son grand déplaisir.

J'abandonne, dit Rhoda. Je n'y arrive pas.

Jim s'écroula. Dieu merci, dit-il.

Ça fait un peu trop seventies pour moi, ce jeu, dit Rhoda. Ou sixties, peu importe. Mais on a un autre jeu ancien qui pourrait être marrant.

Ils jouèrent donc à *Accrochez la queue de l'élan*, la tête leur tournait et ils partaient tous dans des directions différentes avec leurs fléchettes sans que personne atteigne la cible. La soirée prenait enfin une apparence de fête. Rhoda était satisfaite. Elle rangea les boîtes de jeux quand ils eurent terminé et alla faire la vaisselle.

Je vais t'aider, dit Monique. Il était tard, Jim et Carl allèrent dans leur chambre respective.

Merci, dit Rhoda qui en apprécia Monique davantage. Elle se montrait parfois cinglante, mais elle pouvait aussi être gentille.

Rhoda lavait, Monique rinçait et essuyait. Vous avez une maison tellement sympa, dit Monique.

Oui, je l'adore. J'ai toujours rêvé d'une maison comme ça.

Ça fait combien de temps que vous êtes ensemble, Jim et toi ?

Un peu plus de deux ans, on vit ensemble depuis un an.

Comment est-ce que vous vous êtes rencontrés ?

J'étais une de ses patientes.

Ah.

Jim n'avait l'air de rien, au début, mais au bout d'un moment, il a commencé à devenir important à mes yeux. C'est un bon gars. Solide, fiable. Il a bon cœur.

Ouais, dit Monique. Il a l'air sympa. Vous allez vous marier ?

Rhoda ne s'était pas attendue à cette question. Elle se sentit prise au dépourvu. Mais Monique se montrait amicale et elle ne voulait pas gâcher l'instant. Ouais, finit-elle par dire. On en parle, bien que rien ne soit encore officiel. On prend notre temps. On cherche à préparer un mariage à notre goût.

Qu'est-ce que tu as en tête ?

Eh bien, dit Rhoda en s'enthousiasmant malgré elle. Je pense à Hawaï. Kauai, Garden Island.

Kauai, c'est sympa, dit Monique.

Tu y es allée ?

Ouais, deux fois. J'ai fait de la randonnée sur la Na Pali Coast, j'y ai fait du kayak, aussi.

Tu as longé toute la côte ?

On ne va que dans un sens, en suivant le courant. C'est pas si difficile.

Génial, dit Rhoda. On pourrait peut-être faire ça pour notre lune de miel.

Ça te plairait. C'est magnifique.

Rhoda eut mauvaise conscience d'avoir pris Monique en grippe en début de soirée. Elles terminèrent la vaisselle et elle la serra dans ses bras pour lui souhaiter bonne nuit. Dommage que tu ne restes pas plus longtemps en Alaska. Ça aurait été sympa de passer plus de temps ensemble.

Ouais, dit Monique. Ça m'aurait plu.

Rhoda alluma la lumière dans la chambre, mais elle l'éteignit aussitôt car Jim dormait déjà. Elle se déshabilla, se cogna partout dans l'obscurité, éméchée par le vin, et s'affala sur son oreiller.

Éveillé, Jim resta étendu à ses côtés, il écouta sa respiration et attendit de sentir les petits soubresauts de sa main indiquant qu'elle s'était endormie. Il attendit encore, pour en être certain. Monique lui avait donné rendez-vous dans le salon. Il était en colère, bien sûr, mais il ne voulait pas non plus manquer cette occasion.

IRENE ÉTAIT ÉTENDUE, éveillée, et elle paniquait. La douleur était devenue ingérable, ce qui voulait dire plus de sommeil, plus de pensées, plus de raison. Il fallait qu'elle se lève, elle ne pouvait pas rester allongée là.

Elle aurait voulu ingurgiter un autre Tramadol, mais elle en avait déjà pris quatre en moins d'une heure et elle craignait l'overdose. Elle erra dans la maison, fit les cent pas dans la petite cuisine, devant la cheminée jusqu'à la chambre, retour à la cuisine, la tête entre les mains, la serrant, implorant que tout s'arrête. Elle n'était pas croyante mais se retrouva à prononcer quelque chose qui ressemblait à une prière. *Je vous en prie*, supplia-t-elle.

Elle sortit dans le froid, sous un ciel nocturne sans nuages. Vêtue de son simple pyjama et de ses bottes. Elle espérait que le froid étoufferait la douleur, elle descendit l'allée jusqu'à la route, ses bottes crissant sur le gravier. Une soirée silencieuse, sans vent. Elle frissonnait.

Les arbres tout autour ressemblaient à un public, debout à l'attendre, à l'observer. Des sentinelles de l'ombre cachées dans la nuit sans lune. Elle ne s'était jamais habituée à cet endroit, ne s'y était jamais sentie chez elle. La forêt semblait maléfique, bien qu'elle la connût parfaitement, le nom de chaque arbre, de chaque buisson, de chaque fleur. Cela fonctionnait pendant la journée, de nommer les choses, mais la nuit, la forêt redevenait une présence, un ensemble animé, sans nom.

Irene fit volte-face et rentra à la hâte, le crissement de ses propres bottes semblant se rapprocher alors qu'elle gagnait en vitesse. Elle aperçut l'ombre furtive d'une chouette qui croisait son chemin plus loin, la longue descente en piqué, silencieuse. Un augure, de ceux qu'elle ne savait pas lire. Disparue entre les arbres. Sans un cri.

Elle se précipita à l'intérieur, elle ferma la porte et avança à tâtons dans le noir jusqu'au canapé devant la cheminée où elle s'étendit, épuisée. Cherchant désespérément le sommeil, les paupières lourdes, mais la douleur ne lui accordait aucun répit. Elle fut contrainte de se relever, de bouger. Rester immobile permettait à la douleur de se concentrer plus vite en elle.

CARL ÉTAIT ÉTENDU, ÉVEILLÉ. La respiration de Monique était trop régulière, trop profonde, rien à voir avec son souffle lorsqu'elle dormait. Il prit garde de maintenir lui aussi une respiration régulière, sachant pertinemment qu'elle serait incapable de faire la différence. Elle ne l'avait jamais observé en détail comme il l'observait, lui. Et il se demanda pourquoi elle lui mentait maintenant, pourquoi elle faisait semblant. Pourquoi s'embarrasser ? C'était bien plus attentionné, en quelque sorte, qu'à son habitude.

Elle feignit longtemps le sommeil et quand elle repoussa enfin les couvertures pour quitter le lit, elle resta debout immobile quelques minutes à écouter s'il remuait. Il garda une respiration calme jusqu'à ce qu'elle s'éloigne sur la pointe des pieds, tourne la poignée en silence, puis ouvre et ferme la porte sans un bruit.

Carl attendit. Il n'entendit rien d'autre. Il regarda sa montre, presque 1 h 15. Il attendit encore quinze minutes, puis il s'assit prudemment au bord du lit, il tendit l'oreille, avança jusqu'à la porte et l'ouvrit avec précaution. Il les entendait dans le lointain, à présent, leurs respirations, il apercevait une lueur dans le salon, vacillante. Ils avaient allumé une bougie. En silence, il s'approcha du coin de la pièce, il distinguait désormais sa silhouette, les contours de son corps tandis qu'elle chevauchait Jim, le dos tourné. Carl ne voyait qu'une ombre chinoise à contre-jour de la bougie.

Il fut surpris de se rendre compte à quel point c'était douloureux, une véritable meurtrissure à gauche de sa poitrine. Le cœur n'était qu'une métaphore, avait-il toujours pensé, et il avait cru en avoir terminé avec Monique, plus ou moins, lassé d'elle, fatigué de sa méchanceté, mais elle avait réussi à l'atteindre, un coup puissant et impardonnable. La voir faire l'amour avec ce vieil homme, la voir rouler les épaules de plaisir, faire tout un numéro aux chandelles, c'était une image qui resterait à jamais gravée en lui, il le savait, quelque chose qu'il ne pourrait jamais oublier. Son dernier cadeau, le dernier d'une longue série de cadeaux malveillants, mais bien plus brutal que tous les autres.

Carl retourna au lit, mourant d'envie de se rendormir, il essaya de compter ses respirations, essaya de s'effacer, de disparaître, mais il était encore éveillé quand elle revint, si discrète en tournant la poignée, silencieuse en traversant la pièce avant de se glisser avec précaution sous les couvertures. Il maintint une respiration régulière, sachant qu'elle l'écoutait, puis il entendit enfin sa respiration saccadée à elle, qui marquait toujours le début et la fin de son sommeil profond.

Terrible de l'avoir si près de lui, à quelques centimètres. Il regarda sa montre, 2 h 30, et décida de retourner sur le bateau de pêche. Il fallait qu'il s'éloigne d'elle. Il ferait froid sur le quai, il resta donc allongé une demi-heure supplémentaire jusqu'à 3 heures, puis il se leva en silence, s'habilla, sortit dans la nuit et marcha sur la route en direction de la rivière.

Il se sentait mieux de bouger, d'être dehors, de ne plus devoir rester silencieux. Le crissement de ses bottes sur le gravier, la vapeur de sa respiration. Il balança les bras un moment, roula des épaules et essaya de chasser son image de son esprit. Il crut entendre sa voix. Chassa la frousse. Presque comme un frisson. Elle pouvait baiser avec tous les vieux qu'elle voulait. Il allait continuer sa route, enfin.

Le froid s'insinua entre ses vêtements malgré son allure rapide, alors il se mit à courir à petites foulées, ses bottes émettant un bruit sourd. Unique âme solitaire sur cette route, les étoiles et l'absence de lune. L'Alaska, une immensité imperturbable qui s'étendait sur des milliers de kilomètres dans toutes les directions. Un espace ouvert, l'occasion d'oublier une douleur aussi minuscule qu'une peine de cœur. Carl voulait avaler l'air, le ciel, toutes ces distances.

Plus loin, pourtant, lorsqu'il eut ralenti l'allure, il se sentit seul et se glissa sous les arbres pour se cacher. Il se mit à pleurer, tenta vainement de retenir ses larmes mais se surprit à sangloter comme un enfant. Monique, dit-il, parce que c'était son premier amour. Il aurait fait n'importe quoi pour qu'elle l'aime en retour.

Il s'assit par terre dans le sous-bois, enlaça ses genoux et enfouit son visage dans son épaule. Il attendit que les larmes cessent, puis il attendit encore de se sentir assez fort, il se leva et retourna sur la route, en direction de la rivière et du chalutier. Il s'abîmerait dans la pêche, à aider Mark. Il se souvint du pont arrière jonché de saumons haletants. Ces poissons dégageaient quelque chose de magnifique, quelque chose né de nulle part, quelque chose dont il voulait se rapprocher.

Quand il arriva au quai, il était 3 h 30 passées, personne dans les parages bien qu'il distinguât des lumières sur plusieurs embarcations au milieu du chenal. Il patienta près de l'échelle, pensa à la fille indo-américaine de la dernière fois, se demanda s'il la reverrait, mais ce fut un homme, la trentaine, qui finit par sortir d'un des bâtiments.

Bonjour, dit Carl.

Bonjour.

Vous pourriez me déposer sur le *Slippery Jay* ?

Bien sûr.

Carl repartit donc sur la rivière, le rugissement du hors-bord, la courbe blanche et rapide des vagues, le vent froid dans ses oreilles. En un rien de temps, il avait enjambé le plat-bord, et il resta un moment sur le pont avant d'aller attendre dans la cabine de pilotage.

Il y avait quelque chose de bien avec les bateaux, être assis dehors au-dessus de l'eau, tanguer au rythme des vagues. Une maison d'un genre différent. Une bien meilleure maison. Rien de stagnant. C'était peut-être ce qu'il devait faire. Acheter un bateau et y vivre, un bateau à voile, peut-être, faire le tour du monde. Mais il savait pourquoi il pensait à cela. Un geste grandiose, quelque chose pour prouver à Monique qui il était vraiment. C'était un jeu impossible, un jeu dont il ne sortirait jamais vainqueur.

Le banc était froid et, bien que Carl se fût recroquevillé et qu'il eût abrité son visage dans son manteau, il ne parvenait pas à se réchauffer. Il dut attendre en frissonnant, piqueté de chair de poule, que Mark arrive enfin.

Cabron, dit Mark. Que paso ?

Je me suis dit que j'allais venir pêcher quelques poissons, dit Carl.

Tu es venu au bon endroit. Pousse-toi un peu.

Carl lui laissa sa place, la nouvelle parcelle de banc glaciale. Mark pressa les bougies de préchauffage pendant vingt secondes, puis il tourna la clé pour mettre le moteur en route. Un peu dur au démarrage, dit Mark. Mais après, il ronronne comme un chaton.

La propriétaire apparut en haut de l'échelle. Je vais prendre le relais, dit-elle. Salut, Carl.

Salut, Dora.

T'as l'air frigorifié. Descends donc te réchauffer. Prends un sac de couchage.

Il descendit l'échelle et traversa la cuisine vers le gaillard d'avant. Il y faisait sombre, mais il parvint à tâtons à atteindre les sacs de couchage encore chauds, ainsi qu'un oreiller, et il se fit un nid douillet. Il entendait Mark marcher sur le pont au-dessus de lui et larguer les amarres, puis il sentit qu'on mettait le moteur en prise et ils avancèrent bientôt. Ils partaient plus tôt que la dernière fois. Privé de sommeil, Carl était épuisé. Dans le réconfort du bercement léger et de la tiédeur des sacs de couchage, il sombra rapidement.

Dans ses rêves, Carl nageait sous l'eau. Une rivière large et profonde, ensoleillée, où des saumons bien plus grands que lui l'observaient. Leurs yeux énormes comme des lunes, tous communiquant en silence. Ils avaient reçu un message à son sujet, quelque chose d'urgent.

Carl fut réveillé lorsque de petites vagues vinrent heurter la coque. D'en bas, on sentait le bateau tout entier fléchir, rien de solide. Rien qu'une peau. Le moteur toujours plus bruyant, tournant plus vite, gagnant en puissance. Il ne voulait pas paraître paresseux mais il était exténué. Il referma les yeux.

Il fut tiré de son sommeil par un incroyable roulis, ils s'étaient donc arrêtés. Il s'empressa d'enfiler ses bottes, projeté ici et là, malade, puis il traversa la cuisine d'un pas chancelant jusqu'au pont arrière, juste à temps pour voir Mark jeter une bouée orange par-dessus bord, l'extrémité du chalut.

Besoin d'aide ? cria-t-il.

Reste pas dans mes pattes, lui hurla Mark en réponse. Carl s'accrocha au jambage et observa. Le soleil se reflétait sur l'eau, Mark laissait le chalut se dévider tandis que Dora continuait à avancer. Le filet, élément improbable, vaste rideau de nylon surmonté de petits flotteurs blancs et lesté d'une chaînette métallique.

Le portique semblait rapetisser à mesure que le nylon vert s'échappait, jusqu'à ce que le chalut tout entier soit à l'eau. Dora mit alors le moteur au point mort et Mark fixa la ligne principale à un taquet à la poupe. Dora repassa une vitesse et tira le filet avec précaution pour le tendre. Un rideau de deux cent soixante-dix mètres de long en arc de cercle derrière le bateau, une longue ligne de flotteurs blancs, et loin, loin derrière, la bouée orange à l'extrémité.

À vitesse réduite, le roulis était puissant et Carl dut s'agripper. Mark s'approcha, arpentant le pont agité sans le moindre problème. Surveille le filet, dit-il à Carl. On peut voir quand ils se font prendre. Ça fait une éclaboussure.

Carl scruta l'eau, en vain. Des centaines de saumons pouvaient grouiller sous la surface mais cela semblait impossible. La terre à des kilomètres de là, une frange dans le lointain, et toute cette étendue d'eau profonde. Impossible que chaque petite parcelle d'eau soit si peuplée. La pêche lui apparaissait comme un véritable acte de foi, ou de désespoir.

La ligne de flotteurs blancs était très serrée, elle s'élevait hors de l'eau tandis qu'une grosse vague les prenait de flanc.

On est en bordure d'une dépression, dit Mark en pointant le doigt. Tu vois les rondins ?

Carl aperçut plusieurs rondins et des petites branches de bois flottés, l'eau bien plus foncée de l'autre côté, divisée par une fine ligne d'écume. Je les vois, dit-il.

Les poissons traînent souvent le long de la dépression. On ne peut pas y aller, on risquerait d'abîmer notre matos au milieu du bois, mais on essaie de rester au plus près.

Allons de l'autre côté, lança Dora depuis la barre.

Elle passa au point mort puis fit marche arrière en douceur tandis que Mark retournait à la poupe. Il détacha un autre flotteur orange de la rambarde, permuta les lignes et ils purent repartir.

Dora passa une vitesse et fit demi-tour pour longer le filet.

On inspecte le chalut, cria Mark à Carl par-dessus le rugissement du moteur. On peut le faire aussi aux filets des autres pêcheurs, pour voir s'ils ont chopé des poissons.

Carl observa le chalut qui passait à côté d'eux et ne vit rien.

Pas de bol aujourd'hui, cria Mark.

À l'autre bout du filet, Mark utilisa une gaffe pour sortir le flotteur orange de l'eau. D'un mouvement rapide, il tira, attacha la cordelle au filet, détacha la bouée, et Dora repassa une vitesse avant de tracter doucement le chalut pour le redresser.

Carl s'accrochait toujours au jambage et pensait à tous les moyens qu'il y avait de perdre une main sur ce bateau, prise dans une de ces lignes sous la pression de l'eau, tout y était si mouillé, glissant, en mouvement perpétuel, et c'était pourtant une belle journée, pas un brin de vent malgré la grosse houle amenée par un orage lointain. Il n'imaginait pas faire cela par gros temps, mais il savait que Mark et Dora sortaient en mer quelle que soit la météo. Le permis de Dora ne lui autorisait que certains jours de pêche, le lundi et le jeudi.

Dora tracta le filet pendant encore un quart d'heure, puis elle se remit au point mort et cria à Mark de le remonter. Mark se tint à la poupe, un pied sur une planche fixée au treuil hydraulique. Un dispositif artisanal conçu pour pouvoir travailler plus vite. Quand il se plaça dessus, l'enrouleur se mit à tourner, le filet et les flotteurs apparurent au-dessus de la bobine de guidage en aluminium, un disque encadré de deux ergots. Dora se positionna de l'autre côté du portique et, à deux, ils poussèrent et tirèrent le chalut pour le positionner de façon régulière sur l'enrouleur.

Carl cherchait les poissons, sentait qu'il comprenait comment quelqu'un pouvait passer sa vie en mer. Ce n'était pas pour l'argent, ni par désespoir. C'était pour le mystère. Se demander ce qu'il y avait sous la surface, ce qu'il y avait dans le filet. Peut-être n'avaient-ils rien attrapé, peut-être avaient-ils pêché des centaines de saumons. Ils pouvaient tout aussi bien avoir pris dans leurs filets une créature marine bien plus grosse. On finissait par croire aux monstres marins, dès lors qu'on possédait un chalut assez grand. L'océan, une immensité, et ils n'en capturaient qu'une infime partie.

Mark gardait le pied sur la planche, le chalut s'enroulant très serré. Carl se demanda si le bateau risquait de chavirer sous la pression. Le filet émergeait de l'eau, gouttait et s'embobinait autour du portique. En cet instant précis, tout semblait pouvoir se briser, les lignes se casser net ou l'enrouleur s'effondrer. Carl s'éloigna de la porte, il s'accrocha à la première chose venue et atteignit le flanc du bateau. Il ne voulait pas être en première ligne si quelque chose venait à lâcher et à fouetter l'air. La plus forte pression s'exerça lorsqu'une vague vint soulever la poupe. La tension fut incroyable.

Ça m'a pas l'air bien lourd, cria Mark à Dora, mais Carl avait la sensation que le bateau s'apprêtait à se briser en deux, comme s'il possédait une colonne vertébrale qui pouvait se tordre avant de casser soudain.

Un unique saumon passa le plat-bord dans le chalut et Mark ôta son pied de la planche. Il s'empara du poisson et, d'un geste rapide vers le bas, l'arracha des mailles du filet.

Puis de nouveau un filet vide, de longs tours d'enrouleur sans aucune prise, à peine quelques brins d'algues pareils à des bouquets bruns marins, et enfin, un autre saumon à la tête fine argentée, au dos noir, jeté sur le pont avec une déception évidente.

Que dalle, dit Mark à Dora. Carl se rendit compte que tout reposait sur les épaules de Mark. S'il n'y avait pas de poisson, c'était sa faute. Une journée passée en mer c'était de l'argent dépensé en essence, en permis, en divers coûts pour le bateau, et on ne pouvait pas sortir le filet indéfiniment.

Mark rembobina le restant du chalut jusqu'à ce que la bouée atteigne le plat-bord et qu'il puisse la détacher. Dora grimpa à la cabine de pilotage, repassa une vitesse et prit une direction différente.

Carl retourna vers la porte. Désolé pour vous, cria-t-il à Mark. Ça craint.

Mark ne répondit pas. Œuvrant toujours sur le pont arrière, encadré par un sillage blanc. Il ramassa un saumon par les branchies, y glissa son doigt, ce qui émit un bruit sec, puis il jeta le poisson dans un container. Il fit de même avec l'autre poisson avant d'empoigner un tuyau pour rincer le pont. Il s'approcha ensuite, mais il n'avait pas l'air mécontent.

Pas d'inquiétude, mon pote, dit-il à Carl. Ça te dit de nous aider à repérer les poissons ?

Bien sûr, dit Carl. Il ne savait pas du tout ce qu'il entendait par là.

Viens en haut, dit Mark. Carl grimpa l'échelle à sa suite. Dora leur adressa un salut militaire moqueur et redescendit.

Carl prit la barre et Mark s'installa à ses côtés sur le banc, lui désignant la direction à prendre. Vers les bateaux, tout là-bas, dit-il.

C'était quoi, ce bruit sec ? demanda Carl.

Quoi ?

Quand tu attrapes les branchies, ça fait un bruit sec.

Ah ouais. J'écrase juste les branchies pour que le poisson se vide de son sang. C'est le plus simple, pour les tuer, et une fois vidés de leur sang, ils arrivent bien plus propres à la conserverie. On en tire un meilleur prix en faisant ça.

Mark parla ensuite à la radio, discutant avec des amis en mer, d'autres pêcheurs, leur demandant comment ils s'en sortaient, prévoyant une fête le soir même, les invitant au sauna. Il semblait détendu et à l'aise pour quelqu'un qui n'avait fait aucune prise de la journée. De temps à autre, il jetait un coup d'œil dans ses jumelles.

Manœuvrer le *Slippery Jay* revenait à manœuvrer un vélo au guidon trop lâche. Carl tournait dans une direction, mais il sentait le bateau continuer dans le même sens. Puis il virait trop fort. Il slalomait de tous côtés, c'était gênant, mais Mark n'en paraissait pas énervé. Il continuait à bavarder avec ses amis.

Mark lui indiqua soudain la gauche. Il reposa l'émetteur de la radio. Là-bas, dit-il. Changement de direction. Les deux bateaux blancs, là.

Les plus proches de nous ? demanda Carl. Il vira de bord.

Ouais.

Il y a des poissons là-bas ?

Ouais. Ils tuent des poissons en ce moment même.

C'est un de tes amis qui te l'a dit ?

Ouais.

Mais j'ai rien entendu.

C'était sa conversation sur la bière. Aucun mot codé, rien, j'ai juste un pressentiment sur ce qu'il a dit. On ne veut pas que les autres le sachent. Sinon, tous les bateaux des parages rappliqueraient.

Ouah, dit Carl.

Ouais, c'est très James Bond, par ici, dit Mark en rigolant. Il regarda encore à la jumelle, observa le groupe de bateaux vers lequel ils se dirigeaient auparavant. Deux d'entre eux approchent déjà. Ils ont deviné, eux aussi. Ils attendent peut-être juste de voir si on tourne. Il va falloir qu'on se dépêche de sortir le chalut.

Carl regarda un instant en arrière, mais il ne vit rien à cette distance. La situation semblait urgente, à présent. Tu les connais ? demanda-t-il à Mark.

Des bateaux russes. Plus gros, douze mètres de long, ils ont une double manille et deux permis, donc ça leur fait une manille supplémentaire et des filets de trois cent cinquante mètres.

Des Russes ?

Citoyens d'Alaska, maintenant, j'imagine, dit Mark. Mais d'origine russe. Il y a deux communautés ici, une autre près de Ninilchik. De bons pêcheurs, alors généralement ils ont pas besoin de nous. Ils doivent avoir une journée moins productive que d'habitude. Ils restent souvent entre eux, ce sont des communautés très fermées. Dans les familles, il y a rien que des pêcheurs et des constructeurs de bateaux, le plus grand ratio de pêcheurs dans la population du coin.

Alors, c'est les meilleurs ?

Mark rit. Non, c'est les Norvégiens qui sont les vrais tueurs de poissons, ces fils de putes. De l'autre côté de la baie. Dans des villes qu'on peut tout juste atteindre en hydravion ou en bateau. Ils ont engrossé les vaches et buté les taureaux.

Quoi ?

Désolé, dit Mark. C'est très vulgaire et politiquement incorrect. C'est un truc qu'on dit souvent, par ici. Les Norvégiens ont engrossé les femmes aléoutes et ont tué presque tous les hommes de la tribu, alors dans ces villes, tout le monde a un nom de famille norvégien, Knudsen ou je ne sais quoi. Il n'y a presque plus de nom aléoute. J'y ai travaillé un été comme charpentier, et ce sont de sacrés tueurs de poissons. Ils ont ça dans le sang, des deux côtés. Et ils ne suivent que leurs propres lois.

Ça veut dire quoi ? demanda Carl. Le bateau semblait d'une lenteur incroyable. Se prélassant entre les vagues, le paysage défilant au ralenti. Pendant ce temps, il savait que les Russes gagnaient du terrain. Il comprenait l'attrait de ces navires rapides en aluminium avec leurs moteurs à essence.

Il y avait un gamin, dit Mark, un ado en colère – et il y a matière à être en colère dans un village comme les leurs, ça c'est sûr, inceste et autre, qui sait ce qui se trame là-bas – alors il a volé un truc à sa tante, rien d'important, mais il a ensuite piqué le 4 × 4 de quelqu'un et il l'a poussé jusqu'à une plage avant de le foutre à l'eau. Il l'a abandonné au-delà de la laisse de basse mer. Mais les gens ne se sont pas laissés avoir. Ils l'ont traîné au centre du village, ils lui ont mis un sac de pêche sur la tête et tous les hommes sont arrivés avec des maillets. Son propre père l'a frappé en pleine tête. Et moi, je restais là à me demander si je n'étais pas en train d'assister à un meurtre, et je pense que c'était le cas. Je n'ai jamais posé de questions à ce sujet. J'étais juste venu aider à construire une maison. Rien de plus.

Putain de merde, dit Carl.

Je vais prévenir Dora, dit Mark. Elle va remonter prendre la barre. Reste pas dans nos pattes et si jamais on chope des poissons, tu m'aideras à les balancer dans les containers.

L'eau n'était plus turquoise. D'un bleu foncé, très foncé, ce jour-là, teinté de noirceur, de clarté, sans aucune vase de glacier en suspension. Irene ne comprenait pas comment elle pouvait changer si brutalement en une journée, à peine. C'était un lac différent, à présent. Une autre métaphore de l'être, chaque nouvelle version réfutant la précédente. Ce qu'elle était aujourd'hui ne correspondait pas à ce qu'elle avait été deux semaines plus tôt, avant les migraines, et ce qu'elle était alors ne correspondait pas à ce qu'elle était des mois plus tôt, pas encore retraitée, en activité dans sa salle de classe avec les enfants. Et ce qu'elle était alors ne correspondait pas à ce qu'elle était avec ses propres enfants, lorsqu'ils vivaient encore à la maison, avant qu'ils ne disparaissent de son quotidien, et ce qu'elle était alors ne correspondait pas à l'époque où Gary et elle étaient arrivés dans cet endroit pour la première fois, emplis d'espoir, et cela ne correspondait pas à l'époque juste avant, célibataire, érudite et salariée, enfin libre, un moment étincelant quand tout était encore possible. Et ce qu'elle était alors ne correspondait pas à cette chose abandonnée qu'elle avait été pendant tant d'années, à qui l'on avait attribué de minuscules espaces dans des chambres d'amis, des greniers et même, une fois, dans une cave. Et ce qu'elle était alors – personne, en réalité, une sorte de fantôme – ne correspondait pas à ce qu'elle avait été ce jour-là, en rentrant chez elle, persuadée d'avoir encore une mère.

L'air chaud et immobile, dépourvu de tension. La côte incertaine, les épicéas tordus selon des angles étranges, comme une forêt tombée à l'abandon survivante d'un cataclysme, exhumation de roches à nu. Les rochers-articulations, avaient-ils surnommé ce coin particulier. Tout était si énorme et si petit à la fois, replié, vivant à l'ombre de la montagne.

Gary, préoccupé comme toujours, obnubilé par sa lutte contre la cabane, oublieux d'elle, sans aucune idée de ce qu'elle avait traversé cette nuit-là sans fermer l'œil, sans aucune idée de ce qu'elle éprouvait en cet instant, l'intérieur de son crâne tournoyant comme un gyroscope à une vitesse hallucinante. Il pensait qu'elle inventait la douleur, pensait qu'elle n'était pas réelle. Elle était assise juste devant lui dans le bateau, elle lui faisait face, mais il parvint à regarder au-delà pendant toute la traversée du lac sans la voir. C'était ainsi, en partie, qu'il la laissait disparaître.

À leur arrivée, Irene mit pied à terre et aida à tirer la proue plus près du rivage. Le métal froid, même par une journée chaude.

Ils marchèrent à travers les myrtilliers et les troncs d'arbres morts, contournèrent un petit bosquet d'aulnes jusqu'à la plate-forme et aux carrés de rondins qu'ils avaient montés, les couronnes successives qui composeraient les murs de la cabane. Gary installa un morceau de bois sous les rondins qu'il s'apprêtait à clouer, Irene s'assit dessus pour les comprimer et le clou de vingt-cinq centimètres s'enfonça profondément dans la rangée supérieure.

C'est alors que le rondin commença à se fendre, une crevasse se dessina de chaque côté du clou dans un bruit de déchirure.

Eh merde, dit Gary. Mais il continua à marteler jusqu'à ce qu'il atteigne le rondin suivant et que les deux couronnes soient soudées. Il frappa la tête du clou jusqu'à ce qu'elle s'incruste dans la surface du bois.

Bon, dit-il. Ça ira comme ça.

Ils passèrent à l'autre côté et Gary recommença ses coups de marteau, grave et absorbé, son visage soudain vieux, couvert de rides. Perdu dans son travail, absent. Irene ne lui en voulait pas. Elle comprenait le désir d'oublier. En cet instant, pourtant, elle était retenue dans le présent. Chaque martèlement comme une ponctuation derrière son œil droit, une traînée rouge et floue qui s'élevait en flèche comme dans un dessin animé, elle se crut sur le point de s'évanouir mais tint bon. Elle pouvait résister, attendre et s'en sortir. Cela ne durerait pas indéfiniment. Ils clouèrent les quatre côtés puis firent un pas en arrière pour admirer leur œuvre.

Pas mal, dit Gary. Et c'était vrai. Les interstices étaient comblés. À peine plus d'un centimètre, deux peut-être, enfin, un espace qu'un isolant ou un mélange pourrait sûrement calfeutrer.

Ils traînèrent une troisième couronne par-dessus, le bois humide, quatre rondins que Gary cloua à nouveau. Irene recula en pensant que tout irait sans doute vite. Il ne fallait peut-être pas tant de temps pour bâtir une cabane.

Comment est-ce qu'on va faire la porte ? demanda-t-elle à Gary. Et les fenêtres ?

Gary fit une pause et se redressa, assis le dos droit. La respiration lourde. Ouais, dit-il. Il nous faut une porte. Et au moins une fenêtre qui donne sur le lac.

Ouais, dit Irene.

Gary, à cheval sur les rondins, un genou sur la plateforme à l'intérieur de la cabane. Je pense qu'on fera les ouvertures à la scie. Quand on sera arrivés en haut, à l'endroit où la fenêtre et la porte sont censées se trouver, je couperai les rondins.

D'accord, dit Irene. Et on va acheter une vraie fenêtre avec une vitre et un chambranle, et une porte ?

Ouais, on va d'abord les acheter et je scierai ensuite.

Gary reprit sa tâche et Irene s'allongea sur un tapis de fougères. Le sommeil comme une lourde enveloppe extérieure qui refusait de se fermer complètement, la douleur tapie à ses limites. Rhoda lui apporterait plus d'analgésiques le soir même. Elle le lui avait promis. Irene n'avait plus qu'un comprimé et le faisait durer autant que possible. L'odeur proche de fougère et de terre pourrissante, sombre et riche, elle se concentra dessus, essaya de suspendre le sommeil à cette odeur mais elle n'avait aucune échappatoire, ne parvenait pas à détourner ses pensées assez longtemps pour oublier. Il était insupportable de rester dans une seule position en sentant la pression se masser en elle.

Qu'est-ce que tu fais ? lui demanda Gary.

Irene se redressa. Il faut que ça parte, dit-elle. Cette douleur. Je commence à désespérer.

Ça devrait pourtant être terminé, depuis le temps. Le docteur a dit quelques jours, une semaine au plus, et tout rentrera dans l'ordre.

Je n'ai pas pu dormir la nuit dernière. Pas une seule minute. Même avec le Tramadol.

Quoi ?

Oui, j'ai peur de ne plus pouvoir dormir tant que ça ne sera pas passé.

Je ne comprends pas.

Ouais, mais c'est pourtant réel.

Gary s'approcha d'elle, il s'agenouilla à ses côtés et lui prit la tête entre les mains. Tu pleures, dit-il.

Non. C'est juste des larmes. Ça m'arrive tout le temps, maintenant. C'est devenu comme un réflexe de mon corps.

Il faut qu'on trouve ce qui ne va pas, dit-il. Il y a un truc qui ne va pas.

Alléluia.

Il retira ses mains. Ne sois pas comme ça.

Mais bon, dit-elle. Il était temps que tu me croies enfin.

Désolé. On va trouver un autre docteur. Un spécialiste. On pourrait peut-être aller jusqu'à Anchorage demain.

Ils arrêtèrent le travail pour la journée, Gary lui prêtant enfin attention. Il l'aida à enjamber la proue du bateau, la regarda sur le trajet du retour. Elle essaya de sourire. Merci, dit-elle par-dessus le moteur, mais il ne l'entendit pas et elle n'avait pas la force de répéter.

Chez eux, elle se reposa dans la chambre pendant qu'il préparait le repas. Elle prit le dernier Tramadol et attendit Rhoda. Elle s'endormit presque. Elle s'enfonçait profond, toujours plus profond, mais ne parvenait pas vraiment à s'éloigner de la surface. C'est alors qu'elle entendit arriver la voiture de Rhoda. La porte d'entrée s'ouvrir. Sa fille parler avec Gary. La porte de la chambre et Rhoda à ses côtés.

On t'emmène à Anchorage, murmura Rhoda. Jim passe quelques coups de fil en ce moment même pour trouver quelqu'un, il t'a fait une ordonnance de codéine pour que je ne sois plus obligée de voler du Tramadol.

Irene eut du mal à s'extraire d'elle-même pour parler. Elle était descendue plus profond qu'elle ne l'avait cru. Merci, finit-elle par dire. Jim est un gars bien.

Ouais, dit Rhoda. C'est vrai.

Rhoda l'aida à s'asseoir et lui attrapa le bras pour la soutenir tandis qu'elle se levait.

Je ne suis pas atteinte à ce point, dit Irene. Je peux encore marcher.

D'accord.

C'est ma tête, le souci, pas mes jambes. Je ne suis pas en maison de retraite. J'ai cinquante-cinq ans.

D'accord, Maman, dit Rhoda. Bon sang.

Désolée, Rhoda. C'est toujours sur toi que j'ai pu compter. Tu m'as toujours aidée, même quand tu étais petite. Tu es comme ça, c'est tout, ton père et moi n'y sommes pour rien.

Merci, Maman.

Elles arrivèrent dans le salon où Gary avait déposé les pâtes et la salade sur la table.

Mari, mon cher mari, dit Irene. Qui a préparé le dîner. Merci.

Gary ne savait pas quoi répondre. Son visage s'affaissa légèrement. Signe de culpabilité, pensa-t-elle, un minuscule indice supplémentaire d'une trahison à venir. Le visage affaissé, l'infime gonflement de son cou au mot *mari*. Pris au dépourvu, persuadé de partir en douce, persuadé de pouvoir la laisser tomber et disparaître.

Ça a l'air délicieux, Papa, dit Rhoda.

C'est rien que des pâtes. Comment tu te sens, Reney ?

Contente de vous avoir tous les deux avec moi, dit Irene en dévisageant Gary, puis Rhoda.

Jim t'a fait une ordonnance pour des somnifères, aussi, dit Rhoda. Papa m'a dit que tu n'as pas fermé l'œil de la nuit.

Elle n'arrive plus à dormir, dit Gary. Il faut qu'elle puisse dormir.

Irene goûta les pâtes. Elle n'avait plus d'appétit. Elle se fichait bien qu'il revienne un jour. Elle ferma les yeux et sentit chaque centimètre de son être l'attirer au-dedans, comme si le centre de son corps était la gravité elle-même. Un bouleversement de chair vers le néant.

Qu'est-ce qui ne va pas, Maman ?

Les médicaments. Je n'arrive plus à manger.

Maman, dit Rhoda en s'approchant pour lui prendre le bras. Gary, lui, resta à sa place. Il n'avait jamais su s'occuper d'elle et cela ne changerait pas. Irene serait seule comme elle l'avait été toute sa vie.

Ma mère avait de terribles migraines, elle aussi, dit Irene.

Rhoda et Gary lui accordaient désormais toute leur attention.

Elle se plaignait de maux de tête, mais je ne savais pas ce qu'elle voulait dire. Elle me demandait de rester silencieuse et je lui obéissais. Je restais silencieuse. Je ne faisais pas le moindre bruit pendant des jours. Je n'étais qu'une enfant, alors c'était difficile.

Rhoda et Gary étaient muets, Irene ferma les yeux. Elle voulait voir le visage de sa mère. Mais tout ce qu'elle voyait, c'était ce qu'elle voyait toujours, la silhouette de sa mère suspendue dans les airs, une forme qui ne pouvait pas être sa mère, et elle ne voulait pas voir cela alors elle rouvrit les yeux.

RHODA REPARTIT LA PEUR AU VENTRE sans parvenir à cibler la source de sa crainte. Tout son entourage avait un comportement étrange. Sa mère, son père, Jim. Aucun n'était celui qu'il était censé être. Et elle, dans tout cela ? Sa vie reposait sur eux.

Mais ce qu'elle voulait, elle ? L'un d'eux en avait-il quelque chose à foutre ? Cela la mettait en rogne, ce qui valait toujours mieux que d'avoir peur. Elle braqua le volant d'un côté puis de l'autre, sa voiture merdique dérapa sur le chemin caillouteux, et elle se sentit mieux. Avance, cafard, avance, dit-elle.

Elle prit le virage à l'extrémité du lac et remonta l'allée glissante jusqu'à chez Mark.

Salut, connard, dit-elle quand il apparut à la porte. Il était tard, il avait l'air épuisé. Ou défoncé.

Sympa.

Pas une seule visite, dit-elle. Tu ne pouvais pas passer voir comment elle allait, rien qu'une fois ?

Comment elle va ?

Elle est morte.

Eh bien, j'imagine que c'est mieux pour nous, en quelque sorte, dit Mark. Le poids de sa fureur, tout ça. Mais ça me manquera, ses gâteaux de Noël et son espèce d'espoir un peu puéril.

Rhoda lui asséna un coup de pied dans le tibia, assez fort pour l'envoyer à terre dans un hurlement. Puis elle courut jusqu'à sa voiture avant que Karen ne s'en mêle.

Des pancakes et des pêches en conserve quand elle arriva chez elle. Là, au moins, tout était rentré dans l'ordre. Jim debout à l'îlot de cuisine, la fourchette cliquetant contre la paroi de la boîte pour attraper un morceau de fruit.

Je te mets un avertissement, dit-elle.

Quoi ?

Vous avez tous un comportement bizarre.

Tous ?

Toi, ma mère, mon père. Vous êtes tous tarés. Mon frère n'est qu'un bon-à-rien de merde, mais vous trois vous me faites tourner en bourrique.

Qu'est-ce que j'ai fait ?

Je ne sais pas, dit-elle. Mais ça ne va pas. Tu ferais mieux d'arrêter.

Jim parut vexé. J'ai passé des coups de fil pour ta mère, dit-il. J'ai pas arrêté.

Je suis désolée. Elle resta immobile un instant pour tenter de se calmer. Elle avait la sensation d'avoir couru, son cœur battait la chamade. Elle voulait que Jim passe ses bras autour d'elle pour l'aider à rester en place, mais il resta là sans plus faire attention à elle. Il y a un truc qui m'a fait flipper chez ma mère, finit-elle par dire.

C'était quoi ?

Rhoda retira sa veste d'un geste rapide et s'installa sur un tabouret de bar. Ça va te paraître fou, dit-elle. Mais elle n'arrive plus à dormir, elle n'arrive plus à manger, elle a une douleur constante et elle s'éloigne de nous. Elle va quelque part dans sa tête, elle retourne dans son enfance, vers sa mère, j'ai l'impression qu'elle est déjà partie.

C'est peut-être l'effet des médocs.

Peut-être. Mais non. Elle retourne dans un endroit qui n'est pas bon pour elle.

Je lui ai trouvé un bon docteur. John Romano, le meilleur oto-rhino d'Alaska.

À Anchorage ?

Ouaip. À 13 heures, demain.

Il est cher ?

C'est le plus cher, mais c'est aussi le meilleur et il veut bien réduire ses frais de moitié pour ta mère. Tout sera moitié prix, même si elle a besoin d'une intervention chirurgicale.

Une intervention ?

Ouais, une opération des sinus. C'est assez fréquent.

Rhoda se leva et enlaça Jim. Merci, Jim. Je suis désolée de t'avoir parlé méchamment. J'ai peur, c'est tout. Il passa ses bras autour d'elle, posa une main sur sa nuque, comme elle aimait tant. Elle se sentait en sécurité.

Elle avait quel âge, quand sa mère s'est suicidée ? demanda Jim.

Dix ans. À Rossland, en Colombie-Britannique. Quand elle est rentrée de l'école un jour, elle a passé la porte et l'a trouvée. Mais elle n'en parle jamais. Il y a deux semaines, elle m'a raconté comment ç'avait été, de rentrer à la maison ce jour-là. C'était la première fois qu'elle m'en parlait. Le sol couvert de neige, l'apparence de la peinture au mur. Il se passe un truc en elle, ça date d'avant les migraines. Elle devient parano, bizarre, elle est persuadée que mon père veut la quitter.

Il va la quitter ?

Non. Elle est juste bizarre.

Hmm, fit Jim.

Ne parlons plus de ça. Parlons d'un truc sympa. Parlons du mariage de nos rêves.

D'accord, dit Jim. Il laissa retomber ses bras et lui donna une petite tape dans le dos.

Rhoda attrapa les fascicules d'hôtels sur Kauai et ils s'installèrent côte à côte sur le canapé.

J'aime bien celui-ci, dit-elle en ouvrant une immense plaquette où figuraient des vues de l'océan et de montagnes vert foncé ponctuées de cascades. Le Princeville, à Hanalei Bay. Écoute ça. *Ici commence l'éternité. Tandis que le soleil embrasse l'horizon et que vous baignez dans une lumière dorée, vos vœux s'élèvent au-dessus de l'immensité du Pacifique, portés par le souffle infini du vent.*

Ça m'a l'air pas mal, dit Jim.

Je cracherais pas dessus. L'éternité et tout ça. Regarde-moi cette piscine. L'infini, pour aller avec l'éternité.

Et les chambres ont l'air bien. C'est cher ?

Rhoda reposa la plaquette et regarda Jim. Peu importe le prix, non ? C'est notre mariage. Ça n'arrive qu'une fois dans la vie.

Ouais, dit Jim. J'imagine que oui.

Rhoda lui colla un coup de coude dans les côtes, doucement, et elle rouvrit la plaquette. Et notre danse ? demanda-t-elle. On va peut-être devoir aller prendre des cours à Anchorage. Je ne crois pas qu'il y ait grand-chose, par ici.

À Anchorage ?

Je veux un truc classe, dit-elle. Elle n'aimait pas ses réactions. Peut-être qu'on devrait discuter de tout ça plus tard.

Je suis désolé, dit-il.

C'est pas grave.

Tout ça, c'est nouveau pour moi.

C'est pas grave. On n'est même pas encore fiancés. J'aime bien y penser, c'est tout.

Jim ne savait pas ce qu'il était censé répondre à cela. Rhoda gardait les yeux baissés sur la plaquette, l'air triste, et il sentait qu'il aurait dû lui demander sa main en cet instant, rattraper le coup, mais il n'avait pas de bague. Et il y avait Monique. C'était une situation impossible. Alors il ne dit rien. Il lut la plaquette, elle tourna lentement les pages et ils n'échangèrent pas un seul regard.

Carl n'avait plus d'argent. Pas même dix dollars. Il était obligé de quitter le terrain de camping. Assis sous sa tente, il fourra son sac de couchage miteux et humide dans son paquetage et se demanda que faire de celui de Monique. Le sien était neuf, vert argenté, un sac de bivouac imperméable. Bien plus épais, plus chaud que le sien, et moins lourd aussi. Elle voyageait bien plus léger dans la vie. Carl s'allongea sur le sac de Monique, enfonça son visage dans l'oreiller intégré et prit une profonde inspiration.

Il fut à nouveau secoué de sanglots incontrôlables. Il ne savait pas comment les arrêter. Irréguliers et douloureux, pas le bon genre de pleurs, aucun soulagement. Elle n'avait jamais été gentille avec lui. Il ne comprenait pas.

Il retira son jean, se faufila dans le sac de couchage, en remonta la fermeture éclair et se recroquevilla. Une autre vague de sanglots, son cœur un horrible amas informe. Il se demanda combien de temps cela durerait. Il voulait qu'elle revienne. Il voulait qu'elle s'allonge sur lui, qu'elle le plaque au sol. Monique, dit-il.

Du vide en lui, rien que du vide. Aucune substance. Elle avait soufflé le centre de son être. Il revoyait son visage quand ils s'étaient retrouvés ensemble pour la première fois, quand il avait eu l'impression qu'elle l'aimait. Son sourire un peu hésitant, même, comme si elle était nerveuse, elle aussi.

Carl s'apitoyait considérablement sur son sort, une tristesse sans limites. Il resta étendu des heures entières jusqu'à ce que le directeur du camping s'approche de sa tente et lui dise de déguerpir, au risque de devoir payer un supplément.

Désolé, parvint à dire Carl entre deux sanglots. Je pars. Accordez-moi encore quelques minutes.

Je veux que vous partiez tout de suite.

OK, je m'en vais.

Tout de suite.

Carl rampa hors du sac de couchage de Monique et hors de la tente, sous une légère bruine, nu et frigorifié, le ciel noir. Il sortit leurs deux sacs et démonta la tente. Il fut obligé de se moucher, à force de jouer les bébés.

Son sac à dos était lourd, une trentaine de kilos, puis il se pencha pour empoigner les bretelles de celui de Monique, qui en pesait au moins vingt ou vingt-cinq. Il se redressa et fit passer les bretelles par-dessus ses épaules pour le porter sur son ventre. Il glissa un peu, son visage écrasé contre la structure du sac, et posa ses mains en bas du paquetage. Plus de cinquante kilos de bagages quand il n'en pesait que soixante-dix, alors il n'était pas certain de savoir jusqu'où il irait ainsi. Il était obligé de se tourner pour voir devant lui et avançait ensuite à l'aveuglette avant de vérifier un peu plus loin où il posait les pieds.

Carl tituba jusqu'à la sortie du terrain de camping, puis sur un chemin de terre en direction de l'autoroute. Bruine et brise. Il avait la sensation que ses rotules s'enfonçaient dans ses tibias, que le bas de son dos s'affaissait, que ses bras brûlaient.

Le chemin de terre était long, et lorsqu'il atteignit enfin l'asphalte il laissa tomber les sacs et eut alors l'impression de flotter dans les airs, dépourvu de gravité. Ouaouh, dit-il.

Il leva le pouce au passage rugissant d'un pick-up. Il ne pourrait pas porter ces sacs pendant trois heures jusqu'en ville.

Plusieurs voitures passèrent sans ralentir et il se rendit compte qu'il avait oublié de penser à elle l'espace de quelques minutes. C'était la clé. Il fallait qu'il s'occupe en permanence. Il lui fallait un boulot. Et aussi parce que je n'ai plus un rond, dit-il à haute voix. Peut-être que Mark pourrait arranger quelque chose pour lui.

RHODA DÉCIDA D'ACCOMPAGNER SES PARENTS À ANCHORAGE.

Je peux rater un jour de boulot, dit-elle à Jim. Il faut que je sois présente pour ma mère.

D'accord, dit-il.

Je rentre demain. On y passe la nuit.

Après le départ de Rhoda, Jim alla chercher Monique au King Salmon Hotel et la ramena chez lui. Elle portait un jean et des bottes, sa vieille parka. Elle s'installa sur un tabouret de bar et observa ce qui aurait pu être une belle vue, sans le ciel couvert.

On dirait bien que tu as besoin d'un nouveau manteau, dit Jim.

C'était celui de mon père.

Oh.

C'est pas grave, dit-elle. Je m'en fiche. C'est juste un brin de nostalgie. On peut s'en accorder un peu.

Ouais, dit Jim.

Je m'ennuie à mourir, dit Monique. Je pense qu'il faut que je rentre à Washington. Il n'y a rien, ici.

Il y a moi.

Ouais.

C'était pas encourageant, ça.

Je m'ennuie, c'est tout. Je vais peut-être aller prendre un bain.

Pendant qu'elle se lavait, Jim fit la moue sur le canapé. Elle resta plus d'une heure dans la baignoire. Il ne pensa qu'au sexe presque tout ce temps, et quand elle sortit elle semblait ragaillardie. Elle portait une serviette blanche autour de la tête, rien d'autre. Longue et parfaite. Elle s'avança et s'assit sur une ottomane, le dos droit, et il se dit que même son maintien faisait preuve de classe.

On ne m'a jamais payé pour faire l'amour, dit Monique. L'idée d'être payée m'excite un peu. Je pense que je pourrais faire des choses que je ne fais pas habituellement, et ça m'excite encore plus.

Payée ? demanda Jim.

Ouais, payée. Ça rendrait la situation intéressante, je pense. Mais il faut que ce soit une somme correcte. Va chercher cinq mille dollars en coupures de cent. Ça devrait convenir pour tout l'après-midi, je crois.

Cinq mille ?

Vas-y, dit-elle. Et rapporte-moi une crème glacée. De la New York Superfudge Chunk. Ou ce que tu veux. De la nourriture, des cordes, des sex-toys, des déguisements, des trucs pervers, quel que soit ton délire. Histoire de pimenter les choses. Et un peu plus de liquide si tu veux aussi que je passe la nuit.

T'es sérieuse ?

T'as plus de quarante ans, non ? J'en ai vingt-trois, non ? T'as un bourrelin, non ? Je me suis rasée, non ?

Tu n'es pas obligée de présenter la situation comme ça.

Réveille-toi, putain.

Je crois pas que ça me plaise franchement.

Alors pourquoi tu bandes rien qu'en me regardant ? Je crois que ça te plaît. Et je crois qu'on va commencer aujourd'hui en te promenant avec un collier de chien. Tu vas marcher à quatre pattes et me supplier d'accepter ton argent. Ne reviens pas ici sans collier de chien.

Mais putain… ?

Très bien. Je vais me rhabiller. Et elle repartit dans la chambre.

Qu'est-ce qui se passe ? demanda Jim.

Je me rhabille, dit Monique. Et puis tu vas m'accompagner jusqu'à la banque où tu me donneras cinq mille dollars, et puis à mon hôtel pour que je récupère mes affaires, peut-être même au terrain de camping, bien qu'on puisse zapper ça, à mon avis, et enfin à l'aéroport où tu m'achèteras un billet d'avion. On pourra déjeuner ensemble là-bas, si tu veux. Mais moi, je quitte ce trou merdique.

Hors de question que je fasse tout ça. Il se dressait dans l'embrasure de la porte et l'observait pendant qu'elle enfilait sa culotte, son soutien-gorge et son jean.

Alors je raconte tout à Rhoda.

C'est du chantage.

Pas vraiment. Je suis une gosse de riches. J'ai pas besoin d'argent. J'ai même pas besoin de travailler, d'ailleurs, c'est la croix que je porte chaque jour, un truc que tu ne peux pas comprendre. Au final, ça craint. Mais c'est juste pour te donner une leçon. Tu n'as pas l'air de remarquer tout ce que t'as sous la main, alors je t'aide à ouvrir les yeux.

Tu iras à l'aéroport à pied, dit Jim.

Le tarif vient donc de monter à dix mille.

Jim était si en colère qu'il avait envie de la tuer. C'était la première fois de sa vie qu'il ressentait cela. Elle n'était même pas contrariée. Elle mettait ses bottes comme si de rien n'était. Comme s'il n'existait pas.

Elle leva les yeux et lui sourit. Poings serrés, dit-elle. T'as envie de me frapper ? Tu te sentirais mieux si on se battait ? Elle se redressa, le sourire encore plus large, elle fit deux pas vers lui et lui asséna un coup de pied trop rapide pour qu'il puisse l'éviter. Sa longue jambe tendue, sa botte dans son estomac, il tomba à la renverse dans le couloir. Il se recroquevilla, la respiration coupée.

Elle l'enjamba. Je t'attends à la voiture.

En chemin vers Anchorage, le ciel gris et incertain, ponctué de bandes plus sombres de pluie, semblait peser sur la terre. L'automne à présent, la neige à venir. Les feuilles des arbres changeant déjà de couleur.

À Rossland, ç'avait été pareil. Une rivière plus qu'un océan, mais les mêmes montagnes aux amples bases, les épaisses forêts, les sommets enneigés. Le même ciel lourd, la même brise glacée, été comme hiver, en rafales, sa peau toujours hérissée de chair de poule. Irene ferma les yeux et essaya de se souvenir, essaya de rester immobile, essaya de transformer des images fanées en un paysage vivant qu'elle pourrait de nouveau arpenter, parce qu'elle avait passé quarante-cinq ans à essayer d'oublier. Elle avait voulu tout effacer, et cela lui apparaissait désormais comme une perte terrible. Irene n'était pas certaine de ce qui avait changé, mais ç'avait pourtant été le cas. Elle voulait se souvenir de sa mère, voulait se souvenir de son père, voulait se souvenir de l'époque où ils vivaient ensemble.

Le son de l'islandais, jamais insipide comme l'anglais. Une sorte de musique, des voyelles étirées, chaque son une clarté, une forme, un liquide, une respiration. Dans cette langue, le monde s'animait soudain. Plus effrayant, plus adorable, jamais vide. Une langue inchangée depuis mille ans, une voie pour remonter le temps. C'était ce qui avait plu à Gary. Son lien avec un passé ancien, l'islandais parlé aujourd'hui si proche du vieil anglais parlé alors. En ce sens, elle n'avait jamais été réelle à ses yeux. Rien qu'un fantasme.

Mais elle ne voulait pas penser à Gary. Elle voulait retrouver ses parents, qui demeuraient pourtant des ombres. Si seulement elle pouvait les entendre parler. Comment était-il possible d'oublier chaque mot, d'être incapable d'entendre les voix qu'elle avait entendues chaque jour de son enfance ?

Irene essaya de se rappeler leur cuisine, la petite table à laquelle elle s'asseyait. Jaune, en bois peint. Au grain rugueux. Sa mère à l'évier, vêtue d'une robe, bien qu'elle en ait oublié les motifs et la couleur, elle entendait presque l'eau couler, elle savait que sa mère aurait été en train de parler en cet instant. Aucun visage, aucune voix, son père encore plus distant. Il ne lui restait donc que des idées. Il y avait une autre femme, elle le savait, sans savoir comment elle le savait. À quel moment l'avait-elle appris ? Comprenait-elle cette idée, que son père les quittait ? Cela pouvait-il avoir un sens dans son esprit ? Le monde adulte était un univers de poids et de mystères, elle se souvenait au moins de cela. Un désespoir aussi inébranlable qu'une montagne. Ses parents prenaient leurs décisions, déterminaient son destin, et voilà qu'ils s'étaient éloignés davantage encore vers le mythe. Histoires transformées, impossible de connaître la vérité. Une autre femme, et sa mère s'était pendue, et son père était parti pour toujours et elle ne l'avait jamais revu. Mais quelle histoire pour donner un sens à tout cela ?

Ils émergèrent de la montagne et roulèrent le long de l'eau, Turnagain Arm, un long fjord, des roches à pic de chaque côté, un sommet blanc. Longeant la trajectoire d'un glacier sans âge qui avait sans doute jadis empli la vallée et la baie, bien qu'Irene ignorât si cela était vrai. L'eau était pareille à une rivière, ses vagues hautes de deux mètres, le mascaret si puissant qu'il émettait un bruit, un rugissement sourd. L'hiver, la glace échouait là et se brisait, des rivières profondes et des ravines se creusaient à travers les blocs, aussi grosses que des voitures ou des maisons, même. Personne ne sortait sur ces eaux.

Elle se demanda si l'Islande ressemblait à cela. Elle n'y était jamais allée. Elle y avait encore de la famille, mais personne qu'elle ait jamais vu. Ils seraient comme des étrangers et elle ne serait plus capable de communiquer. Jusqu'à l'âge de dix ans, elle n'avait parlé qu'islandais chez elle, anglais à l'école, puis la langue était morte en elle.

Elle avait perdu les histoires, aussi, les contes enfantins. Son souvenir n'était plus peuplé que de silhouettes dans un paysage. Elle avait perdu leurs voix, leurs mouvements, leur raison d'être. Une silhouette dans la forêt, la sensation effrayante de cette forêt, ou une silhouette sur la mer, une sorte de petit bateau, un navire ancien. Une maison en pierre, mais même de cela, elle n'était pas certaine. C'était peut-être une bâtisse en bois, un sol en terre battue.

Et des chansons. Il y avait eu des chansons, aussi. Irrémédiablement perdues.

Mais elle savait certaines choses. Sa mère souffrait de terribles maux de tête et demandait le silence absolu. Ce qu'elle avait oublié, c'était la source. Était-ce le chagrin de voir son mari la quitter ? Cela avait-il été bref, juste à la fin, ou bien cela avait-il duré des années ? Était-ce uniquement physique, quelque chose dont Irene souffrait à présent ? Se pouvait-il que quelque chose soit uniquement physique ? Quand une chose avait pris l'ascendant sur votre existence, ne finissait-elle pas par définir ce que vous étiez, même si c'était purement physiologique ?

Irene ferma les yeux et essaya de respirer pour laisser échapper la douleur, la faire sombrer plus profond. Toutes ces choses à propos de sa mère étaient-elles le fruit de son imagination ? Sa mère s'était-elle jamais vraiment plainte d'une douleur à la tête ? Irene n'avait aucune image, aucun moment où sa mère se serait massé le front, aucune preuve. Et elle se méfiait des mauvais tours que lui jouait son esprit. Si elle voulait vraiment se souvenir d'un détail, elle commencerait à se le rappeler jusqu'à ne plus savoir s'il était réel ou non. Elle avait un souvenir de son père, par exemple. Ils faisaient de la luge ensemble, une luge en bois, des patins métalliques. Ils grimpaient une immense colline de neige, son père portait la luge, et ils riaient. Quand ils atteignaient le sommet, son père s'allongeait sur le ventre, les mains sur les poignées. Irene s'installait sur lui avec son petit corps léger et passait ses bras autour de son cou. Son père poussait un hurlement joyeux et ils commençaient à descendre. Irene criait de peur et de ravissement et ils dévalaient la pente à une vitesse vertigineuse. Mais elle avait différentes versions de la fin. Dans l'une, ils culbutaient et glissaient et roulaient pour atterrir l'un sur l'autre en riant. Dans une deuxième, ils allaient si vite que le corps d'Irene se soulevait dans les airs et elle luttait pour s'agripper au cou de son père. Dans une autre, ils se retournaient, heurtaient le sol avec violence et elle pleurait. Aucune de ces fins n'était plus réaliste qu'une autre, c'est pourquoi l'histoire tout entière semblait inventée. Il était même probable que la luge n'ait jamais existé. Elle n'en avait aucun autre souvenir. La scène semblait trop idyllique, une scène hivernale. Une tentative de se forger un souvenir de son père.

Il était jeune quand elle l'avait vu pour la dernière fois, tout juste la trentaine. Blond, pas les cheveux sombres typiques des Islandais. Un petit visage tanné par le soleil. Un bûcheron qui partait tous les matins avec sa hache. Presque un personnage de conte de fées, et c'était ce qu'elle craignait. D'avoir inventé chaque parcelle de son être. Partait-il chaque matin avec sa hache ? Portait-il une écharpe verte autour du cou ?

Elle se souvenait de ses bras et de ses mains. Des avant-bras musclés, bronzés et veinés. Ses mains rudes et calleuses. Elle les voyait sur le bois sombre de la table pendant les repas. Elle savait que c'était réel, un souvenir. C'est seulement quand elle essayait de voir son visage ou d'entendre sa voix qu'elle s'égarait.

Tu te rappelles tes parents ? demanda-t-elle à Gary.

Quoi ? Gary parut sursauter.

Excuse-moi. J'essaie de me souvenir de mes parents quand j'étais petite. De leurs visages, de leurs voix. Tu te souviens des tiens ?

Ouais, bien sûr.

De quoi tu te souviens ?

Eh bien, de plein de choses.

Donne-moi un exemple.

Bon sang, Irene. Là, comme ça, je ne sais pas.

Mais souviens-toi, donne-moi un exemple, juste pour moi.

Ouais, Papa, dit Rhoda depuis la banquette arrière, installée inconfortablement en biais dans l'habitacle étroit. Ça m'intéresse, moi aussi. Tu ne parles jamais de ton enfance.

C'est l'Inquisition ou quoi ? dit Gary. Je pensais juste à notre rendez-vous, à l'endroit où on va dormir ce soir. Mais très bien. Un souvenir d'enfance. Un truc de Lakeport. Un souvenir de chasse, ça vous va ?

Non, pas de fusils, dit Irene. Tu es trop obnubilé par les fusils. Tous ces trucs que tu as tués quand tu étais môme. Raconte-nous autre chose.

Ouais, dit Rhoda.

Bon sang. Il n'y a que des choses sur la chasse et la pêche qui me viennent à l'esprit pour l'instant.

Raconte-nous quelque chose qui se serait passé dans la cuisine, dit Rhoda.

Gary gonfla les joues. Très bien, finit-il par dire. Ce n'est pas un jour en particulier. Je me souviens juste de mon père assis à la table près de la fenêtre, le regard plongé vers le lac, versant une casserole de soupe aux champignons sur ses pancakes. Et je me souviens qu'il me préparait des pancakes de couleurs différentes. Bleus, verts, tout ce que je lui demandais.

Qu'est-ce qu'il disait ? demanda Irene.

Comment ça ?

Qu'est-ce que ton père disait quand il te préparait les pancakes ou qu'il versait de la soupe dessus ?

J'en sais rien.

C'est ça que je te demande, dit Irene. Je veux un instant précis où tu te rappelles exactement ce qu'il t'a dit, ou ce que ta mère a dit, à quoi ressemblaient leurs visages à ce moment-là.

Pourquoi tu demandes ça, Maman ?

Parce que je ne me souviens pas de mes parents, pas d'un seul instant avec eux.

Personne n'ajouta rien pendant un moment, et Irene regarda par la vitre, les rochers, les arbres, les flancs escarpés des montagnes.

Ces rochers en disent autant sur nous que nos propres souvenirs, dit-elle.

Les rochers, sorte de symboles pour toutes les vérités du monde, pensa-t-elle. En couches et en bandes, identifiables, organisés, mais dans l'ensemble incompréhensibles. Formés par la pression de millions, de milliards d'années, soulevés vers le ciel, pliés, érodés en vain. Les rochers n'étaient que ce qu'ils étaient. Rien ne les attendait, ils ne faisaient pas partie d'une histoire.

On vit et on meurt, dit Irene. Peu importe que l'on se rappelle qui l'on est, d'où l'on vient. C'était dans une autre vie.

Je ne crois pas, Maman.

Tu es encore jeune.

J'essaie encore de me souvenir, dit Gary. Tout ce qui me vient à l'esprit, ce sont les moments de tension. Ce sont les seuls qui restent vraiment. On jouait aux cartes, mon père avait une main imbattable, mais je ne le comprenais pas, alors j'ai dit un truc du genre : Attends, comment c'est possible, et mon père a répondu : Tu m'accuses de tricher ? Je me souviens de ses mots exacts, je me souviens de l'expression impitoyable de son visage. Il avait déjà pris sa décision, peu importait ce que ma mère ou moi dirions.

Tu t'en souviens, dit Irene. Tu t'en souviens vraiment.

Ouais. Et d'autres moments, aussi, mais seulement les tensions, bizarrement. Mon père qui m'offre cinq cents par noix ramassée dans le jardin et ma mère qui dit : Doug, c'est trop, et son air inquiet, et à quel point ça m'a effrayé sans savoir pourquoi, comme si un truc affreux allait se produire. C'est mon plus vieux souvenir sur l'argent, je pense. Je me rappelle son visage à cet instant.

Irene posa la main sur l'épaule de Gary. Merci, dit-elle. J'y crois. Et je ne sais pas pourquoi, moi, je suis incapable de me souvenir du moindre détail.

Tu dois bien en avoir quelques-uns, dit Gary.

Non, vraiment aucun.

J'ai un milliard de souvenirs de vous deux, dit Rhoda. Quand j'y repense, j'ai l'impression que vous étiez tout le temps en train de parler.

Gary éclata de rire. Merci, chérie.

Irene sourit. Elle n'avait jamais voulu être mère, pas vraiment, mais elle avait eu de la chance d'avoir Rhoda. Pas autant de chance avec Mark.

Aux abords d'Anchorage, la route devant eux était envahie de camping-cars, les derniers estivants. Certains se rangeaient sur le bas-côté pour admirer les cascades ou la baie. Ils se massaient vers Anchorage avant d'aborder le périple à travers le Canada jusqu'aux quarante-huit États. Des oiseaux migrateurs en route vers l'Arizona et la Floride.

Par contre, dit Gary, je ne me souviens pas que mon père ait jamais parlé de son héritage cherokee.

Il avait du sang cherokee ? demanda Rhoda.

Ouais, un quart. Son père l'était à moitié. Tu ne savais pas ?

Moi non plus, dit Irene. Mais bon sang…

Je ne vous ai jamais rien dit ?

Non, dirent Rhoda et Irene.

Eh bien, lui non plus. Je l'ai appris de ma mère.

Vous êtes dingues, tous les deux, dit Rhoda. Mes parents sont dingues. Et apparemment, j'ai du sang cherokee.

Rien qu'un seizième, dit Gary. Désolé, c'est peu.

Gary alluma la radio et ils écoutèrent de vieilles chansons des Beatles.

Ils avaient prévu de s'arrêter déjeuner avant le rendez-vous, mais avec la circulation ils n'en eurent pas le temps. Irene entra dans le cabinet médical, prise de vertige sous le coup de la faim et des médicaments. Elle n'avait rien bu non plus.

Elle fut reçue à l'heure exacte de son rendez-vous, ce qui était une expérience inédite pour elle. Le Dr Romano était grand, beau, grisonnant, la peau tannée, une fossette au menton. Il avait de belles mains, des lèvres charnues. Comme une statue romaine.

Il écouta Irene raconter son histoire et ses symptômes, puis il reposa son stylo.

Nous allons trouver ce qui ne va pas, dit-il. Parfois, une infection des sinus sphénoïdaux n'apparaît pas sur une radio. Ils sont trop hauts dans le crâne, dissimulés derrière votre cerveau et on ne les repère pas facilement. J'aimerais que vous passiez un scanner.

Quand est-ce que je vais pouvoir le passer ? demanda Irene. J'imagine qu'il me faudra revenir à Anchorage. J'espérais vraiment comprendre aujourd'hui.

J'ai déjà pris rendez-vous, dit le Dr Romano. Ils sont juste à côté. Vous pouvez y aller tout de suite.

Irene se sentit étouffer. Ne pas être traitée comme une moins-que-rien par un docteur était nouveau pour elle. Ça alors, parvint-elle enfin à articuler. Merci.

Un quart d'heure plus tard, elle était étendue dans le caisson du scanner, tentait de maintenir sa tête immobile, de ne pas trop bouger en respirant. Elle gardait les yeux fermés pour ne pas paniquer, en proie à la claustrophobie, mais elle sentait autour d'elle la présence froide de l'appareil qui cliquetait et vrombissait.

Gary les emmena ensuite déjeuner. Un restaurant crasseux en bordure d'autoroute. Irene commanda du flétan et des frites.

Ils s'installèrent à une table en plastique en attendant leurs plats, les yeux rivés sur la circulation. C'était incroyable, dit Irene.

Ouais, dit Rhoda. J'arrive pas à croire que tout ait été si vite. Quelle différence.

Frank devrait succomber d'une mort lente et douloureuse.

Irene, dit Gary.

Mais c'est vrai. Il traite tout le monde comme de la merde et il est incompétent. Il mérite de mourir.

Tu y vas peut-être un peu fort, Maman.

Irene sourit. D'accord. Frank peut vivre. Mais je suis tellement contente du Dr Romano. Il va trouver ce que j'ai, je vais pouvoir guérir et recommencer à vivre. Au stade où j'en suis, peu importe si l'intervention chirurgicale est pénible. Il faut que cette douleur s'en aille.

Il a parlé d'une intervention chirurgicale ? demanda Rhoda.

Il m'a juste dit l'essentiel : une semaine alitée, le nez bouché, ça a l'air affreux comme ça, mais après c'est terminé pour de bon, il n'y a plus que quelques rendez-vous de contrôle.

Hmm, fit Gary. Entendre cela le mettait clairement mal à l'aise. Il avait toujours été facilement dégoûté. Chaque fois qu'il arrivait quelque chose aux enfants, Irene devait se débrouiller seule, des couches aux os fracturés et à la drogue. Gary trouvait toujours le moyen de disparaître.

Tu auras intérêt à prendre soin de moi si je dois subir une intervention, dit Irene.

Quoi ? demanda Gary.

Tu sais très bien ce que je veux dire. Tu t'enfuis toujours dès qu'il y a quelque chose de désagréable. Mais si j'ai droit à une intervention, tu seras à mon chevet matin, midi et soir. Je cracherai des glaires et du sang dans ta main et tu feras en sorte que ça te plaise.

Seigneur, Irene.

Je suis sérieuse. J'accepterai pas ta faiblesse merdique, cette fois-ci.

Maman, dit Rhoda. Je suis sûre que Papa sera là pour toi, et moi aussi.

Tu seras là pour moi, dit Irene. Mais ton père va fuir. Tiens, nos plats sont prêts. Je vais les chercher.

Désolée, Papa, dit Rhoda quand sa mère se fut éloignée.

C'est pas grave. Elle devient un peu folle, c'est tout. Rien de bien nouveau.

Tu n'es pas juste envers elle, Papa.

On s'en fout. Ce qui est juste n'a jamais d'importance. Personne n'en tient compte, au final.

Papa.

Peu importe.

Irene revint avec un plateau de poisson et de frites. Vous parliez de moi.

Eh bien, oui, dit Rhoda.

Irene tamponna son poisson à l'aide d'une serviette en papier qui s'imbiba aussitôt d'huile. Y en a assez, vous croyez ? demanda-t-elle. Elle avala une bouchée accompagnée de ketchup. C'est du surgelé. Ils vendent du flétan surgelé. Qui peut bien manger du flétan surgelé ?

C'est pas mauvais, dit Gary. Enfin, pour moi, ça fait l'affaire.

Ça fait l'affaire, ça fait l'affaire, dit Irene. Le mantra de toute ta vie.

Maman, dit Rhoda.

Ils mangèrent en silence. Personne n'avait plus envie de parler. Ils roulèrent jusqu'à un Motel 6, prirent leur clé et allèrent dans leur chambre.

Il faut que je m'allonge, dit Irene. Elle prit un autre comprimé de codéine et tenta de sombrer dans le sommeil. Rhoda fit une sieste sur l'autre lit. Elle s'endormit rapidement, sa respiration rauque et lourde dans la petite chambre. Gary était allé se promener quelque part, disparu une fois encore.

La chirurgie effrayait Irene, l'idée même d'une intervention chirurgicale. Elle avait demandé ce qu'elle risquait et Romano avait évoqué une éventuelle perte de la vue en cas de lésion du nerf optique. Et un décès lié à l'anesthésie générale. Ou une irritation des os du crâne qui changeraient de forme après l'intervention, rebouchant à nouveau les orifices. Elle ne comprenait pas vraiment comment c'était possible, comment un os pouvait changer de forme, mais cela arrivait parfois, apparemment. Elle ne pourrait plus respirer par le nez pendant une semaine, jusqu'à ce qu'il se débouche. Pendant ce temps, du sang lui coulerait dans la gorge. Elle éprouvait déjà une sensation de claustrophobie, rien qu'à y penser. Imaginez un peu ne plus pouvoir déglutir ni respirer.

GARY PARTIT MARCHER pour essayer de se vider l'esprit. Il se sentait accusé. Depuis des années, et qu'avait-il fait ? Aucun crime dont il ait conscience. Rien qu'un crime de complicité, le fait d'avoir été là. Son mariage, un élément doté d'un poids, d'une pression.

Il n'aimait pas marcher en ville, même dans une ville comme Anchorage dont les bâtiments étaient éloignés les uns des autres et souvent de plain-pied, pas réellement une ville. Des centres commerciaux à perte de vue, sales et vides. Des concessionnaires de voitures et de camions, des fournitures industrielles, des boîtes de strip-tease sans fenêtres, des fast-foods et des armureries. Un après-midi ensoleillé dans un lieu mort.

Irene le travaillait au corps, elle le faisait depuis quelque temps. Il ne savait pas pourquoi. Mais elle ne lâchait pas le morceau. Des plaintes constantes. Il était faible, il fuyait, n'était jamais là pour elle, toujours en échec, toujours décevant. Elle pensait que la cabane était un projet idiot, que son existence était idiote. Et elle, quel était son but ? Les rendre tous les deux malheureux ?

Gary ôta sa veste, réchauffé par sa marche rapide. Avec un peu d'espoir, le docteur pourrait éliminer ces migraines. Ce serait une véritable amélioration. Le facteur folie en diminuerait d'autant.

Il essaya de ne pas penser à elle, de marcher simplement. Des pick-up maculés de boue et des camping-cars roulaient près de lui, se massaient aux feux de circulation. Il aimait les sentiers de leur propriété, le chemin qui menait chez Mark, celui qui grimpait sur la première crête, et les routes plus longues dans la montagne. Il y aurait encore davantage à explorer sur l'île, aussi, bien davantage à explorer. Mais il avait d'abord une cabane à finir. Le temps était compté.

Gary s'arrêta, ferma les yeux et essaya de se la représenter, il essaya de se tenir au milieu de sa cabane, les murs en rondins, un vieux poêle en fer dans un coin, ses pieds en fonte. Une table en bois brut, des bancs couverts de peaux, un lit à l'autre bout de la pièce, sa plus grande peau d'ours jetée dessus. Deux peaux de loups pendues de chaque côté de la porte, l'unique fenêtre pareille à un vitrail. Près d'elle, un fauteuil à bascule pour regarder dehors, une pipe, peut-être. Peut-être devrait-il se mettre à fumer la pipe.

Gary soupira et rouvrit les yeux, il continua sa route. Encore beaucoup de travail avant de pouvoir penser à ce fauteuil à bascule. Et très peu d'aide des autres. Chaque élément du projet serait un combat. C'était la vérité.

Au bout d'un moment, Gary se retrouva devant la chambre d'hôtel, il ouvrit et referma la porte en silence.

Je ne dors pas.

Désolé, Irene. J'aimerais tant que tu arrives à dormir.

Moi aussi.

Il s'allongea à ses côtés et passa son bras autour d'elle.

Merci, dit-elle, heureuse de l'avoir à nouveau près d'elle. Le temps passait plus facilement ainsi, à l'écouter s'endormir.

Irene regarda le réveil tandis que Gary et Rhoda somnolaient, et il fut enfin 16 heures. Ils s'entassèrent dans le pick-up pour leur rendez-vous de 16 h 30.

Romano accrocha les scanners à un écran blanc illuminé. Irene voyait son propre cerveau, ses tissus mous en plus des os. Très différent de la radio, tout y était dévoilé.

Ces taches noires, ici, dit Romano, ce sont vos sinus sphénoïdaux.

Irene les apercevait, cachés derrière le cerveau, loin au fond de son nez. Un endroit dissimulé à la radio par la structure osseuse.

Le noir, ça veut dire qu'ils sont vides, dit Romano.

Quoi ?

C'est une bonne nouvelle, en fait. Et vos sinus frontaux sont impeccables, aussi. C'était une autre possibilité pour expliquer la douleur à l'arrière de votre œil droit. Les maxillaires de vos joues sont parfaits, et je doutais qu'il y eût quoi que ce soit là. Votre douleur aurait été plus ciblée sur le visage.

Je ne comprends pas, dit Irene. Il n'y a rien, comme sur la radio ?

C'est exact.

Il y a forcément quelque chose.

Je suis désolé.

Mais alors, à quoi sont dues ces migraines atroces ? Irene se sentit craquer et Romano posa une main sur son épaule.

Je suis désolé, Irene. D'après ce que vous m'avez dit, je pense vraiment que vous avez eu une infection des sinus, sans doute des sinus frontaux. Mais ils ont l'air de s'être vidés et je ne sais pas pourquoi les migraines persistent ainsi.

Il n'y a pas d'autre explication possible ?

Pas dans mon domaine, dit Romano. Je ne suis pas neurochirurgien. Il est possible que l'infection et les migraines, si c'est ainsi que tout a commencé, aient déclenché autre chose. Ou bien c'est dû au stress causé par les migraines et les insomnies. Y a-t-il autre chose qui vous préoccupe en ce moment ? Avez-vous d'autres sujets de stress ?

Oh, dit Irene. Rien que trente années de mariage qui s'apprêtent à partir au fond des toilettes, et ma vie tout entière avec.

Je suis désolé, dit Romano. Il était clair qu'Irene avait dépassé les bornes. Elle n'avait jamais rien dit à personne de sa vie, c'était une règle générale – une sorte de code islandais.

Je n'aurais pas dû dire ça. D'habitude, je ne dis pas ce genre de choses. Je voulais une intervention chirurgicale. Pour que tout cela cesse. La douleur est réelle. Les migraines ne s'arrêtent pas et elles me font très peur. Je ne sais plus quoi faire. Il faut que j'arrive à y mettre un terme.

Il faut que vous arrêtiez de prendre les comprimés de codéine, dit Romano. Vous en prenez depuis trop longtemps, assez longtemps pour en être dépendante, et cela pourrait entraîner d'autres problèmes.

Mais je n'arrive plus à dormir. Même la codéine ne suffit pas, parfois.

Il faut que vous arrêtiez dès aujourd'hui. Plus d'antalgiques en dehors de l'aspirine ou de l'Advil. Et je vous recommande d'aller consulter un psychiatre. Vous pourrez lui demander des médicaments contre l'anxiété. Ils vous aideront à dormir et le sommeil réglera peut-être ces migraines.

D'accord, acquiesça Irene tout en pensant qu'il était hors de question d'aller voir un psy. Et merci. Je suis désolée.

Inutile de vous excuser, dit-il. Vous souffrez et je suis navré de ne pas pouvoir vous aider.

Irene retourna au bureau d'accueil pour payer, mais la secrétaire l'informa qu'il n'y avait aucun frais. Irene se mit alors à pleurer, toute cette gentillesse. Avec la douleur, elle était toujours sur les nerfs, prête à s'épancher à la moindre occasion. Mais elle se tamponna les yeux et avança dans la salle d'attente en se demandant ce qu'elle allait dire à Gary et Rhoda.

Ils virent ses yeux embués. Ils se levèrent aussitôt d'un seul mouvement et s'approchèrent pour l'étreindre.

Ça ne vient pas des sinus, dit-elle. On ne sait toujours pas ce qui cloche.

Jim reçut un appel de Rhoda. Ils rentraient le soir même, ne restaient finalement pas à Anchorage. Elle avait une voix fatiguée.

Je vais préparer le dîner, dit-il. Qu'est-ce qui te ferait plaisir ?

Peu importe. Ça m'est égal. Il faut que j'y aille, désolée.

Jim roula donc jusqu'au magasin. Il fallait qu'il prépare quelque chose de bon pour Rhoda. Peut-être même une omelette norvégienne. Il s'efforça de penser à ce qu'elle aimait vraiment, sans succès. Il n'avait aucune idée de ce qu'elle aimait manger. Tous ces plats qu'elle préparait, ils lui étaient destinés, tout ce qu'il aimait.

Il avait été égoïste et l'avait considérée comme acquise. Il s'en rendait compte, à présent. Et il venait de payer le prix fort pour qu'elle n'en sache rien. Ça fait cher la baise, dit-il à voix haute.

Le problème, c'était que Monique lui manquait toujours. Malgré la tournure qu'avaient prise les choses. Elle était la plus belle femme qu'il fréquenterait jamais. Elle était certain. Il n'y aurait jamais rien de mieux et il avait pourtant encore la moitié de son existence devant lui. C'était déprimant. Mais Rhoda représentait la sécurité et elle était disponible. Il achèterait une bague et ils auraient peut-être même des enfants, et tout cela lui donna une envie pressante de braquer le volant pour se précipiter dans le fossé.

Jim essaya de se ressaisir. Rhoda se douterait de quelque chose s'il était encore troublé à son retour. Il feindrait simplement l'inquiétude à son sujet et à celui de sa mère. Il pourrait se tirer de cette situation tout en paraissant bien meilleur qu'avant.

Merci de m'avoir bien baisé, Monique, dit-il.

Il se gara et entra dans le magasin, vers le rayon poissonnerie. D'énormes pattes de crabes royaux, des crabes entiers, même, un mètre quatre-vingt d'envergure. Pareils à des extra-terrestres rampant dans l'obscurité des profondeurs froides comme l'espace sous des montagnes de pression. Un monde qui ne devrait pas exister, si loin et inatteignable. On pouvait remonter un crabe à la surface mais on ne pouvait pas descendre jusqu'à eux, se joindre à eux. C'était aussi vrai pour Monique. Il pouvait la posséder un court instant, son argent pouvait presque lui donner l'impression d'avoir une place dans son univers, mais elle demeurait inatteignable. Même s'il avait eu son âge, il aurait terminé comme Carl.

Connards, dit-il.

Pardon ? dit le vendeur derrière l'étal.

Oh. Pardon. Je vais prendre quelques pattes de crabe.

Le problème fut ensuite de trouver un accompagnement pour le crabe. Rien ne lui semblait appétissant. Peu lui importait de ne plus jamais manger de sa vie. Il opta cependant pour une grosse salade. Rhoda aimait la salade. Il prit tous les aliments de choix. Cœurs d'artichauts marinés, pignons de pin, airelles, avocat, tomates, gruyère en copeaux, la totale. Puis les ingrédients pour l'omelette norvégienne. Un pot de Ben and Jerry's, au cas où, mais pas le parfum New York Superfudge Chunk. Cherry Garcia ferait l'affaire.

Jim s'avachit sur son caddie au rayon des surgelés et fit une pause. Il pencha le visage contre la laitue. Il ne pleurerait pas pour Monique, jamais. Il devait se concentrer sur sa respiration, la calmer, la calmer lentement. Tout irait bien. Il était dentiste, après tout. Il gagnait bien plus que n'importe quel connard du coin.

En cet instant, pourtant, l'Alaska lui semblait le bout du monde, une terre d'exil. Ceux qui ne trouvaient pas leur place ailleurs venaient ici, et s'ils ne s'ancraient nulle part en Alaska, ils basculaient dans l'océan. Ces villes minuscules dans l'espace immense, ces enclaves de désespoir.

Il fallait qu'il se ressaisisse. Il n'y avait pas d'attente aux caisses, il fut vite rentré et porta les courses dans la cuisine. Ce ne fut qu'en posant les sacs qu'il comprit qu'il y avait eu un changement. Il avait été infidèle et, même s'il épousait Rhoda, il avait ouvert la porte aux autres femmes, il savait qu'il continuerait à agir ainsi. Il continuerait à la tromper. Plus question d'arrêter, maintenant que c'était possible. Il trouverait d'autres femmes, ses patientes sans aucun doute. Ou ses employées. Il pourrait mettre une annonce pour recruter une nouvelle hygiéniste, une autre secrétaire pour assister la première à l'accueil. Il pourrait expliquer à Rhoda qu'il préférait cela plutôt que de prendre un associé. Une manière d'agrandir le cabinet. Mais il embaucherait une liaison amoureuse. Il ne chercherait que cela, une à une, engager et virer. Il ne comprenait pas pourquoi il n'y avait pas pensé plus tôt. Rhoda finirait par voir clair dans son jeu mais il changerait alors d'épouse s'il le fallait, et de liaisons amoureuses. Rien de tout cela n'était criminel. Et s'il lui faisait signer un contrat prénuptial, il n'y aurait pas de mal.

La vraie question concernait sa vie et son but ultime. Il ne croyait pas en Dieu, il n'avait pas choisi le bon domaine pour devenir célèbre ou puissant. C'était pourtant les trois éléments indispensables : la foi, la célébrité et le pouvoir. Ils justifiaient une existence tout entière, ou du moins vous donnaient l'illusion que votre vie avait un sens. Toutes ces conneries, être un bon gars, traiter les gens correctement, passer du temps en famille, c'était de la merde parce que ce n'était pas ancré dans quelque chose de solide. Il n'existait aucune échelle de valeur universelle. Avoir des enfants semblait fonctionner pour certains, mais pas complètement. Ils mentaient parce qu'ils avaient perdu leur vie d'antan et qu'il était trop tard. Et l'argent à lui seul n'avait aucun sens. Il ne restait donc que le sexe, et l'argent pouvait y être d'un grand secours.

À l'évier, Jim rinçait la laitue et il comprit soudain. Il consacrerait sa vie au sexe. Retaper son apparence physique et avoir autant de femmes que possible. Il aurait aimé avoir fait cette découverte plus tôt, avant d'avoir quarante et un ans, parce que les choses auraient été bien plus simples quelques années auparavant, mais il n'était pas trop tard. Il lui restait encore dix bonnes années avant que sa vie ne se dissolve en une époque qu'il ne tenait pas à imaginer.

Il déchira les feuilles de laitue, coupa les tomates et l'avocat, ajouta les autres ingrédients, fit bouillir une casserole d'eau pour cuire les pattes de crabes, mais il s'interrompit car il ne savait pas à quelle heure rentrait Rhoda. Il décida de ne pas préparer d'omelette norvégienne. Trop d'efforts.

Carl passa la journée entière au Coffee Bus. Karen lui versait des cafés gratuits, et quand elle comprit qu'il n'avait pas d'argent, elle lui offrit un sandwich. Il s'installa contre le flanc du bus, encadré par les deux sacs à dos. Il hochait la tête pour saluer les clients et écrivait ses cartes postales. Il s'en rédigea une à lui-même.

Cher Carl, J'espère te revoir bientôt. Tu me sembles un peu perdu. Ça fait un moment qu'on n'a pas discuté. Je pense qu'on peut admettre à ce stade que les choses ne vont pas très bien. On a des rêves, tous les deux, mais est-ce qu'ils nous mènent vraiment dans la même direction ? Ha ha, Carl.

Il nota son adresse et décida d'envoyer la carte avec les autres. S'il avait assez d'argent pour acheter des timbres. Il attendait le retour de Mark pour lui demander un boulot.

Mais Mark ne rentra pas et à 20 heures Karen ferma le bus à clé.

La pêche se termine à 19 heures, dit Karen. Mais ils doivent s'arrêter aux quais pour décharger. Il ne rentrera pas avant un moment, alors je te ramène chez nous et tu pourras lui parler là-bas.

Merci, dit Carl en grimpant dans sa Volkswagen avec les sacs à dos.

Où est Monique ?

Carl était resté assis près d'elle toute la journée avec les deux sacs, c'était étrange que Karen lui pose la question à cet instant seulement.

Elle m'a largué, dit-il.

Karen acquiesça et s'engagea sur la route. Désolée de l'apprendre.

C'était inévitable, dit Carl. Elle ne m'a jamais aimé. Mais elle aurait au moins pu venir récupérer ses affaires. C'est un peu dur de m'obliger à les trimbaler.

Ouais, lança Karen. Puis elle se mit à marmonner pour elle-même. Chuchotements et mouvements de la tête, murmures, aha d'étonnement, la totale, comme une conversation entière avec un autre interlocuteur. Et Carl, assis sur le siège à ses côtés, à quelques dizaines de centimètres de là, complètement ignoré. Il se demanda si elle avait pris quelque chose ou si elle avait juste l'esprit esquinté. Il n'avait jamais rien remarqué avant. Mais il ne voulait pas l'interrompre.

Karen roula en zigzags sur le chemin de terre jusqu'au lac. Déviant vers la droite, puis un mouvement saccadé avant de dévier ensuite vers la gauche, puis à nouveau vers la droite. Carl fut heureux d'arriver à destination.

Karen entra et s'attela au dîner, plongée dans son propre univers. Carl porta les sacs l'un après l'autre jusqu'au salon, où il s'installa. Le parquet à moitié terminé, un vieux canapé sale mais confortable. L'air étonnamment froid. Ni chauffage ni isolation, le vent se faufilant quelque part. Carl avait retiré sa veste, mais il la remit et releva sa capuche. C'était comme être à l'extérieur.

Il avait faim. Le sandwich et le café n'avaient pas suffi. C'était une torture, de rester assis sur le canapé en sachant la nourriture si proche. Il ne pouvait pas se permettre d'aller se servir un en-cas. Ils avaient forcément un peu de saumon fumé. De la nourriture à portée de main, mais inatteignable. Karen le remarquerait-elle à travers ses marmonnements ?

La voiture de Mark arriva enfin et il franchit le seuil.

Mon frère venu d'une autre planète, dit-il à Carl. Ça va, sur le pont ?

Nenni, dit Carl en s'efforçant de trouver un vocable à la hauteur.

Tu as amené Monique avec toi ?

Elle m'a largué.

Ah, dit Mark. Je t'ai déjà raconté ma blague sur l'algèbre ?

Non.

Une exponentielle et une constante se baladent dans la rue, quand elles aperçoivent tout à coup un panneau de dérivation.

Quoi ?

T'as jamais eu de cours d'algèbre ?

Non.

Bon, alors tant pis. C'est long, comme blague. Je l'ai racontée à une fille à la conserverie aujourd'hui et elle a pigé. Elle parle cinq langues.

Désolé, dit Carl.

Mark alla étreindre Karen et ils se livrèrent à un étrange petit rituel de massage d'oreilles. Apparemment, les oreilles de Mark s'étaient refroidies sur le bateau et les mains de Karen étaient d'une chaleur exceptionnelle. C'était trop gênant à regarder, alors Carl se rassit dans le canapé et leur tourna le dos. Il entendait des bruits de succion, des murmures, et il essaya de se concentrer sur les arbres, sur les parcelles du lac visibles à travers les arbres.

Carl avait conscience de sa pauvreté. Il était obligé de rester assis là parce qu'il n'avait nulle part où aller. Quand on est pauvre, on est obligé de demander de l'aide et d'attendre et de poireauter et de passer du temps avec des gens qu'on n'a pas envie de fréquenter. Et pendant tout ce temps, on reste invisible. Carl ne ferait plus jamais cela. Il allait changer de spécialité à la fac, même si cela impliquait de faire une année supplémentaire. Et il parlerait à Mark de la liaison entre Jim et Monique. Les riches ont un point faible. Ils ont des secrets à cacher.

Après en avoir terminé avec son massage d'oreilles, Mark s'installa enfin dans le canapé. Hombre, dit-il. Il y a un mec à la conserverie qui sait dire "Qui a pété ?" en huit langues.

Oh, dit Carl. Il ne savait jamais trop quoi dire en présence de Mark. Et il ne savait pas non plus comment enchaîner sur : Tu pourrais me trouver un boulot ?

Il sait le dire en thaï.

Comment s'est passée la pêche, aujourd'hui ? demanda Carl.

Dure, dit Mark. Des lames de trois mètres. Ça a sérieusement limité nos prises. Personne n'a fait grand-chose. On a fait à peine cinq cents kilos.

Ça semble beaucoup.

C'est que dalle.

Vous auriez pu en faire plus si vous aviez eu quelqu'un d'autre à bord ?

Mark lui adressa un regard en coin.

D'accord, dit Carl. C'était pas très habile, j'imagine. Je suis dans la dèche et j'ai besoin d'un boulot. Est-ce que je pourrais me joindre à vous sur le bateau ?

Mark tapota l'épaule de Carl, ce qui le fit se sentir encore plus minable. Désolé, dit-il. C'est impossible de rejoindre un équipage. Il faut vivre ici, connaître tout le monde, être présent chaque été. Il faut de l'expérience. Il y a toute une file de mecs qui attendent de pouvoir monter à bord. Et c'est la fin de la saison, en plus.

OK, dit Carl. C'est logique. Mais il était déçu. Impossible d'entrer dans le milieu. Il scruta les arbres maigres qui rapetissaient encore plus en bordure du lac. Plus ils approchaient de l'eau et plus ils devenaient rachitiques. Une forêt pour les petites gens, comme Carl. Je suis un si petit homme, plaisanta-t-il dans un mauvais accent irlandais.

Hé, dit Mark. Sois pas dur envers toi-même. Tu pourras trouver quelque chose, mais pas sur un bateau, c'est tout.

Il faut que je trouve un truc tout de suite, malheureusement. J'ai même pas cinq dollars en poche. J'aurais sûrement dû commencer à chercher plus tôt, d'ailleurs.

Ouais, s'esclaffa Mark. Peut-être. Mais bon, je dois pouvoir te dégoter un truc à la conserverie.

C'est vrai ?

Ouais. À huit dollars de l'heure, c'est pas grand-chose mais t'as pas besoin d'expérience. Tu peux commencer à la table de nettoyage, tu retires les membranes et les dernières gouttes de sang. Ça s'apprend en cinq minutes.

Merci, Mark. Ça serait parfait.

Allez, un bang pour fêter ça.

Carl s'apprêtait à refuser, comme d'habitude, mais il se dit pourquoi pas. Un peu de marijuana n'allait pas le tuer. OK, dit-il.

Ça c'est mon pote, dit Mark. Il bourra le bang, l'alluma et tira quelques petites bouffées. Il inspira soudain à fond, garda la fumée et passa le bang à Carl.

Carl n'aimait pas l'odeur, ni la fumée, et l'idée de casser son record ne lui plaisait pas. Il n'avait jamais rien essayé, ni cigarette ni boisson alcoolisée. Un sujet de fierté personnelle, mais il venait d'y mettre un terme. Et puis merde. Il inhala l'épaisse fumée chaude et âcre, toussa, la respiration soudain coupée.

Mark rit et Karen s'approcha pour rire à son tour.

Il vient de perdre sa virginité, lui dit Mark. Ici même, dans notre humble demeure.

Karen prit une bouffée, puis sembla flotter vers la cuisine.

Carl attendit une sensation, une perception différente, quelque chose. Il espérait avoir des visions, voir peut-être les murs se dissoudre. Mais il ne se passa rien. Mark lui repassa le bang et il inhala une fois encore, retint la fumée comme le lui avait expliqué Mark, puis il expira et toussa à nouveau.

C'est bon ? demanda Mark.

Je ne sens rien de particulier.

Rien du tout ?

Rien du tout.

Prends une autre taffe.

Carl essaya une fois encore mais il ne ressentit rien d'autre qu'une légère migraine à l'arrière de la nuque et un goût répugnant dans la bouche, une contraction de ses poumons.

Tente encore un coup, dit Mark. Carl aspira donc une quatrième fois, puis il abandonna.

Parfois, ça ne fait aucun effet la première fois, dit Mark.

Carl n'était pas certain qu'il y en aurait une seconde. Tout était si décevant. Monique baise avec Jim, dit-il à Mark. Il se tourna vers Karen dans la cuisine, qui lui rendait à présent son regard. Je les ai vus en pleine action dans le salon quand on a passé la nuit chez eux, et en ce moment elle s'en va souvent toute seule.

Mark préparait un autre bang.

Le Jim de Rhoda ? demanda Karen.

Ouais, le dentiste.

Mark alluma l'herbe et prit une autre bouffée avant de passer le bang à Carl.

Non, merci, dit-il. J'en ai eu assez pour l'instant.

Mark haussa les épaules et souleva le bang pour que Karen vienne le prendre. Elle inhala une bouffée et le lui rendit.

Alors c'était donc ça, la grande révélation, l'instant tant attendu. L'information secrète de Carl qui devait heurter le monde avec la violence d'un météore.

Le dîner est prêt, dit Karen.

RENDUE LAITEUSE PAR LA VASE, et calme. On l'imaginerait à peine assez profonde pour y enfoncer la cheville. Gary coupa le moteur et ils glissèrent vers le rivage, Irene entendait des mouettes perchées sur un promontoire rocailleux, un peu plus loin sur le lac. La plus petite île, un rocher à fleur d'eau, blanc de guano. Une journée sans vent, ensoleillée et paisible, les derniers instants de météo clémente pour cet été. Les premières annonces de tempêtes automnales dès la semaine suivante.

Irene regarda par-dessus bord les pierres bleu-gris qui émergeaient sous la coque. L'eau laiteuse étrangement limpide à cette distance, comme une loupe qui agrandirait les pierres, les rapprocherait d'elle. Ils auraient déjà dû les heurter, semblait-il. Le bateau finit par buter, sa coque par crisser, et Irene souleva son sac à dos, enjamba le plat-bord avec prudence, ses bottes en caoutchouc collées par l'eau à ses chevilles et ses tibias. Glissant. Dans son paquetage, une tente et un sac de couchage, des casseroles et des poêles, des vêtements. Gary portait un réchaud Coleman, une deuxième tente. Un campement pour leur permettre de travailler plus longuement la journée. De leur lever au petit matin jusqu'à leur coucher le soir ils travailleraient à la cabane.

Irene, prudente sur les pierres glissantes, quelques enjambées sur la berge, encore des pierres, mais sèches et grises, de petites touffes d'herbe, des mares résiduelles miniatures d'eau douce pleines d'algues et de moustiques, une nuée tout autour d'elle, s'attaquant aux articulations de ses doigts et à ses poignets, à tous les endroits où les os et le sang affleuraient sous sa peau. Une étroite bande d'herbe et de rochers longeant la rive, puis une autre d'herbes plus hautes, de fleurs des champs aux pétales fanés. Il s'agissait certainement d'iris violets, de rosiers arctiques, d'hémérocalles, de linnées boréales roses, de pyroles, d'autres, jaune et blanc, dont elle ne connaissait pas encore le nom. Partout des troncs d'arbres morts et des racines, Irene espérait ne pas trébucher sous le poids du sac.

Le bosquet d'aulnes, une troisième bande au-delà du rivage, d'un vert éclatant sous le soleil, la terre entière verte. La végétation dense, les toiles d'araignées quadrillant l'air. Irene tentait de garder une démarche légère, d'éviter le moindre mouvement brusque. Son mari derrière elle, le son de ses pas plus rapides écrasant les brindilles.

Une journée idéale pour monter le campement, dit-il en la doublant, et elle ne répondit pas. Elle garda la tête baissée, les épilobes rouges en tapis touffus, les pétales supérieurs déjà fleuris. L'annonce de l'imminence de l'automne, le début de la fin. Il ne restait plus que six semaines avant les premières neiges, une fois les pétales supérieurs éclos, et ils avaient fleuri depuis quelque temps déjà, bien qu'elle n'ait pas remarqué quand exactement. Après un certain nombre d'années passées dans la région, on finissait par observer cette fleur avec crainte, c'était étrange qu'elle n'ait rien remarqué.

Irene traversa le bosquet d'aulnes jusqu'à la lisière de la forêt épaisse, où leur cabane penchait d'un côté vers l'intérieur et de l'autre vers l'extérieur. La structure entière sur le point de s'effondrer. Ils avaient apporté un lot de tasseaux pour consolider l'ensemble.

Irene retourna au bateau, passa devant Gary qui lui sourit et fit danser ses sourcils. Des bons trucs à grailler, dit-il en brandissant une boîte en plastique de nourriture.

Irene voulait répondre, voulait rendre tout ça plus facile. Mais elle en était incapable. Sans médicament, chaque parcelle de son être était à vif. Il lui fallait évoluer avec prudence, éviter de parler ou d'afficher certaines expressions faciales.

Elle empoigna une demi-douzaine de tasseaux sur le bateau, avança avec précaution à travers les touffes d'herbes et les racines, déposa les planches et retourna chercher un deuxième chargement. Rien ne clochait, il fallait juste attendre que la douleur s'en aille.

Quel endroit magnifique, dit Gary. J'adore ce coin.

C'est magnifique, oui, dit-elle avec une grimace. Mais Gary, tout en mouvement, ne remarqua rien. Il posa une glacière à terre et fit volte-face pour transporter un autre chargement.

Des outils et des fournitures, assez de nourriture pour deux semaines, une lunette pour les toilettes extérieures, des clous, la fenêtre et la porte, des tasseaux et un serre-câble pour mettre les murs d'aplomb : c'était l'assaut final.

Un dernier aller-retour pour le bois, puis Gary fit place nette pour planter la tente à côté d'un bosquet de bouleaux derrière la cabane. Tu peux m'aider à monter la tente ? lui cria-t-il comme si elle n'était pas juste à côté de lui en cette journée sans vent. C'était l'excitation. Il voulait tout faire en même temps.

Elle l'aida, une tente immense, assez de place pour eux deux, pour leurs vêtements et leur équipement.

Et pour la nourriture ? demanda Irene. Comment on va la protéger des ours ?

Il n'y a pas d'ours ici, dit Gary. On est sur une île.

Les ours savent nager.

Ouais, mais pas pour une simple visite de courtoisie. Ça fait un bout de chemin jusqu'au rivage.

À peine deux cents mètres depuis la berge la plus proche, non ?

Un truc comme ça. Installons la nourriture dans la tente pour l'instant. Aide-moi à porter la glacière. Ils rangèrent la nourriture à côté de leurs sacs de couchage.

Et maintenant, la deuxième tente, dit Gary. Ils cherchèrent un terrain plat, tâtonnant dans le sous-bois. De larges parcelles de mousse, douce et spongieuse, des fougères, des aspidies, un coin bien plus à l'ombre.

Ça m'a l'air bien ici, dit Gary. On ne va pas dormir dans celle-là, alors le sol peut être un peu irrégulier.

Irene aida à dérouler une autre bâche et la tente, aida à planter les sardines et à installer l'auvent. Si seulement la construction de la cabane pouvait être aussi simple. Gary et elle y stockèrent les outils et les fournitures, tout sauf le bois, puis ils reculèrent et observèrent leur petit campement.

Pas mal, dit Gary. Ensuite, les toilettes.

Irene regarda le lac, si calme ce jour-là, le reflet des montagnes. Des sommets visibles, les neiges éternelles dessinant le contour des crêtes, le bord du Harding Icefield. Le temps ensoleillé et chaud, peut-être vingt degrés. Elle avait enlevé son manteau. C'était le genre de journée où tout semblait possible.

Il ne faut pas les installer trop loin de la cabane, dit Gary. On va les utiliser tout l'hiver.

Construisons-les juste derrière la cabane, dit Irene. Pour ne pas être obligés de sortir.

Irene.

Quoi ? Je serai obligée de m'enfoncer dans la neige chaque fois que j'aurai envie d'aller aux toilettes ?

La neige n'est pas si terrible que ça, par ici.

Elle est pas froide et humide, la neige par ici ?

Irene.

Irene toi-même. Construis donc ces satanées toilettes à l'arrière de la cabane, juste appuyées à une paroi. Et mets-y une porte.

Ça va sentir pendant tout l'hiver.

Alors, que ça sente. Si on doit vivre comme de la merde, autant la sentir à plein nez.

Gary se détourna. C'était le genre de moment qu'il attendait, elle le savait. Si cette cabane ridicule suscitait suffisamment de disputes, il pourrait justifier son départ. Il la mettait dans une situation impossible, puis il décrétait que le mariage en lui-même était impossible. Et le plus beau, dans tout cela, c'était qu'il se mentait si bien à lui-même qu'il serait persuadé d'être le gentil, dans l'affaire. Il croirait dur comme fer avoir fait de son mieux.

Écoute, dit-elle. Tu peux les construire à trois mètres avec un petit couloir de communication. On mettra une porte à chaque extrémité. Et peut-être que comme ça on ne sentira rien.

Gary réfléchit. Il longea le mur arrière de la cabane, tourna sur lui-même plusieurs fois, fit les cent pas pour s'éclaircir l'esprit. OK, dit-il enfin. Je peux faire un truc de ce genre. Mais on va être obligés de déplacer la tente à outils pour avoir de la place.

Crise évitée, et puisque c'était aussi simple que cela, elle se demanda si elle pouvait refuser le projet dans son intégralité. Dire non à l'idée globale et rentrer à la maison. Mais elle savait que c'était impossible. Parce que tout ça était bien plus qu'une simple histoire de cabane.

Ils tirèrent les outils et les fournitures hors de la deuxième tente, trouvèrent un endroit un peu plus loin, la remontèrent et rangèrent tout à nouveau. L'après-midi passait et Gary regarda sa montre.

Il se fait tard, dit-il, et on n'a même pas encore commencé les toilettes. Une punition indirecte. Il lui laissait entrevoir les conséquences.

Ouais, dit Irene. Dommage qu'on soit pas au mois de juin.

Gary garda les lèvres serrées après ça. Il empoigna la pelle pour creuser un passage à travers la végétation, une allée étroite jusqu'à un carré plus grand pour les toilettes, environ un mètre vingt de côté. Son T-shirt assombri par la transpiration.

Irene tira la glacière hors de la tente et s'assit dessus pour le regarder travailler. Creuser jusqu'en Chine, forer un trou dans la terre pour lui faire part de ses sentiments. Exactement comme un petit garçon. Elle aurait dû le prendre dans ses bras, lui donner le sein, le bercer jusqu'à ce qu'il s'endorme.

Irene se sentait exaspérée à l'idée d'avoir dû prendre soin de cet homme pendant trente ans. Le poids de ses plaintes, de son impatience, de ses échecs, et en retour rien qu'un vide. Comment tout cela avait-il pu lui sembler normal ?

Irene ne pouvait plus le regarder. Elle se leva et s'enfonça sous les arbres. Tout à l'ombre, plus frais, les troncs si proches, chaque arbre d'où pendaient de fines branches mortes, de fins doigts crochus, des restes, peut-être, de leur jeunesse. Cassant à son passage, la végétation et le sous-bois bien plus haut. Épicéas et bouleaux, des arbres dont on pouvait se lasser après plusieurs années en Alaska. Un peuplier solitaire, son écorce plus rugueuse, quelques trembles.

D'étroits sentiers pareils à des allées s'ouvraient devant elle et elle les suivit, des sentes de gibier. Des petits tapis de mousse et de fougère, la forêt si calme. Irene, chasseuse ou chassée, la même sensation dans les deux cas, la même conscience de cette forêt, la même attente d'un son, d'un mouvement, la même concentration sur sa respiration. Il était temps de chasser à nouveau, d'apporter son arc et ses flèches. Mais elle était désormais accompagnée par cette chose nouvelle, cette nouvelle trahison du corps, une chose contre laquelle elle ne pouvait lutter, qu'elle ne pouvait traquer, qu'elle ne pouvait voir parce qu'elle n'existait pas. Irene grimpa plus haut, atteignit des plateaux et des pentes dissimulées par la forêt jusqu'à une crête, sans pouvoir aller plus loin, toujours entourée par la densité, sans vue dégagée, le panorama bien présent mais obstrué de toutes parts.

DIMANCHE, JIM ET RHODA ÉTAIENT EN CONGÉ, alors ils firent la grasse matinée, l'amour, dormirent davantage, puis restèrent au lit. Jim, les yeux fermés, Rhoda, la tête posée sur son torse, observant la vue dehors. De lents rouleaux remontaient dans la baie, la journée était limpide et ensoleillée. De fins bouleaux sombres sur le terrain plat devant la plage se dressaient, solitaires. Ils avaient toujours ressemblé à des humains aux yeux de Rhoda, des vagabonds en route vers la mer, marchant seuls. Elle imaginait une de leurs branches basses pareille à une main tenant une petite valise.

Les arbres ressemblent à des gens, dit Rhoda.

Quoi ? demanda Jim.

Les bouleaux, dehors, ils ressemblent à des gens un peu ébouriffés, comme les Whos de Whoville, les personnages du Dr Seuss.

Ah, dit-il.

Tu n'as pas regardé.

D'accord, dit-il en soulevant sa tête de l'oreiller. Rhoda se repositionna plus bas sur son torse. Les arbres dehors, là-bas ? demanda-t-il.

Ouais.

Je crois que je vois. Les petits sont des enfants, les plus gros, des adultes. Ils ont à peu près la bonne taille.

Et où vont-ils ? demanda-t-elle.

Elle est un peu tendancieuse, ta question.

Hmm, fit Rhoda. C'était pas le cas. Je ne pensais pas à ça.

Désolé.

Mes parents sont si bizarres. Promets-moi qu'on ne leur ressemblera jamais.

C'est facile.

Rhoda rit. Ils sont dingues.

C'est toi qui l'as dit.

Quand est-ce que je rencontrerai tes parents ?

Je ne sais pas, dit Jim. Ils ont emménagé en Arizona.

Tu ne dis jamais rien d'autre à leur sujet.

Eh bien, je ne vais jamais là-bas et ils ne viennent jamais ici.

C'est triste.

Non. C'est une relation accidentelle, non voulue. Je ne les aurais jamais choisis comme amis. Je ne les aime même pas.

C'est vraiment triste.

Pas pour moi. Ça m'est complètement égal.

Hmm, fit Rhoda. Elle n'aimait pas ce côté de Jim, froid et déconnecté de tous. Cela ne semblait pas sincère et cela ne correspondait pas à la vision qu'elle se faisait de leurs futurs enfants, de ces scènes douillettes en famille. Accidentelle et non voulue.

Et moi, est-ce que je suis accidentelle et non voulue ? finit-elle par demander.

Rhoda.

Honnêtement. Est-ce que c'est parce que je suis là, à portée de main, disponible ?

Non. Je t'aime. Tu le sais.

Rhoda se redressa et le regarda dans les yeux. C'est vrai ? Tu me le promets ?

Absolument, dit-il en l'attirant pour l'embrasser.

D'accord, dit-elle avant de se réinstaller contre son torse. Une partie de ses poils viraient au gris. Un changement au cours de l'année passée ensemble. Son ventre s'était ramolli, petit monticule de chair. Ses flancs avaient épaissi. Onze ans de plus qu'elle.

Je m'inquiète pour ma mère, dit-elle.

Ouais. Je pensais que Romano trouverait quelque chose.

Je ne sais pas ce qui cloche chez elle. Je ne sais pas comment l'aider.

Hmm.

Rhoda voyait bien que le sujet n'intéressait pas Jim. Trop pénible et compliqué. Tu n'as pas envie d'en parler.

Si, si, dit Jim. Vraiment.

J'essaie de la comprendre, mais je n'y arrive pas. C'est peut-être son départ en retraite. Je sais que son travail lui manque et qu'elle se sent inutile à présent. Ils n'ont pas autant d'argent qu'ils espéraient pour leur retraite, ça doit l'inquiéter. Mais il se trame encore autre chose, un truc plus important. Comme si elle faisait ses propres marchés en secret avec les dieux.

Ouh là, dit Jim. C'est un peu grandiloquent, ton affaire.

Mais je suis sérieuse. Elle a décrété que le monde entier s'était ligué contre elle, alors on dirait qu'elle se prépare à la bataille. Elle est parano. Et quand j'essaie de lui dire quelque chose, elle sait que je ne suis pas là-haut avec les dieux. Je ne décide de rien. Je ne suis qu'une simple spectatrice, alors je ne lui suis d'aucune utilité.

Ce n'est pas vrai. Tu es importante à ses yeux.

Avant, je l'étais. Mais plus maintenant. Je pense qu'elle a mal à la tête à force de se préparer à partir en guerre. Et je sais que la guerre est contre mon père, mais je ne comprends pas à quel sujet, exactement, parce que je n'en fais pas partie.

Rhoda, dit Jim. Je suis désolé mais je pense que tu t'enflammes un peu, toi aussi. Tu fais trop de cas de cette histoire. Elle souffre, c'est sûrement parce qu'elle passe son temps à stresser. Ou qu'elle a besoin de s'habituer à son statut de retraitée, comme tu le dis. Mais rien de plus. Elle finira par s'y faire.

Je ne pense pas, non. Et Rhoda comprit que c'était la vérité. Elle se sentit soudain très triste. Elle ne pensait pas que sa mère se remettrait de tout cela. Peu importait le problème, il attirait à lui chaque parcelle de son existence. C'était la clé : il traversait le temps pour l'atteindre. Je ne pense pas que son état s'améliorera, dit-elle à Jim. Vraiment pas.

Jim l'étreignit, ses deux bras autour d'elle, elle ferma les yeux et aurait voulu trouver une façon de tout arrêter, mais elle ne voyait que l'obscurité, le néant, rien à quoi se raccrocher. Quand vas-tu m'épouser, Jim ? demanda-t-elle. J'ai besoin de quelque chose de solide. Elle n'arrivait pas à croire qu'elle venait juste de dire cela, tous ces mots à voix haute. Mais c'était le cas.

L'attente fut longue et atroce, elle sentit s'accélérer sa respiration et les battements de son cœur. Je t'aime, Rhoda, dit-il enfin.

Pas assez. Quand vas-tu m'épouser ?

Le plan de travail était une sorte d'auge en aluminium glacial, une mare de sang et d'eau de mer. Les mains de Carl endolories par le froid, ses doigts engourdis. Le saumon lui arrivait éviscéré et décapité, mais il devait saisir de fines membranes transparentes avec ses gants triple épaisseur, puis les arracher et les jeter au sol. Quatre ou cinq tentatives pour chaque membrane avant de la trouver, et parfois elle n'y était pas.

Le *tchak-tchak* de la machine à décapiter, un rythme régulier, à quelques secondes d'intervalle, un autre poisson qui lui arrivait et la panique commençait à le gagner. Trop de poissons, une aide supplémentaire à son plan de travail. Metallica qui jaillissait à plein volume des haut-parleurs au-dessus de lui.

Trois autres personnes effectuaient la même tâche, toutes plus rapides, mais les poissons s'entassaient et remplissaient la mare de sang. La fille en face de lui, étudiante elle aussi, n'attrapait aucune membrane, ce qui le stressait grandement. Elle frottait le poisson de chaque côté pour en retirer le sang, jetait un coup d'œil à l'intérieur évidé, là où se cachait la membrane, avant de le lancer dans le sas en plastique blanc au milieu du plan de travail pour l'envoyer aux inspectrices. À chacun de ses lancers, la queue du poisson venait heurter la paroi, projetant de l'eau gluante sur le visage de Carl. Elle avait perfectionné son geste. Et pour un poisson qu'il jetait, elle en jetait trois.

Les inspectrices, deux autres femmes d'un âge équivalent, mais pas étudiantes, au bout de la chaîne. Elles étaient censées vérifier rapidement et trier les poissons. Ceux dont la colonne vertébrale était brisée ou dont la chair était lacérée allaient dans un container séparé. Toute autre espèce de saumon dans un autre container, parce qu'ils n'empaquetaient que les saumons rouges. Elles retiraient une membrane, enlevaient les taches de sang ou retiraient un morceau de branchie quand le poisson n'était pas totalement propre, et elles ne semblaient pas se soucier d'être obligées de le faire à chacun des poissons envoyés par la fille, mais jamais pour ceux de Carl. Elles bavardaient sans cesse, des filles du coin, contraintes de hurler par-dessus Metallica. Elles travaillaient là depuis des années et elles avaient peu d'estime pour l'endroit.

Mais enfin, tu peux pas te faire virer d'une conserverie, lança l'une à l'autre, surtout de celle-là. Y a pas plus minable.

Elles parlaient d'hommes et d'argent, elles travaillaient là depuis si longtemps qu'elles n'étaient même plus obligées de prêter attention à leurs gestes. Mais Carl luttait avec chaque poisson. D'abord, la membrane, essayer de trouver un passage par le trou du cul, puis chercher deux poches de sang à l'endroit où la tête avait été tranchée. Il lui fallait pousser fort avec le pouce pour que le sang jaillisse. Puis vérifier qu'il ne restait pas de morceau de branchie et gratter le sang restant sur la colonne vertébrale. Impossible de tout nettoyer, il n'avait pas d'outil. Rien qu'un gant en coton par-dessus un gant en plastique par-dessus un autre gant en coton. Parce qu'en théorie, tout aurait déjà dû être retiré par un employé à l'aide d'une cuillère à vider, plus haut sur le tapis roulant. C'était à cet employé que Carl en voulait le plus.

Carl en voulait à tout le monde en amont de la chaîne. Ils étaient tous expérimentés, mieux payés, et avaient des postes plus simples. L'un d'eux était équipé d'une pelle et aidait à déloger les poissons des énormes containers gluants. Ce mec passait la majeure partie de son temps immobile, à regarder défiler les poissons. Quelqu'un alignait ensuite les saumons pour que les têtes soient toutes dans la même direction. Voilà le poste que Carl aurait aimé avoir. Un autre tranchait les ventres, du cul à l'œsophage. Rien qu'un seul coup de couteau par poisson. Puis le décapiteur. Il réajustait les poissons de quelques centimètres à peine, alignait les têtes sous une lourde lame. Une guillotine, dangereuse. Mais il portait une protection métallique fixée au plan de travail et évitait d'avancer les mains trop en avant. Et il ne déplaçait presque pas les poissons.

Il n'y avait que des hommes au début de la chaîne, jusqu'au poste suivant, à l'éviscération. Une femme s'en chargeait. Les boyaux circulaient sur un petit tapis roulant jusqu'à une autre employée qui triait les œufs, les poches rouges, dans un panier en plastique. Comme un devin lisant l'avenir dans chaque amas de boyaux sur le plan de travail devant elle. Puis elle nettoyait le tout d'un geste souple avant l'arrivée du tas suivant.

Après cela, à nouveau des hommes et des couteaux, un mouvement rapide pour trancher le long de la colonne vertébrale et évacuer le sang. Puis une autre femme avec une cuillère pour racler le sang, un homme avec un embout de tuyau pour rincer. Le tout sur un large tapis roulant, plastique bleu clair, et le poisson arrivait avec un bruit mat sur l'auge en aluminium. Chaque lot éclaboussait le gars à la gauche de Carl et, chaque fois, le gars grimaçait. Le pire poste de toute la conserverie, et bien que Carl eût une terrible envie de pisser, il refusait d'y aller, certain que le gars se décalerait et l'obligerait à prendre sa place.

Le problème venait soit de la femme à la cuillère à éviscérer, soit de l'homme au tuyau. L'un d'eux était censé retirer la membrane et les résidus de sang, mais ils envoyaient les poissons aussi vite que possible. Les saumons s'entassaient sur le plan de travail jusqu'à menacer de tomber par-dessus bord, le tapis roulant s'encombrait et il n'y avait pas d'eau à portée de main pour tout nettoyer. Une montagne de carcasses, aucun moyen de nettoyer et Carl se sentait sur le point de hurler.

Sean, le chef d'équipe, apparut à la table en aluminium derrière les inspectrices et aboya pour qu'on lui envoie quelques poissons. Les inspectrices attrapèrent des saumons et lui en passèrent une cinquantaine. Sean jeta un coup d'œil dans chacun et les déposa sur la glace dans la boîte de conservation, prêts à être empaquetés et expédiés. Une nouvelle preuve de l'inutilité du travail de Carl.

Le chef envoyait ces poissons sans préoccupation après que Carl eut enduré une heure de conneries, à 5 heures du matin, sur la qualité du contrôle dans la conserverie. Derrière Carl se trouvait un seau de liquide nettoyant chaud à base de chlore pour les mains, il pouvait les y tremper, par exemple, ce qui permettait d'assurer une meilleure propreté des poissons, de prolonger la durée de vie de leurs écailles, mais il ne pouvait prendre le risque de marcher jusque-là pour s'y réchauffer les mains parce que le gars d'à côté prendrait sa place et Carl se retrouverait éclaboussé par chaque nouvel arrivage de saumon. Un contremaître circulait pour vérifier les températures et s'assurer que tous les employés faisaient leur boulot, mais il se tenait aux côtés de la femme en face de Carl et semblait penser que son petit coup d'œil minable dans les entrailles de la carcasse suffisait.

Pour Carl, toutes les leçons de la vie s'illustraient là. Tout ce qu'il aurait déjà dû apprendre à la fac. Tout ce qu'il devait comprendre à propos de son avenir. Il dressa une liste dans son esprit, sans cesser de racler les membranes et de pousser le sang :

1. *Ne travaille pas avec d'autres personnes.*
2. *N'exerce pas un travail manuel.*
3. *Sois content de ne pas être une femme sur le marché du travail.*
4. *Le contrôle de qualité n'existe pas. Tous les autres termes du monde des affaires sont aussi des conneries. Le monde des affaires est le cimetière de la pensée et de la parole.*
5. *Le travail ne sert qu'à gagner de l'argent. Alors trouve-toi un boulot qui aille au-delà, un boulot qui, dans l'idéal, ne te donne pas la sensation d'en être un.*

Mais la leçon principale, pour Carl, c'était qu'il lui fallait déguerpir sur-le-champ. Il n'y avait pas de médaille du mérite pour ceux qui choisissaient de rester dans une situation merdique. Il appellerait sa mère le soir même et la supplierait de lui payer un billet de retour. Il se fichait bien de ce que cela lui coûterait au final. Il ne passerait pas une journée de plus dans cet endroit.

Tout le monde fit une pause, enfin, quinze minutes après quatre heures passées au milieu des saumons. Il fallut cinq minutes à Carl pour retirer sa salopette étanche avant de pouvoir pisser, puis il resta dehors près du feu de camp. Un puits métallique creusé dans le sol, pas de flammes mais un peu de charbon, beaucoup de fumée. Elle soufflait la plupart du temps dans sa direction, l'enveloppait. Il fit un cercle avec les autres employés de la chaîne, les yeux rivés sur le charbon. Un des gars évoquait une bagarre de bar et son bref séjour en prison. Il avait été relâché le matin même, juste à temps pour le travail.

Mon ex se pointe avec un dealer de crack archi-connu, ce qui veut dire que le mec passe du temps avec mon gosse. Je le connais, il me connaît. Il vient droit sur moi, je fais rien. Je reste assis pendant qu'il déblatère.

Carl avait du mal à imaginer la scène, le gars avait des manières si calmes. Le même âge que lui, un peu plus épais et plus fort, une fine barbe rousse, mais il n'avait l'air pas d'un type à avoir une ex qui sortirait avec un dealer de crack.

Il me crie en plein visage pendant, genre, une demi-heure, un truc vachement long. Je me dis qu'il va finir pas s'arrêter, mais non, alors je lance : Allez, on va régler ça dehors.

On va régler ça dehors, répéta Carl à voix haute. Quel cliché, pensa-t-il, le sourire aux lèvres, mais personne ne partagea cet instant avec lui. Regards étranges du gars et des autres employés, une brève pause dans le récit. Carl à l'écart, comme d'habitude.

Je glisse une bouteille de bière dans ma poche, il voit rien, et une fois dehors, j'en casse le bout contre la rambarde, je lui dis que je suis prêt.

Le groupe était impressionné, Carl le voyait bien. Lui, par contre, ne l'était pas. Il n'arrivait pas à croire qu'il traînait avec ces mous du bulbe.

Alors il déconne pas avec moi quand il aperçoit la bouteille. On se tourne autour et il ose pas s'approcher. À ce moment-là, les flics arrivent, c'est mon pote Bill. Je lui fais : Tu veux que je me passe moi-même les menottes ? Il a déjà été obligé d'en passer par là plusieurs fois, alors il me dit : Mec, comment tu fais pour te mettre toujours dans la merde ? C'était cool. J'ai passé la nuit au poste et ils m'ont laissé sortir pour aller au boulot.

Tout le monde scruta les charbons une minute encore sans aucun commentaire, puis il fut temps de retourner à l'intérieur, la pause terminée. Retour aux boyaux.

Carl en pole position, cette fois, éclaboussé chaque fois qu'une carcasse heurtait la mare. Il essayait de ne pas grimacer. Le liquide gluant s'accrochait à son visage, à son oreille gauche, à ses cheveux. Ce n'est que du sang et des boyaux, se disait-il. Ça partira à la douche. Il chercha des moyens de causer du tort à ses collègues et à la conserverie en général, mais il ne trouva rien. Il avait perdu toute logique. Il pouvait mal faire son boulot, comme la femme en face de lui, mais puisqu'il était là, il décida de bien retirer les membranes et le sang. Plus que quatre heures. Une crampe à la main droite, glacée, mais il pouvait l'ignorer.

Il fallait qu'il appelle sa mère, qu'il dise au revoir à Mark, qu'il le remercie, et aussi qu'il décide quoi faire du sac à dos de Monique.

Les saumons commencèrent à arriver avec leurs têtes. Éviscérés, leurs branchies retirées, mais pas décapités. Un changement de plans, Carl n'avait pas été prévenu, mais son boulot restait le même. Les yeux écarquillés, dilatés, cerclés d'argent. Une mâchoire inférieure pointue chez certains, presque comme un bec. Les mâles, peut-être. Il ne trouvait aucune membrane.

Il y a un truc différent, cria-t-il à une inspectrice par-dessus la musique. Je trouve plus les membranes.

Ceux-là sont déjà passés sur le tapis hier, lui répondit-elle. Têtes et branchies. Mais la commande a été modifiée : il faut juste enlever les branchies.

Super, dit-il.

Ouais, cria-t-elle. C'est génial. Pourquoi ne pas tout refaire deux fois. C'est la devise de la conserverie.

T'as l'air d'être une employée bien maussade.

Va chier.

Carl tenta de rire, mais le ton de sa réplique semblait plutôt méchant et elle ne lui accordait plus aucune attention. Les autres sous-fifres autour du plan de travail lui décochèrent un regard sans aucune compassion, puis ils rebaissèrent la tête vers les poissons.

Une pause dans la chaîne, assez longue pour laisser le temps aux employés de rattraper le retard, puis une demi-douzaine de petits saumons arrivèrent, entiers. Ni éviscérés, ni décapités, les gars en haut de la chaîne les regardaient simplement défiler devant eux. Carl était perplexe mais il en lava rapidement un dans la mare et le fit passer. Plus petit, plus léger, comme une balle de fusil. Une espèce différente, mais il ne posa la question à personne. Qui ça pouvait bien intéresser, de toute façon ?

Puis ils passèrent tous à une autre table plus longue à l'autre bout de l'entrepôt. Des tonneaux en plastique remplis de flétan. Fantômes plats. Bouches en biais et lèvres épaisses, ouvertes, expressions désespérées. Leurs dos tachetés d'un vert camouflage foncé, affreux. Une bête d'un autre temps qui n'avait pas imaginé les humains. Habitants des abysses dissimulés dans la sécurité des profondeurs, avalant tout ce qui passait à leur portée, qui auraient pu continuer ainsi pendant cent millions d'années. Carl ne voulait plus prendre part à cette destruction, il sortit du rang et alla trouver Sean, le chef d'équipe.

Je suis désolé, lui dit-il. Je ne peux pas. Il faut que je rentre chez moi.

Tu dois finir ton roulement, lui dit Sean.

Je peux pas. Il faut que je parte maintenant.

Alors tu pars sans ta paie.

Non, dit Carl. Tu me paies les six heures travaillées, quarante-huit dollars en liquide, ou je te fais mal. Je suis sérieux. Je déteste cet endroit et tous les gens qui y travaillent et je risque de passer ma mauvaise humeur sur toi. Alors donne-moi ma thune maintenant, putain.

Sean sourit. Va te faire foutre, dit-il. Il lui tourna le dos et s'éloigna d'un pas lent.

Carl resta là, enragé devant la preuve que le monde ne se plierait jamais à sa volonté, puis il alla pendre son équipement au vestiaire. Il retira les bottes en caoutchouc, enfila ses chaussures et partit. Portant son sac à dos et celui de Monique, il chancela le long de la plage jusqu'à un terrain de camping où des caravanes s'étaient massées pour la pêche à l'épuisette. Des remorques de bateau vides, des 4×4, des VTT, des filets, des poubelles, des tentes. Il y avait une petite cabane abritant des toilettes sèches qu'il avait déjà utilisées, ce serait parfait pour les affaires de Monique. Il ne se trimballerait plus sa merde.

Il dut attendre qu'un vieil obèse sorte enfin, ouvre grand la porte en bois. Carl laissa son sac dehors, entra avec celui de Monique et ferma derrière lui. La lumière faible, l'air épais, il ne voulait pas mettre de merde sur le sac car il comptait le garder pour lui, alors il ressortit pour le poser à terre, ouvrit le rabat supérieur et en tira une brassée de vêtements. Les culottes qui l'avaient tant excité, il y avait longtemps de cela, ses T-shirts, ses chaussettes, ses jeans, ses écharpes, ses pulls, toutes ses merdes, et il se tint au-dessus de la lunette pour y jeter les vêtements, les uns après les autres. Va te faire foutre, Monique, dit-il aux toilettes. Et va te faire foutre, l'Alaska. Merci beaucoup pour ce magnifique été. Le vieil homme avait complété le tas par une merde brun clair que recouvraient désormais les habits. Voilà ce que c'est l'Alaska, au fond de ce trou, dit Carl. Un coin où chient les gens. Rien que des grands chiottes.

Il garda le sac à dos luxueux de Monique et d'autres ustensiles. Une lampe frontale, un petit réchaud, un couteau. Mais tous les vêtements, jusqu'au dernier, partirent au fond du trou et il se sentit mieux, beaucoup mieux. Le sac était plus léger, il pouvait désormais le porter d'une seule main.

Il trouva ensuite un téléphone. Appela sa mère en PCV. Il faut que je me tire d'ici, dit-il.

Et Monique ? demanda-t-elle.

Elle m'a quitté pour un dentiste. Un vieux, genre, quarante ans.

Oh, mon poussin.

Ouais, dit-il, les yeux embués, sur le point de pleurer sur son sort. La voix de sa mère fit ressurgir tout son autoapitoiement.

Tu en trouveras une autre.

Ouais, dit-il. Il avait du mal à parler, la poitrine serrée, et la scène lui sembla soudain ridicule, risible. Mais on ne peut pas feindre les sentiments, il était reconnaissant d'avoir sa mère, quelqu'un qui puisse l'aider. Elle lui dit qu'elle transférerait de l'argent sur son compte d'ici une heure pour qu'il puisse dîner et prendre un bus jusqu'à Anchorage le lendemain matin, et qu'elle lui réserverait un billet d'avion. Des mots d'amour, puis il retourna sur la plage pour monter sa tente. Il avait prévu d'aller voir Mark pour le remercier, mais il s'en fichait bien à présent. Il en avait fini avec l'Alaska.

La première tempête automnale. Gary se penchait dans les rafales de vent et de pluie pour clouer une rangée supplémentaire de rondins. Le temps. Il n'avait pas fini à temps et il en payait à présent le prix. Une chute de température de quinze degrés, le ciel assombri, une malveillance, une bête réelle et déterminée. On comprenait pourquoi les anciens avaient donné des noms aux éléments. Le lac, un animal complice qui se manifestait dans les moutons blancs, les lames agitées hautes de deux mètres s'écrasant sur la berge. Le vent en rafales, compressé, froid, toujours plus froid, né des glaces, enflant dans le couloir d'air au-dessus de Skilak Glacier et se frayant un chemin à travers les montagnes.

Atol ytha gewealc, cria Gary, le terrible déferlement des vagues. Irene dans la tente, il était seul et pouvait donc parler. *Bitre breostceare*, amère douleur du cœur, *hu ic oft throwade*, comme souvent j'ai souffert, *geswincdagum*, en ces jours de peine, *atol ytha gewealc*. Il avait toujours été attiré par le grand large à cause de ce poème, mais il n'y était jamais allé. Dans cette tempête, il était peut-être plus proche de l'océan qu'il ne l'avait jamais été. *Iscealdne sae*, mer au froid glacial, *winter wunade*, par l'hiver habitée, *wraeccan lastum*, dans ces chemins d'exil, et c'était la vérité. Il avait vécu presque toute son existence adulte en exil, en Alaska, un exil imposé qui valait bien le grand large, et il voulait désormais éprouver les pires éléments que pourrait lui envoyer cette tempête. Il voulait une neige précoce, il voulait souffrir. Il voulait payer le prix. Amène-toi, connasse, hurla-t-il à la tempête. *Isigfethera*, hurla-t-il. Aux plumes de glace.

Il essaya d'apercevoir le bateau sur le rivage, mais la pluie s'insinuait dans ses yeux, minuscules épingles, l'air si épais et liquide qu'il ne voyait pas à quinze mètres. Le bateau déjà sur la berge, battu et projeté contre les rochers, mais il était en aluminium et tiendrait le choc, malheureusement. Si seulement il avait été en bois et s'il s'était écrasé, si sa quille s'était brisée, impossible de rentrer, si seulement l'île avait été déserte, sans personne à appeler à l'aide. Gary voulait être dévasté, seul, qu'Irene ne soit même pas là pour assister à tout cela. Il voulait qu'elle disparaisse, qu'elle se volatilise, qu'elle n'ait jamais été. Femme amère, broyant du noir sous la tente, fomentant des punitions bien pires que n'importe quelle tempête.

Gary maintint le rondin en place et continua à enfoncer ses clous, compactant le bois, formant un mur qui ne protégerait de rien. Le bois, une satisfaction, jadis une entité vivante. Une façon de rendre coup pour coup à la terre, une façon d'infliger sa propre petite punition.

Sur la plateforme, il chancelait et reprenait son équilibre à chaque nouvelle rafale, sa main gauche comme amarrée au bois. Les clous entre les dents, d'autres dans sa poche. Un goût d'acier galvanisé. Bras et épaules noueux, à présent, puissants, endurcis par le travail, par le temps passé là. Ses muscles, une façon de se souvenir, de revenir, le dur labeur son seul réconfort. Il martela des heures durant, coupa d'autres rondins, en scia les extrémités et les souleva pour marteler encore. Enfonça les contre-fiches par-dessous, redressa un peu les murs sans se préoccuper qu'ils ne soient jamais complètement d'aplomb. La plateforme devenait une cage, un ring.

La tente, un champ de bataille totalement différent. La vieille empotée bouillonnant, attendant son heure. Mais rien de tout cela n'était vrai, bien sûr. Il comprenait qu'il se montait la tête en pleine tempête. La vraie vie n'était pas si simple. Sa relation avec la vieille empotée, pas si simple. C'était pourtant agréable de rester là dehors, de souffler un peu, et il commençait même à avoir assez faim pour déjeuner.

Hé, Reney, dit-il en ouvrant la fermeture éclair de la tente. Y a un peu de place pour un vieil homme, là-dessous ?

Il entendit un semblant de grognement, se rua à l'intérieur et referma derrière lui.

Ouh là, dit-il. Ça, c'est de la tempête.

Ne mouille pas nos affaires.

Je fais attention. Il resta près de l'entrée pour retirer son manteau, sa salopette et ses chaussures montantes. C'est bien d'avoir une tente où on peut se tenir debout, dit-il, mais il voyait bien qu'elle prenait trop le vent. Irene, allongée dans son sac de couchage. Tu te sens toujours mal ? demanda-t-il.

Oui.

Tu as pu dormir ?

Non.

C'est parce que la tente bouge trop dans le vent ?

Ouais, ça, et la douleur. Et le fait de ne pas être à la maison.

Désolé.

C'est pas grave. Je sais qu'il faut rester là pour terminer la cabane avant les premières neiges.

Gary rampa jusqu'à son propre sac de couchage à côté d'elle. Midi, mais il faisait déjà si sombre. Ça ne sera pas long, dit-il. Promis. On sera bientôt dans la cabane, sous un toit.

Irene ne répondit rien. Elle était recroquevillée, lui tournait le dos.

Il s'étendit dans son duvet, leva les yeux vers le nylon bleu légèrement éclairé de l'extérieur. Ses mouvements affolés, le bruit incroyable. C'était comme vivre au cœur d'une tornade. Allongé là, on pouvait se sentir gagné par la peur, bien que rien ne clochât particulièrement. La tente n'allait pas s'envoler. La tempête ne s'y insinuerait pas. Ils étaient en sécurité. Mais si l'on passait suffisamment de temps dans cet espace confiné, on se mettait à croire à n'importe quoi. On pouvait sentir la fin proche. La terreur jaillie du néant, du nylon et du vent. L'esprit si fragile.

On pourrait devenir fou, à rester allongé sous cette tente, dit-il à Irene.

Ouaip.

Peut-être que tu devrais sortir un moment.

Nan.

C'est pas si terrible que ça. Il fait froid, mais pas tant que ça. Et l'équipement de pluie est efficace.

Non, merci.

Elle perdait pied, il le voyait bien. Elle virait un peu barge, ici. Mais il n'y pouvait rien. Ils ne pouvaient pas reprendre le bateau par ce temps, même s'ils le voulaient vraiment. Il ferma donc les yeux et essaya de piquer un petit roupillon. Puis il déjeunerait et ressortirait pour s'atteler à la construction. C'était une cabane simple. Elle n'aurait pas dû prendre si longtemps à monter. Il fallait juste qu'il cloue les murs.

Il s'efforça de ne pas penser à la cabane. Il ne pouvait jamais dormir quand il se laissait emporter par un tourbillon d'idées. Il chercha à ignorer les bruits de la tente, mais au bout de vingt minutes il abandonna. Il attrapa le beurre de cacahuète, la confiture, et se fit un sandwich, puis il revêtit son équipement de pluie en mangeant.

J'y retourne, dit-il.

Mes hommages à la tempête.

Ha ha, fit-il. Il sortit au milieu des rafales et rabaissa la fermeture éclair. Il tourna le dos au vent, sentant un léger frisson malgré l'équipement de pluie, et enfourna la dernière bouchée de son sandwich. Il termina de mâcher, glissa quelques clous entre ses lèvres. Un peu de métal en dessert, se dit-il, et cela lui plaisait, courbé dans le vent, le marteau en main. Il aurait très bien pu être un Viking sortant au milieu de la tempête, vêtu d'une simple peau, équipé d'une épée et d'un bouclier. Ou bien d'un marteau de combat, un gros morceau de fer au bout d'un bâton. Il aurait pu y arriver. Il aurait été suffisamment fort. Ramer et voguer, le choc de l'écume à chaque vague, des journées entières, des semaines sur l'océan à attendre de voir la terre. Et quand elle apparaîtrait enfin à travers la brume, ils se faufileraient le long de la côte en quête d'un village, un petit hameau perché sur une falaise ou caché dans une baie. Et ils accosteraient vivement sur la plage, la proue heurtant le sable, ils enjamberaient le plat-bord en brandissant leurs marteaux, leurs épées et leurs lances, massacreraient les hommes venus à leur rencontre. La sensation d'abattre un marteau sur le crâne d'un autre homme. Cela devait être incomparable, Gary en était certain. Brutal et réel. Comme des animaux, aucun artifice. Rien que le plus fort tuant le plus faible.

Puis ils se précipiteraient dans le village, ses rues sales, ses masures en bois, leurs toits de chaume, tous sauraient que les hommes étaient morts. Femmes et enfants, Gary debout devant une hutte où s'était réfugiée une femme. Apeurée. Les jambes nues, et il se rendit compte alors qu'il virait au mauvais film de reconstitution, personne n'aurait les jambes nues dans un tel environnement, ni une simple peau d'animal sur la poitrine. Pas de string ou de Wonderbra en fourrure. Mais l'idée l'excita, une femme étendue sur des peaux. Il la déshabillerait, lui déchirerait ses vêtements.

Gary se sentait très excité, bien qu'il sût l'idée absurde, surtout pour un spécialiste d'études anglo-saxonnes. Il jeta un coup d'œil vers la tente. Cela faisait longtemps, et il était rare qu'il éprouve quoi que ce soit. Et il savait qu'Irene le prendrait pour un fou, à bander ainsi en pleine tempête, puis à entrer sous la tente, trempé et frigorifié, pour tenter de remédier à la situation. Alors Gary contourna la cabane, s'appuya au mur de rondins, le dos contre le vent atroce, et défit son pantalon. Il ferma les yeux et s'imagina écarter les jambes de la femme. Elle luttait encore, essayait de lui crever les yeux, et il lui plaquait les bras en la pénétrant.

Il se raidit et jouit contre le mur de la cabane en petits jets minables, ses hanches agitées de spasmes, il s'appuya au bois, les yeux toujours fermés, s'appuya au mur et attendit que sa respiration se calme.

Puis il se baissa pour s'essuyer la main sur des fougères, en arracha quelques-unes pour s'essuyer la bite et referma son pantalon. Il ne s'embêta pas à nettoyer la cabane. Irene ne remarquerait rien, surtout avec toute cette pluie.

Gary contourna une fois encore la plateforme, attrapa son marteau et ses clous. Il se sentait soudain fatigué, honteux de la violence de son fantasme. Violer une femme. Il n'était pas vraiment ce genre d'homme et l'idée n'aurait pas dû l'exciter. Cela faisait si longtemps qu'Irene et lui n'avaient pas fait l'amour. Il ne savait pas pourquoi. Ses douleurs à la tête, sûrement, mais même avant. Il ne comprenait pas le mariage. Le déni graduel de ce que l'on désirait, la mort prématurée de l'être et des possibilités. La fin trop hâtive de la vie. Mais ce n'était pas vrai, il le savait. Cela lui semblait vrai en cet instant, au cours d'une mauvaise période. Une fois qu'Irene se serait remise et qu'elle aurait retrouvé sa personnalité d'avant, il changerait d'avis. Il resta dans le vent et la pluie, leur fit face, les yeux fermés, essaya de se sentir proche d'Irene, de sentir ce qui était le mieux pour elle, l'idée qu'à deux, ils s'apportaient un réconfort mutuel, un réconfort animal, celui de ne pas être seul au monde, mais en cet instant précis, il ne ressentait aucun lien particulier. Peu lui importait de la revoir un jour. Et c'était peut-être sa faute. C'était peut-être sa vraie nature. Peut-être était-il incapable d'établir le moindre lien. Mais il n'aimait pas penser à cela. Il passa un bras par-dessus le rondin, s'y appuya de tout son poids et enfonça un clou dans la couche supérieure, continua de marteler jusqu'à ce que le bois soit comprimé au rondin inférieur par la pression du clou, compacta les couches successives puis recula d'un pas et enfonça le clou suivant.

RHODA ESSAYAIT DE SAUVER UNE GOLDEN RETRIEVER, une chienne enfermée dans un abri de jardin pendant des semaines sans nourriture. Elle avait eu assez d'eau pour se maintenir à peine en vie. Ses poils d'un roux doré dégoûtants et collés, ses côtes et sa colonne vertébrale saillantes, son crâne d'où pendait sa peau flasque. Faisant preuve d'un bon caractère malgré tout. Léchant la main de Rhoda, la regardant avec amour, mais obligée de reposer la tête, dépourvue d'énergie. Ce genre de choses mettait Rhoda hors d'elle, la maltraitance des animaux. Elle ne comprenait pas comment l'on pouvait faire ça.

Bon chien, dit Rhoda en lui installant un goutte-à-goutte. On va te remettre sur pattes. Un léger mouvement de défense, effrayée par la piqûre de l'aiguille, mais Rhoda resta près d'elle et la rassura. Tu es très belle, dit Rhoda. On va te redonner des forces. Mais elle savait que la chienne risquait de mourir d'ici le lendemain matin. Elle détestait cette partie du travail.

Elle prit sa pause déjeuner. Il fallait qu'elle sorte de là et il était déjà presque 14 heures, de toute façon. Son équipement de pluie complet, rien que pour aller à la voiture. Un déluge de pluie, un vent de folie. Un tel froid, aussi. Incertaine qu'il soit bien sage de conduire par un temps pareil, traînant dans le parking avant d'essayer de joindre sa mère une fois encore, sans y parvenir. Elle lui avait donné un portable, mais il n'y avait sûrement aucun réseau sur l'île. Ils auraient dû essayer avant, sans attendre une telle tempête. Et s'il se passait quelque chose là-bas ? Aucun moyen de quitter l'île, aucun moyen de joindre qui que ce soit.

Eh merde, dit Rhoda. Elle essaya encore deux fois, puis elle fit marche arrière et roula doucement sur la voie longeant l'autoroute. Elle avait envie d'une tourte au poulet. De la nourriture pour se réconforter. C'était gras, mais il lui fallait quelque chose.

Un autre parking plein de flaques, puis on l'installa sur une banquette où elle but un thé chaud en attendant sa tourte. Elle se sentait perdue, seule. Les jours pluvieux lui faisaient toujours cet effet, mais il y avait aussi la chienne maltraitée et agonisante, ses parents injoignables sur l'île, et Jim qui ne voulait pas l'épouser. Et ses meilleures amies parties au fil des ans pour emménager dans des villes comme New York, San Diego ou Seattle, de bien meilleurs endroits. Personne ne restait à moins d'y être obligé. Elle n'avait personne à qui parler. Sa mère, mais elle n'arrivait pas à la joindre, sa mère.

Rhoda posa le front sur la table et resta ainsi jusqu'à l'arrivée de sa tourte.

Fatiguée, ma chérie ? lui demanda la serveuse.

Non. Pas mariée et pas aimée, c'est tout.

Ah, ma chérie, dit la serveuse en lui serrant l'épaule. Voilà comment je vois les choses, moi. Les hommes, ils sont comme cette tourte au poulet, sauf que Dieu a oublié d'ajouter la garniture.

Ha ha, fit Rhoda. Merci.

Je vous en prie, ma chérie. Faites-moi signe, si vous avez besoin d'autre chose.

Rhoda souleva la croûte et la déposa avec précaution à côté de son assiette, calculant la quantité de pâte et de garniture pour ne pas en manquer, à la fin. La tourte était bonne. De la sauce pour réchauffer l'âme. Elle avait envie de pleurer, mais elle se retint. Était-ce trop demander, que de vouloir se marier ? Elle était disposée à tout donner, sa vie entière, alors était-ce trop demander en retour ?

C'était Jim qui lui avait proposé d'emménager chez lui. Un accès facile au sexe. Peut-être n'était-elle que cela, pour lui. La route pour traverser la ville, un obstacle énervant, et son appartement trop petit et sombre, la moquette trop vieille. Peut-être qu'il lui avait demandé d'emménager pour ne pas avoir à retourner à cet appartement. Elle ne faisait que lui fournir un service. Sexe, nourriture et ménage, quelques courses, un coup de main avec des conneries de secrétariat. Il devrait lui verser un salaire.

Elle prit une plus grosse portion de pâte parce qu'elle en avait envie, bien que cela risquât de compromettre l'équilibre qu'elle avait instauré entre les ingrédients. Tout aurait dû être différent. Il était censé l'aimer, avoir envie de prendre soin d'elle. L'attention devait être la suite logique de l'amour. Cela paraissait pourtant évident.

Rhoda ferma les yeux et cessa de mâcher, elle scruta un moment le sombre espace vide derrière ses paupières. Elle sentait ses lèvres s'abaisser en une moue attristée, mais elle se fichait bien qu'on la voie ainsi. Le visage lourd, les joues vieilles. Elle termina de mâcher et déglutit. Rien, en elle, qu'un désir immense. Une maison et un mari, la fin de ses inquiétudes financières, la fin de ses inquiétudes pour sa mère. Elle était prête à faire une croix sur le temps, rien que pour atteindre l'autre côté. Ne pas avoir à vivre ces semaines et ces mois, si elle pouvait seulement appuyer sur avance-rapide et accéder directement à une vie meilleure.

Ma chérie, dit la serveuse, et Rhoda ouvrit les yeux. Y a qu'un dessert qui pourra arranger tout ça.

Rhoda sourit. Un sundae, avec toutes les garnitures.

Ça marche.

Rhoda se sentait déjà repue, mais elle termina les dernières bouchées de sa tourte et fit place nette pour le sundae. Un déjeuner cher, et elle avait terminé la pâte avant le poulet, mais qu'importe.

La serveuse avait raison. Mais quant à Jim, Rhoda ne comprenait pas où pouvait bien se trouver sa garniture. Une belle pâte dorée à l'extérieur. Un dentiste, de l'argent et du respect. Quand elle avait annoncé aux gens qu'ils étaient ensemble, ils avaient tous été impressionnés. Sa maison collait à son rêve, elle aussi. Une vie enviable.

Et il pouvait être drôle. Il inventait des chansonnettes, même, des chansons sur elle, bien qu'il ne l'ait pas fait depuis un certain temps. Il ne regardait pas le sport, ni la télé, c'était une bonne chose. Il n'avait aucun ami répugnant, aucun ami en réalité, alors c'était peut-être plus un point négatif que positif. Il ne chassait pas, ne pêchait pas, il lui épargnait donc tout cela. Il ne retapait pas une voiture ridicule dans le garage. Il ne rapportait pas de porno en douce, n'était pas accro aux jeux vidéo. Mais pour quoi vivait-il, alors ? À quoi s'intéressait-il ? Elle croyait qu'il s'intéressait à elle, à leur avenir ensemble, une famille. Il parlait d'enfants, mais c'était peut-être elle qui en parlait après tout. Elle n'avait aucune idée de ce qu'il voulait, et si elle ne le savait pas, peut-être qu'elle ne savait pas du tout qui il était.

Cette pensée l'interpella un moment. Elle regarda la moquette sale du restaurant et se demanda ce qu'elle aimait chez lui. N'était-ce qu'une idée ? L'amour qu'elle éprouvait avait-il le moindre lien avec lui ?

La moquette bon marché était décorée de fleurs de lys, royauté moqueuse. Les parois de séparation entre les banquettes étaient agrémentées d'une bande de plastique marron clair à l'endroit où elles touchaient la moquette, les clous étaient visibles. Elle détestait les choses bon marché, détestait se sentir déprimée, glacée, solitaire. Mais c'était exactement ce qu'elle était. Rien qu'une femme qui détestait ces sentiments et qui les fuyait. Elle était dépourvue de garniture, elle aussi.

Voilà pour vous, dit la serveuse, et Rhoda ne parvint pas à répondre. Elle avait la sensation que plus rien n'importait. Elle observa son sundae, une demi-banane de chaque côté, bien qu'elle n'eût pas commandé de banana split, et les trois parfums de glace qu'on servait depuis cinquante ans ou plus, agrémentés de quatre nappages surmontés de trois cerises. La recette du bonheur, à peine différente du mari-maison-enfants, les trois sphères. Et c'était censé vous combler ou vous rendre malade à force d'essayer.

Le réchaud Coleman était équipé d'une paroi de protection, un pare-vent, mais quand Irene essaya de l'installer, le réchaud se renversa, le fioul s'échappa, le vent était bien trop fort. Tant de réchauds au gaz, mais ils en utilisaient encore un au fioul liquide. Il diffuserait des fumées toxiques sous la tente. Le vent était un élément que l'on pouvait apprendre à haïr. Pressant et vindicatif.

La capuche d'Irene s'envola, sa tête exposée sous la pluie, mais elle plaça le briquet juste à côté du brûleur, l'alluma et le feu prit. Une étincelle de chaleur contre sa main. Elle ajusta le bouton et la flamme survécut malgré les rafales qui l'empêchaient de former un rond parfait, l'éteignant d'un côté ou de l'autre.

Irene remit la capuche de son ciré, tourna le dos au vent et frissonna. Il devrait être visible. On devrait pouvoir apercevoir le vent. Il avait un poids et une masse, une détermination née de ce monde, impitoyable. Il ne cesserait de souffler que lorsque la terre serait aplanie et qu'il ne subsisterait plus rien dans son sillage.

Le bidon d'eau de vingt litres était lourd, Irene se contenta de l'incliner, emplit une casserole qu'elle plaça sur le réchaud avant d'y poser un couvercle. L'eau mettrait deux heures à bouillir. C'était ce qu'elle imaginait. Un autre élément improbable de ce projet idiot. Pourquoi tu nous préparerais pas des pâtes, Irene ? Bien sûr, mon gars, ça vient tout de suite. Loin de moi l'idée de te ralentir dans l'assemblage de ta pile de brindilles.

Irene se pencha aussi bas que possible, son visage à quelques centimètres d'un tapis de prêles, fines aiguilles segmentées. À peine trente centimètres de haut aujourd'hui, dit-elle aux plantes, mais vous étiez bien plus grandes, pas vrai ? Elles semblaient frêles, à présent, sur leur fin, mais elles avaient jadis été aussi grandes que des séquoias à une époque où les autres végétaux n'avaient pas encore trouvé le moyen de pousser à plus de cinq centimètres de hauteur. Les premières à se doter d'un système vasculaire. La vie des plantes, pareille à celle des humains, pleine de luttes et de domination, de pertes et de rêves qui ne se réalisaient jamais ou se réalisaient l'espace d'un bref instant. C'était bien le pire, de posséder quelque chose et de le perdre, c'était certainement la pire chose qui fût.

Irene arracha les brins de prêle et les jeta sur le côté. Il est temps de changer, dit-elle aux plantes. Vous avez fait votre temps. Elle se releva, serra ses bras autour d'elle face à une rafale de vent et avança à grands pas vers Gary, vers la bicoque.

Gary sciait dans le mur avant, en mouvements saccadés, arrêts, reprises.

Tu peux t'appuyer contre la paroi ? lui cria-t-il. La scie se coince.

Le mur se repliait donc déjà, accrochant la scie. Qu'en serait-il lorsqu'il retirerait la section entière de rondins ? Irene savait qu'il n'y avait pas encore pensé. Elle s'adossa au mur à ses côtés. L'odeur de sciure, même avec tout ce vent, expirations et inspirations de Gary près d'elle, le bruit des dents de la scie déchirant le bois. Il aimait cela, elle le savait. Et peut-être ne devrait-elle pas lui en vouloir. Elle maintint le rondin supérieur, son écorce rugueuse, y appuya sa joue et sentit le mur tout entier osciller.

Une nouvelle concentration derrière son œil droit, une faille géologique, les os de son crâne semblables à des plaques tectoniques mobiles, leurs bords crissant les uns contre les autres. Chaque jour, son unique but ne consistait plus qu'à survivre à la journée, chaque nuit d'insomnie, son unique but ne consistait plus qu'à survivre à la nuit. Réduite à sa propre existence, à une simple survie, et il y avait peut-être du bon dans tout cela, quelque chose d'honnête. Elle ressentait d'autres choses, aussi, de légères notes volant à la dérive quelque part au-dessus d'elle : la solitude, par exemple. Rhoda lui manquait. Elle n'avait pas totalement cessé d'avoir des sensations.

Irene se demanda si c'était cela qui avait poussé sa mère à en finir, l'effacement progressif des sentiments. Elle avait toujours imaginé l'inverse : sa mère dans un accès de passion, bouleversée d'avoir perdu son mari pour une autre femme, incapable d'imaginer la vie sans lui. Mais si elle n'avait tout simplement rien ressenti, après avoir tout perdu ? C'était une nouvelle éventualité, quelque chose qu'Irene n'aurait jamais pu deviner. Et cela semblait dangereux. On pouvait se retrouver à ce stade sans avoir remarqué la moindre transition.

Appuie plus fort, lui cria Gary. Ça coince encore.

Désolée, cria Irene en retour, et elle redoubla d'efforts contre le mur, ses pieds glissant sur le contreplaqué. Elle doutait qu'une cabane ait jamais été construite de cette manière, obligés de s'adosser aux murs, des murs si fragiles qu'ils pliaient sous le vent. Même les premiers pionniers, avec leurs outils rudimentaires, s'étaient mieux débrouillés.

Pousser plus fort lui comprimait le crâne, élevait la douleur à un nouveau seuil d'intensité. Le froid, le vent et l'épuisement, un mélange parfait. C'était une autre possibilité : le suicide pour faire cesser la douleur. Une équation élémentaire. Inutile de vivre si c'était pour ne ressentir que douleur, alors si la douleur semblait sans fin, la suite logique était de mettre un terme à sa propre vie. Mais c'était justement ce qu'elle n'avait jamais pu pardonner à sa mère. Elle aurait dû l'aimer, ç'aurait dû lui être suffisant. Irene ne ferait jamais une chose pareille à Rhoda.

Elle dut cesser de pousser un instant, la pression devenue trop forte dans son crâne, sa tête entière, un ballon de baudruche.

Continue à appuyer, cria Gary.

J'y arrive pas. Ma tête.

Gary arrêta de scier, son outil bloqué dans le bois, suspendu. Il se redressa et dut s'agripper au mur d'une main pour ne pas vaciller dans le vent. Irene se recroquevilla sous la rafale.

Tu ne peux plus travailler ? Les lèvres de Gary s'étirèrent légèrement, de colère, d'impatience. Mais il se rendit peut-être compte du ton de sa voix. Ferma la bouche, détourna le regard. Désolé, dit-il.

Ouais, moi aussi.

Pardon ? J'ai pas entendu, avec tout ce vent. Les rafales frappant, heurtant en à-coups violents, un hurlement grandissant à chaque accélération.

J'ai dit, Ouais, moi aussi.

Oh.

Elle voyait qu'il craignait de lui demander ce qu'elle voulait dire par là.

Gary baissa les yeux vers le mur, vers l'endroit qu'il sciait, le mur qui penchait vers l'intérieur, glissa le doigt dans l'interstice entre les rondins. Je pense qu'il faut que je consolide tout ça avant, cria-t-il. Si je prépare la contre-fiche, tu pourrais pousser pendant que je cloue ?

Ouais, cria-t-elle. Pourquoi pas.

Gary enjamba le mur arrière jusqu'à la pile de tasseaux. Irene s'affala à l'intérieur de la cabane, presque entièrement à l'abri du vent, elle baissa la tête, le menton dans sa veste, plia les bras et ferma les yeux.

Une belle illustration de ses trois décennies passées en Alaska, affalée dans son ciré, cachée, se faisant aussi petite que possible, chassant les moustiques qui parvenaient à voler malgré le vent. Se sentant frigorifiée et seule. Pas la vision grandiose qu'on pourrait avoir, se prélasser par une journée ensoleillée sur une pente douce couverte de lupin violet, la vue dégagée sur les montagnes environnantes. C'était sa vie, et elle voulait que cela passe. Du moins, en cet instant. Une pluie épaisse s'abattit et elle se souvint de l'eau des pâtes, mais elle n'eut pas le courage de se lever.

Gary sciait la pile de tasseaux. Les contre-fiches formeraient des saillies dans chaque mur à l'intérieur de la cabane, impossible de circuler sans les heurter au passage. La première maison au monde dotée d'une telle architecture. Irene était une épouse chanceuse.

Mais il ne fallait pas être si étroite d'esprit, si égoïste. Elle ne voulait pas être comme ça. Elle se leva, traversa la plateforme, enjamba le mur arrière et alla s'occuper de l'eau sur le réchaud. Souleva le couvercle, ne vit aucune bulle. Ne s'était pas attendue à en voir.

Elle remonta jusqu'à Gary. Un tapis de sciure, à présent, clair et rougeâtre sous la pluie. L'eau ne bout pas, cria-t-elle. Il y a trop de vent. Et si je préparais des sandwichs au beurre de cacahuète et à la confiture ?

Ouais, dit Gary sans lever les yeux, concentré sur son ouvrage.

Irene éteignit le réchaud, laissa la casserole dessus pour la fois suivante. La tempête devait durer une semaine, peut-être deux, il ne servirait donc pas avant longtemps. À la tente, elle s'agenouilla juste à l'entrée, prenant garde à ne pas goutter sur les sacs de couchage, et elle prépara les sandwichs. En fit quatre pour leur permettre de passer l'après-midi. Beurre d'amande et confiture d'airelles rouges, pas mal.

La soupe est prête, cria-t-elle depuis la tente. Agenouillée comme devant un autel, mais pour vénérer quel dieu ? Un avant-poste pour les fidèles qui n'avaient pas encore décidé de son nom. Construisant encore leur dieu, cherchant leurs peurs et leurs corollaires. Plus important encore, que ferait ce dieu ? Irene ne voulait pas d'une vie après la mort. Cette vie lui suffisait amplement. Et elle n'avait pas besoin d'être pardonnée. Elle voulait juste qu'on lui rende ce qu'on lui avait pris. Un dieu des objets trouvés. Ce serait suffisant. Pas d'autres qualités grandioses, rien de mystique. Qu'il lui rende juste ce qu'on lui avait pris. Tu peux faire ça ? demanda-t-elle.

Pas de réponse, évidemment. La tente aussi agitée que la flamme d'une bougie divinatoire, mais il fallait avoir envie de voir. Il fallait être à moitié idiot, ou sortir du passé. C'était le problème avec le temps présent. On ne pouvait plus croire, et c'était atroce de ne pas croire.

Gary s'affala à ses côtés, un autre futur pénitent à genoux. Bon, dit-il. J'ai réussi à monter plusieurs cadres de la charpente.

Que soit édifiée la maison de Dieu, dit Irene. Alléluia.

Quoi ?

Désolée, dit Irene. Juste une blague. À genoux, là, j'ai l'impression d'être dans une sorte d'église.

Ah, dit Gary. Tu as raison. Des païens priant machinalement, comme les chrétiens anglo-saxons. On a même la tempête qui fait rage dehors. Ils leur accordaient des enterrements chrétiens, mais ils leur coupaient quand même la tête, au cas où. Et puis allaient trancher d'autres têtes, vivantes, cette fois-ci.

Ça m'a l'air pas mal, dit Irene. Si je restais là assez longtemps, je pourrais sûrement commettre un meurtre.

C'est pas si terrible que ça.

Je préférerais encore m'évanouir, mais sinon, ouais, c'est plutôt sympa.

Irene.

Elle mâcha son sandwich sans rien ajouter. Elle n'avait pas envie de parler. L'espace d'un instant, la situation avait semblé prometteuse. Cela avait duré trente secondes. La tente vide devant eux, attirante. Elle voulait se rallonger.

Il nous faut un toit, dit Gary. Dès qu'on aura atteint cette partie des travaux, tout ira mieux.

Le beurre d'amande était trop salé, le sandwich pareil à une pâte dans sa bouche. Rhoda me manque, dit-elle. Elle venait nous voir tous les jours, ou un jour sur deux. Et maintenant, c'est impossible.

Quand on aura terminé, elle pourra venir nous rendre visite.

Tu m'as séparée de tout le monde. Et je ne parle pas que d'aujourd'hui. Je parle des trente dernières années. Tu m'as séparée de ma famille, de ta famille, des amis qu'on aurait pu avoir ici, de mes collègues que tu ne voulais pas voir à la maison. Tu m'as rendue solitaire, et maintenant il est trop tard.

Hou là, Irene. Doucement. Tu montes sur tes grands chevaux.

Tu as détruit ma vie, sale con.

Très bien, dit-il. J'ai détruit ta vie. Gary laissa son sandwich intact et s'éloigna à grands pas pour bâtir son propre temple informe.

Et dans quel but ? demanda Irene. Pourquoi fallait-il toujours qu'on nous prenne tout ? Retraitée, ses enfants partis, ses amis et sa famille éloignés, tout ce qu'avait été son mariage, tout ce qu'elle avait été. Envolé. Que restait-il ?

Elle termina son sandwich, puis elle se leva dans la pluie et le vent dépourvus de pouvoirs purificateurs, rien que de l'eau, marcha jusqu'à la cabane, enjamba le mur arrière et se dressa aux côtés de son mari pour pousser le mur afin qu'il y installe sa contre-fiche maladroite, deux tasseaux cloués ensemble. Elle ne parlait pas, il ne parlait pas. Ils travaillaient, d'abord d'un côté de la fenêtre, puis de l'autre, Gary à genoux, enfonçant son épaule dans la partie inférieure du mur, poussant les rondins contre le bord de la plateforme avant d'y enfoncer les clous.

Irene savait qu'elle aurait dû être désolée, mais elle ne ressentait rien. Elle laissa Gary découper la fenêtre, un trou béant dans le mur qui deviendrait leur seule ouverture sur le monde extérieur, symbole évident du rétrécissement de leur existence, puis elle retourna s'allonger sous la tente.

La tente si bruyante au-dessus d'elle, couvrant les autres sons. Elle finit par s'endormir, invisible dans le seul véritable abri qu'elle eût.

À son réveil, il faisait nuit et Gary était étendu dans son sac de couchage à côté d'elle. Tu es réveillé ? demanda-t-elle.

Oui.

À quoi tu penses ?

Au poème du “Seafarer”. *Calde gethrungen*, lui récita-t-il, *waeron mine fet*, *forste gebunden*, *caldum clommum*, *thaer tha ceare seofedun hat ymb heortan*.

Et ça veut dire quoi ? Tu as envie que je te demande.

Pincés par le froid, mes pieds, enchaînés par le gel, par ces fers glacés, *caldum clommum*, les inquiétudes et leur soupir brûlant autour de mon cœur.

Ouais, t'as la vie dure, dit-elle.

Qu'est-ce que tu en sais, toi ?

La tempête venait d'un lieu plus froid, un automne précoce annonçant un hiver tout aussi précoce. La mer de Béring pesant sur eux, l'Arctique si proche qu'ils pouvaient le sentir. Les feuilles avaient changé de couleur, bien qu'ils soient à peine en septembre. Les trembles déjà jaune et or. Rhoda n'avait pas remarqué la transition. Comme si les feuilles avaient changé au cours de la nuit, comme si les camping-cars avaient disparu. Les rues semblaient vides, balayées par de larges bandes de pluie, personne sur le chemin qui longeait la rivière lorsqu'elle traversa le pont. Les eaux vives et hautes, les saumons déjà en train de pourrir après être arrivés au terme de leur course désespérée. Des matins plus sombres, désormais, la lumière disparaissait plus vite.

Pendant plus d'une semaine, Rhoda avait été incapable de joindre sa mère et elle ne pensait plus qu'à cela, ses parents là-bas sur leur île en pleine tempête. Les températures si froides à présent, proches du gel, et ils vivaient sous une tente pour construire leur cabane. Mais ils ne pouvaient rien construire par ce temps. Étendus jour et nuit dans la tente, à attendre. Ils allaient devenir fous. Ou l'un d'eux était peut-être blessé, et le temps était trop mauvais pour reprendre le bateau et chercher de l'aide. Rhoda ne savait pas s'il y avait encore quelqu'un sur l'île. Rien que des résidences estivales. Par le passé, une demi-douzaine de familles avaient vécu en permanence sur Caribou, mais ses parents seraient désormais les seuls à l'année.

Rhoda eut du mal à partir au travail. Elle n'arrivait pas à se concentrer. Elle arriva un quart d'heure en retard, salua le Dr Turin et Sandy, la responsable de l'accueil, puis elle retira son ciré. Alla dans l'arrière-salle, salua Chippy, un écureuil arctique qu'un idiot avait domestiqué. Sa queue trop petite, comme celle d'un tamia. Un casse-croûte pour ours. Un rat de la toundra. Mais il avait eu de la chance, bizarrement, il avait déjoué le destin. Il profiterait du chauffage tout l'hiver, sauterait sa période d'hibernation et se gaverait de nourriture pour chat en regardant la télé. Comment son petit cerveau pourrait-il trouver une logique à tout cela ?

Rhoda parcourut l'emploi du temps de la journée. Surtout des bains antipuces. Peu de chose depuis que les estivants étaient repartis vers le Sud. Elle retrouverait Jim pour un déjeuner en tête à tête. Il devait l'emmener dans un endroit agréable – une surprise, avait-il dit – bien qu'il n'y eût que deux restaurants agréables en ville, alors la surprise serait certainement limitée.

Un signal de Sandy et Rhoda retourna à l'accueil pour récupérer un carlin baptisé Corker, elle le ramena et l'installa dans la bassine. Il était à l'affût d'un membre à mordre, elle le savait, mais elle resta derrière lui, le domina.

Elle avait dominé Jim aussi pendant la semaine. Un accident. Elle avait abandonné tout espoir, avait pris conscience que les choses ne fonctionneraient pas comme prévu, et cela l'avait mise dans une position de supériorité. Elle se sentait pareille à un mort-vivant, incapable de dormir et inquiète pour ses parents, se sentant repoussante et condamnée au célibat permanent, et étrangement, Jim s'en retrouvait tout feu tout flamme. C'était bien trop idiot pour essayer d'en comprendre les raisons car, au final, il recommencerait à la considérer comme acquise, ce qu'il avait fait depuis le début. La seule raison qui la poussait à rester était qu'elle n'avait nulle part ailleurs où aller.

Corker se courba, tremblant, et Rhoda espérait que c'était autant de peur que de froid. Il avait eu sa dose d'impunité. Il était temps qu'il connaisse autre chose.

Le shampoing antipuces irritait toujours les yeux de Rhoda, ils devenaient rouges et gonflés si bien que tout à l'heure, au restaurant, elle aurait l'air d'avoir pleuré. Elle rinça Corker une dernière fois, il s'ébroua sans grand succès et elle l'essuya avec une serviette. Elle imaginait son père victime d'une crise cardiaque sur l'île, parti construire la cabane sous la pluie, repoussant ses limites, soulevant un énorme rondin et s'écroulant soudain. Sa mère essayant de l'aider, appelant au secours, sa voix perdue dans la tempête, personne dans les parages, pas de téléphone. Sa mère serait obligée de le traîner jusqu'au rivage, de le hisser dans le bateau malmené par les vagues, des vagues plus hautes que sa tête, peut-être, et elle serait renversée, se casserait une jambe, perdrait peut-être connaissance et Rhoda n'en saurait rien. La tempête ferait rage pendant une semaine encore, ses parents affalés dans l'eau, sur le ventre, morts, ou rejetés sur la plage, submergés par les vagues, leurs corps livides et gonflés, les lèvres bleues.

Eh merde, dit-elle. Comment avez-vous pu me faire ça ? Elle se rendit compte qu'elle pouvait acheter un téléphone satellite pour ses parents. Cela devrait fonctionner. Elle pourrait les joindre. Elle ne savait pas pourquoi elle n'y avait pas pensé plus tôt.

Elle laissa Corker sécher près de la lampe infrarouge et parcourut les pages jaunes. Une demi-douzaine d'appels plus tard, on lui expliqua que personne n'avait de téléphone satellite en stock mais qu'elle pouvait en commander un par internet. Elle se renseigna donc et découvrit qu'ils coûtaient presque mille cinq cents dollars, sans compter les communications à un dollar quarante-neuf la minute si l'on optait pour l'achat de cinq cents minutes, soit sept cent cinquante dollars supplémentaires.

Mince, dit-elle. Il lui faudrait demander à Jim. C'était la seule solution. Elle avait besoin de ce téléphone et elle méritait d'être rémunérée pour tous les services domestiques qu'elle lui avait fournis. Même si elle se montrait peut-être un peu dure envers lui.

À midi, Jim l'appela et lui demanda de le retrouver à Kenai Landing. Il était en retard. Elle roula jusque-là, presque un quart d'heure de route. Une vieille conserverie réhabilitée. Mark y avait été employé sur des bateaux, lorsqu'elle tournait à plein régime. Seul un des deux grands entrepôts transformait encore le poisson. L'autre avait été converti en magasins, la salle des machines et le poulailler en chambres d'hôtel, le plus petit entrepôt en restaurant.

Le vent plus vif qu'à Cook Inlet. Plus froid. Une pluie plus abondante. Elle se gara aussi près que possible de l'entrée mais fut obligée de parcourir cent mètres. Sous cette pluie, les bâtiments ressemblaient encore à une conserverie en activité, vaste complexe industriel aux hangars gris glacés, à vocation sinistre. Sacré endroit pour se retrouver à déjeuner.

Mais quand elle poussa la porte, Jim l'attendait à l'intérieur, un grand sourire aux lèvres, visiblement heureux de la voir, alors c'était agréable. Désolé pour la pluie, dit-il.

Ils retirèrent leurs cirés et s'installèrent sur une banquette. Jim commanda des pattes de crabe royal, un petit plaisir pour tous les deux. Comment ça va, au boulot ? lui demanda-t-il.

Jim ne lui posait jamais de question sur son travail, mais, décida-t-elle, à cheval donné on ne regarde pas les dents. Quelqu'un nous a apporté un écureuil arctique, dit-elle.

Un écureuil domestique ?

Ouais. Le gars dit que Chippy est intelligent. Il a prévu de lui apprendre plusieurs jeux de cartes pendant l'hiver, je crois.

Jim rit. Il faut de tout pour faire un monde.

Ça, c'est sûr qu'on a de tout, par ici.

Ha ha, fit Jim.

Puis un silence étrange s'abattit. Elle ne trouvait rien à dire et il semblait préoccupé. Baissait les yeux sur sa serviette et ses couverts. Il était cinglé, purement et simplement cinglé. Elle ne comprenait pas comment elle ne s'en était pas aperçue plus tôt.

Jim se glissa hors de sa banquette, ses mouvements étaient lents et maladroits. Il resta debout un instant, les yeux rivés au sol, puis il posa un genou à terre. Il tenait une petite boîte à la main.

Rhoda, dit-il en levant la tête vers elle. Elle n'arrivait pas à croire ce qui lui arrivait. Il ne lui avait pas donné l'occasion de se préparer. Il ouvrit la boîte et lui montra la bague, un gros diamant princesse encadré par deux diamants plus petits, pas une forme qu'elle aurait choisie, mais elle l'avait, son gros diamant. Veux-tu m'épouser ?

Il avait l'air effrayé. Et elle se sentit soudain effrayée à son tour. Tout ce qu'elle avait jamais désiré, sans que rien se déroule comme elle l'avait imaginé. Mais au moins c'était en train d'arriver. Ce restaurant miteux presque vide, une journée pluvieuse, son odeur de shampoing antipuces, ses yeux irrités, mais merde. Oui, dit-elle. Oui, bien sûr. Elle se leva, il la serra dans ses bras, et ils s'embrassèrent comme il se devait. Elle observait la bague à son doigt, posée sur l'épaule de Jim qui l'étreignait, son mari, son fiancé plutôt. Son futur. Elle voulait l'annoncer à sa mère.

Il faut que je l'annonce à maman, dit-elle.

Ouais, dit Jim. On peut l'annoncer à tes parents.

Mais elle est sur l'île. Rhoda lâcha Jim et se rassit. À l'autre bout de l'immense salle vide, les serveurs et les serveuses applaudissaient maintenant. Merci, cria Rhoda en s'efforçant de sourire.

Rhoda, dit Jim en se rasseyant à son tour sur la banquette d'en face. Tout va bien. Tu vas pouvoir lui annoncer bientôt.

Je veux lui dire maintenant. Je veux que maman soit au courant.

Jim regarda par-dessus son épaule en direction des employés du restaurant et leur fit un petit signe de la main. Rhoda, ils vont s'imaginer qu'un truc cloche. Tu as l'air si malheureuse.

Je crois que je vais pleurer, dit-elle, et elle se mit à sangloter. Elle porta les mains à son visage pour s'y cacher.

Son geste mit un terme aux applaudissements et personne ne s'approcha. Rhoda essaya de s'arrêter, mais elle aurait voulu que sa mère soit là, elle avait peur qu'il lui soit arrivé quelque chose. J'ai peur qu'ils soient blessés, dit-elle à Jim. On n'a aucun moyen de les joindre.

Rhoda, tu pourrais arrêter de pleurer ? Je n'ai pas envie que ces gens se fassent de fausses idées.

Très bien, dit Rhoda en baissant les mains et en tapotant une serviette sur ses yeux. Je ne vais pas te faire honte, puisque c'est ce qui t'importe en ce moment.

Rhoda. Ce n'est pas ce que tu crois. Ils ne vont pas comprendre, c'est tout.

Je retourne au travail, dit-elle. Elle se leva avant d'attraper son sac à main et son ciré.

S'il te plaît, dit Jim.

On se voit ce soir. J'irai jusqu'à leur maison après le boulot.

Sous cette pluie battante ? Ça te fait quarante minutes jusque là-bas, sans compter le chemin de terre.

On se voit ce soir. Elle se dirigea à grands pas vers la porte d'entrée, sans un regard pour les employés qui la dévisageaient, et courut sous la pluie jusqu'à sa voiture, un endroit où elle pourrait pleurer tout son soûl pendant tout le trajet jusqu'au cabinet.

À son arrivée, elle s'essuya le visage d'un Kleenex et personne ne se douta de rien puisque ses yeux étaient toujours gonflés. Elle pouvait se cacher. Elle donna un bain à un terrier gris et se demanda pourquoi elle se sentait si mal. Elle aimait Jim. Elle était heureuse d'épouser Jim. C'était tout ce qu'elle voulait, vraiment. Mais ne pas être en mesure de l'annoncer à sa mère semblait gâcher cet instant sans qu'elle comprenne pourquoi. Elle se sentait vide, seule et apeurée alors qu'elle aurait dû être heureuse.

L'après-midi s'éternisa, shampoing antipuces après shampoing antipuces. Elle avait de petites piqûres sur les bras et en sentait plusieurs dans ses cheveux. Les petits chiens, surtout, n'étaient que des aimants à puces.

Elle dut travailler tard, après 19 heures, le temps semblant traîner en longueur et aucun appel de Jim, aucune visite pour s'enquérir de son état. Elle s'emmitoufla, courut dans le froid et la pluie jusqu'à sa voiture, s'engagea sur l'autoroute en direction du lac. Le soleil était bas, il se couchait plus tôt que quelques semaines auparavant. Elle mit le chauffage et le dégivreur pour désembuer le pare-brise.

Rhoda était en colère après Jim qui ne l'avait pas appelée, qui n'était pas passé au cabinet, mais elle s'efforça de rester positive. Ils se marieraient cet hiver sur Kauai, peut-être à Hanalei Bay. Rhoda était fatiguée de penser à tout cela. Toutes ces années à rêver, et voilà que l'instant arrivait et qu'elle ne parvenait pas à y fixer son attention. Merci, Papa et Maman, dit-elle. Et merci, Jim.

Tant d'eau sur la route. Un camion passa près d'elle en trombe et projeta une telle gerbe qu'elle ne put rien voir pendant un moment. Conduisant à l'aveuglette à cent kilomètres à l'heure. Elle ralentit.

Criblés de balles, les panneaux signalant le lac commencèrent à apparaître enfin et elle bifurqua sur le chemin de terre. Elle ne savait pas pourquoi elle venait jusque-là. Ils ne seraient pas chez eux. Elle aurait dû être avec Jim. Mais il fallait qu'elle en ait le cœur net.

Aucun autre usager sur cette route. Un long virage de terre solitaire au milieu de nulle part. La circulation estivale avait cessé. Les arbres, soufflés par le vent et penchés. Des cailloux heurtant le châssis de sa voiture, le pare-brise dégoulinant puis transparent, puis recouvert à nouveau, embué sur les côtés.

Elle arriva à la maison de ses parents et courut jusqu'à la porte d'entrée, mais personne n'était venu depuis quelque temps. Des petites branches sur l'allée. Elle tambourina à la porte d'entrée, sans réponse, bien sûr. Baissa les yeux pour apercevoir les mauvaises herbes dans les jardinières. Plus froid ici qu'à Soldotna. Sombre et venteux, plus proche des montagnes et du glacier. Rhoda ne savait plus quoi faire. Elle voulait savoir sa mère en sécurité.

Elle s'appuya à la porte, y posa la joue et ferma les yeux. Il fallait qu'elle réfléchisse, mais elle ne ressentait en elle que de la peur. Elle pouvait aller jusqu'à l'embarcadère. Elle y apercevrait peut-être quelque chose.

Elle roula jusqu'au terrain de camping. Le pick-up de son père était garé dans le parking, rien d'autre. Le soleil s'était couché, caché par la pluie et les nuages, presque aucune lumière restante. Elle avança dans l'obscurité quasi totale jusqu'à l'embarcadère au bord de l'eau. Des vagues déferlantes, comme elle l'avait imaginé, des éclairs blancs aussi hauts que sa tête. Immenses, rapprochées, plus bruyantes que le vent lorsqu'elles s'écrasaient sur la rive. Glaciale et épaisse, la pluie lui piquait le visage et se muait en neige.

Allez vous faire foutre, cria-t-elle à travers le lac. Aucun moyen d'entrer en contact avec eux, même si elle trouvait un bateau. À quelques kilomètres de là, à peine, mais isolés du reste du monde.

GARY REMARQUA UN CHANGEMENT dans le bruit de la pluie heurtant la tente. Plus douce. Les premiers flocons, comme une prière exaucée. Pas encore de toit à leur cabane, mais la neige venait pourtant d'arriver. Il n'aurait jamais envisagé les choses ainsi avant. Il aurait pesté et enragé devant cette saison trop précoce, se serait senti volé par le temps. Mais il comprenait désormais qu'il attendait tout cela. Il attendait l'arrivée de la neige.

Il s'assit dans son sac de couchage et baissa la fermeture éclair en silence.

Je suis réveillée, dit Irene. Tu n'es pas obligé d'être discret. Je suis toujours réveillée.

Il neige, dit-il.

Je sais. Ça fait des heures qu'il neige.

Je vais juste jeter un coup d'œil. Il enfila son pantalon et sa chemise, se tint dans l'entrée de la tente pour mettre ses chaussures et son équipement de pluie. La tente encore secouée par le vent, fouettée, tanguant, mais le son lourd de la pluie en moins.

Il sortit dans un froid plus intense qu'il n'avait prévu. On n'était pas encore en octobre, mais l'air sentait pourtant le mois d'octobre. Pas assez de vêtements sous son ciré, mais il ne comptait pas rester dehors très longtemps. Il s'inclina contre le vent et la neige, avança vers l'eau, voulait voir les vagues. Il faisait si sombre, dehors, si noir, mais les vagues devaient déferler en écume blanche.

La végétation épaisse, du bois mort partout. Des branches d'aulne le fouettaient au passage. La neige glaciale sur ses joues fondait au premier contact. De gros flocons, délicats. Il aurait aimé les voir.

À travers les aulnes jusqu'au tapis de végétation en bordure du lac, l'herbe était épaisse et il apercevait désormais l'écume blanche des vagues, plus claire que dans son imagination, il sentait le souffle des embruns contre ses joues.

Nap nihtscua, ombre-nuit obscurcie, *northan sniwde*, neige du nord. C'était ce que Gary aimait. *Hrim hrusan bond*, monde engoncé de gel, *haegl feol on eorthan*, grêle tombée sur terre, *corna caldast*, grains des plus froids. Son passage préféré du poème, parce qu'il apportait un revirement inattendu, une surprise. Après toutes les souffrances endurées en mer, au cœur des tempêtes, le marin ne souhaite qu'une seule chose, reprendre le large. *Ses pensées ne vont ni à la harpe, ni à la bague offerte, ni aux plaisirs charnels d'une femme, ni à l'espoir du monde, à rien d'autre qu'au déferlement des vagues.*

Un désir vieux de mille ans, l'attente d'*atol ytha gewealc*, le terrible déferlement des vagues et Gary le comprenait enfin. Il ne l'avait pas compris à l'université parce qu'il était trop jeune alors, trop conventionnel, il pensait que le poème traitait de religion. Il n'avait pas encore imaginé sa vie ratée, n'avait pas encore compris ce désir intense qui s'apparentait à un anéantissement total. La volonté de voir ce que le monde était capable de faire, de voir ce que l'on était capable d'endurer, de voir – enfin – de quoi l'on était fait à l'instant même où l'on était déchiqueté. Une sorte de félicité dans l'anéantissement, à l'idée d'être effacé. *Mais toujours, il désire, celui qui s'apprête à prendre la mer*, et ce désir est celui de faire face au pire, l'espoir délicat d'une vague plus haute.

Gary frissonnait dans le froid, mais il voulait affronter les éléments de façon plus pure encore. Il repoussa sa capuche, défit la fermeture de son ciré et le déposa dans l'herbe à ses pieds. Le choc brutal du vent, toute sa chaleur envolée. Il retira son pull, puis sa chemise. Torse nu, à présent, et il leva les bras dans la tempête, hurla au vent et à la neige, un fou. Un homme vivant, pensa-t-il en se demandant s'il attendait une renaissance quelconque, une rédemption. Mais il ne supportait pas d'engendrer la moindre pensée. Il voulait voir ses pensées soufflées au loin, voulait que son esprit cesse de fonctionner. Alors il avança dans les embruns, sur la plage, les galets glissants couverts de liquide gluant, les bras toujours levés, et il marcha d'un pas lent et cérémonieux, son corps agité de tremblements incontrôlables, anéanti. Il glissa et fut contraint de poser une main à terre, se rétablit. Ses jambes heurtées de plein fouet par les vagues qui s'écrasaient sur lui avec violence, le premier choc d'une lame le frappant à l'estomac, puis il fit un quart de tour dans l'eau émergente, les bras baissés, enroulés autour de son torse, frappé par une nouvelle vague, projeté en arrière, il chuta, submergé et entraîné vers le fond, un bras écorché jusqu'à l'épaule par l'impact contre les rochers, puis il remonta à la surface, trempé par une nouvelle vague. Il cria, hurla et beugla, se sentit mieux qu'il ne s'était jamais senti depuis des années, cessa de lutter pour rester debout, se laissa chahuter contre les rochers, retint sa respiration à chaque nouvelle vague le submergeant, s'ébroua dans l'écume, hurla encore. Il ne ressentait même plus le froid.

Mais le monde était disponible en différentes tailles. Ce sentiment expansible, cette impression d'extension, de connexion pouvait diminuer quelques secondes plus tard, devenir dure et froide sans que Gary comprenne à quoi cela était dû. L'instant était passé avant qu'il ait eu le temps d'en profiter autant qu'il l'aurait souhaité, et même s'il restait là, l'instant ne reviendrait pas. Il le savait. Il resta néanmoins car cette règle ne lui plaisait pas. Était-ce une règle universelle ou une simple limitation de son être ? Et comment était-il possible de faire la différence ?

Pourquoi ne puis-je m'empêcher de visualiser tout cela comme un simple instant ? se demanda-t-il à voix haute. Pourquoi ne puis-je me contenter de le vivre ? Pourquoi doit-il cesser au bout de cinq minutes ?

La conscience n'était pas un cadeau. Il avait eu les mêmes pensées trente ans plus tôt, à son arrivée ici, et il n'avait pas progressé. La seule chose qui avait changé, c'était son engagement. À l'époque, cet engagement avait été empreint de convictions ; il était désormais plus déterminé, associé à un sentiment d'anéantissement, il n'attendait plus rien en retour. Rien de mieux à faire, dit-il aux vagues.

L'eau bien plus qu'un simple moyen d'expression, bien plus qu'une vague temporaire. Elle semblait abrasive contre sa peau. Elle prenait corps, elle avait un impact. C'était douloureux de rester ainsi malgré l'engourdissement. C'est ce qui le poussa à ramper jusqu'à la rive, enfin. Il ne tenait plus sur ses jambes. Les rochers lui blessaient les genoux, même à travers le jean. Il rampa hors des vagues, sur la plage, à travers les touffes d'herbe pointue et rugueuse, et à tâtons retrouva sa chemise, son pull et son ciré. Il ne les enfila pas. Les tint simplement entre ses mains pendant qu'il rampait sur les branches mortes et à travers les myrtilliers, les tapis de mousse et tout ce qui couvrait le sol. Il parvint jusqu'à la tente, défit la fermeture, la main engourdie comme une massue, et se faufila dessous.

Tu trembles, dit Irene. Tu claques des dents, on dirait qu'elles vont se fendre. Qu'est-ce que tu as fichu dehors ?

Je suis allé nager, dit-il en luttant contre les boutons de son jean pour essayer de retirer ses vêtements trempés.

Tu es allé nager.

Ouaip. J'ai besoin d'aide avec mon pantalon. J'arrive pas à défaire les boutons. Dépêche-toi, s'il te plaît.

Super. Mais elle s'approcha de lui et l'aida. Ses mains chaudes contre sa peau. Tu es glacé, dit-elle. N'imagine même pas te glisser dans mon sac de couchage.

Merci.

Remercie-toi toi-même. Ça fait trop longtemps que tu fais ce genre de conneries.

Une fois son jean, ses chaussures et ses chaussettes retirés, il trouva une serviette pour se sécher, trouva ses sous-vêtements thermiques, le haut d'abord, puis le bas, se glissa dans son sac de couchage. Trouva son bonnet. La capuche de son duvet sur la tête, il en tira les lanières. Tout ira bien, maintenant.

Écoute ce que j'ai à te dire, lui lança Irene.

Évitons ça.

Non. Ton idée, comme quoi tu mérites plus que ce que tu as déjà reçu, c'est bien là le problème.

J'ai pas besoin que tu me fasses la morale. J'ai conscience de mes échecs.

Non, pas du tout. Ta vie ne te semble pas à la hauteur. Tu te crois destiné à mieux. Tu penses valoir mieux que ça.

Je sais qui je suis.

Non, tu n'en sais rien.

Je t'emmerde.

C'est pas si simple. Tu penses mériter quelqu'un de mieux que moi.

Peut-être que c'est le cas.

Irene le frappa, un coup de poing violent qui rebondit sur son avant-bras. Il se recroquevilla dans son sac de couchage et elle continua à le frapper sans rien dire, des coups durs martelés sur son corps, encore et encore. Sans toucher le visage. Se retenant encore. Pourquoi tu te retiens ? lui demanda-t-il. Pourquoi tu ne me frappes pas au visage ?

Parce que je t'aime, connard. Et elle éclata en sanglots.

Gary se décala pour lui tourner le dos. La laisser pleurer. Elle finirait peut-être par partir. Il savait que c'était mal, mais il ne ressentait pas ce qu'il était censé ressentir. Peut-être lui manquait-il une faculté humaine élémentaire, celle qui lie les gens les uns aux autres ? Mais ce qu'il voulait avant tout, c'était qu'on le laisse tranquille. Était-ce vraiment un crime ?

Quand Gary se réveilla le lendemain matin, Irene avait disparu. Il avait le nez pris, obligé de respirer par la bouche, la gorge sèche et douloureuse. Mal à la tête. Il se retourna et essaya de se rendormir.

Il entendait des coups de marteau, le vent était tombé, la tente n'était plus malmenée. Irene travaillait à la cabane, mais il se demanda ce qu'elle faisait. Elle pouvait très bien être en train de la casser, pas du tout de la construire.

L'idée qu'elle puisse détruire la cabane le poussa à se lever. Il enfila des vêtements secs, sa salopette imperméable, une vieille paire de grosses chaussures sèches, son ciré humide. Il ouvrit la fermeture éclair de la tente et sortit dans un paysage nappé de blanc. La neige peu profonde, quatre ou cinq centimètres, mais une transformation à couper le souffle. Les distances et les profondeurs redéfinies, la partie supérieure des feuilles blanche, les tiges dans l'ombre au-dessous. Même sur les épicéas, l'effet collectif, le sommet de chaque aiguille rendant l'ensemble plus blanc encore. Les contours du monde soulignés, entièrement redessinés, la lumière changée. Hier aurait très bien pu être six mois plus tôt.

Ça alors, dit Gary. C'est magnifique.

Irene interrompit son martèlement et regarda autour d'elle, encapuchonnée dans son ciré vert. Oui, c'est vrai, dit-elle. Mais elle ne regarda pas Gary. Elle reprit son ouvrage.

Gary avança vers la cabane jusqu'à la porte arrière, son embrasure coupée et renforcée. Sur le mur avant, l'espace pour la fenêtre, pas tout à fait carré. Des couches de rondins au-dessus, la dernière à deux mètres cinquante de haut. Irene debout sur un escabeau en aluminium, enfonçant le dernier clou.

Merci, dit Gary. On dirait bien qu'on est prêts à poser un toit.

Ouais, dit-elle. C'est quoi, le plan ?

J'allais le faire en rondins, dit Gary. Mais je ne vois pas trop comment ça pourrait fonctionner. Ça risque de faire des fuites.

Aucune réaction d'Irene. Elle prenait ses précautions, il le voyait bien. Elle avait beaucoup à dire mais se retenait, ce qui lui convenait. Elle en termina avec un clou, cinq coups. Le vent s'insinuait entre les arbres, bien plus clément qu'avant.

Donc je pense acheter des plaques en ville. Pas l'apparence extérieure que j'imaginais, mais on est en retard et il nous faut un toit. Le vent est en train de tomber, alors on devrait pouvoir rejoindre le rivage, peut-être demain ou après-demain.

Ça me plaît, comme plan, dit-elle.

Il faut qu'on le fasse en pente, dit Gary, pour permettre à la neige de glisser. On va monter le mur arrière un peu plus haut, on va trouver des poutres spéciales pour les solives qu'on fera courir du mur avant au mur arrière. Ça devrait le tenir en place, je pense.

Irene descendit de l'escabeau, elle regarda par le trou percé pour la fenêtre de devant, immobile, les épaules voûtées, le marteau à la main. Ça m'a l'air d'être une bonne idée, finit-elle par dire. Ça devrait marcher.

Elle refusait toujours de le regarder et Gary sentit presque qu'il aurait dû faire un effort en cet instant, dire quelque chose pour combler la distance, faire la paix. Peut-être s'excuser pour la nuit dernière, pour lui avoir dit qu'il pensait mériter une meilleure épouse qu'elle. Mais elle l'avait attaqué la première et il n'avait pas vraiment envie de faire un effort. Il se sentait frigorifié. Il pensa pour une étrange raison à Ariane et au passage de Catulle où *dans le cœur de sa promise gît un labyrinthe de chagrin*, peut-être parce que les épaules d'Irene étaient voûtées. Il ne voyait pas son visage, mais à la voir scruter ainsi la neige, tout semblait perdu. Il ne se souvenait pas des vers en latin. Ariane regardait Thésée prendre la mer sur son navire, l'abandonner tout comme Énée le ferait avec Didon, et comme Gary envisageait, depuis des années, sans doute même des décennies, de le faire avec Irene. Le temps était peut-être venu de laisser mourir leur mariage. Cela vaudrait peut-être mieux pour tous les deux. Une union mal assortie dès le départ, quelque chose qui avait amoindri leurs existences. Difficile de savoir ce qui était vrai. Une part de lui-même voulait s'excuser, l'entourer de ses bras, lui dire qu'il n'avait qu'elle au monde, mais ce n'était qu'un réflexe, une habitude à laquelle il ne fallait pas se fier.

Je vais scier des rondins, dit-il.

RHODA TROUVA MARK À LA PISTE DE KARTING. Ses amis et lui s'y rendaient toujours aux premières neiges pour faire des tête-à-queue et se rentrer dedans. La saison de pêche était finie et ils n'avaient plus rien d'autre à faire que se droguer et d'autres conneries de ce genre. Rhoda s'agrippa à la clôture métallique et cria pour attirer son attention, mais il ne pouvait pas l'entendre, bien sûr. Le bourdonnement d'une douzaine de moteurs. Mark en manteau de camouflage avec une chapka aux oreillettes détachées. Son ami Jason engoncé dans une veste rose Hello Kitty, juste pour déconner.

La piste était délimitée par des piles de vieux pneus, puis par la clôture et, derrière, les camping-cars hors service d'une demi-douzaine de pêcheurs qui vivaient là à l'année, les copains de Mark. Le genre d'enfer déprimant auquel Rhoda ne voulait plus être mêlée. Le genre d'endroit où elle avait passé toutes ses années de collège et de lycée à fumer de l'herbe et à faire l'amour en bordure des parcelles gravillonnées. Elle voulait oublier que tout cela s'était produit un jour.

Elle attrapa un caillou qu'elle jeta sur Mark lorsqu'il passa dans le virage à proximité. Il rebondit sur le capot de son kart. Il s'arrêta en un crissement de pneus, puis vit que c'était elle, il sourit, lui adressa un doigt d'honneur et appuya sur l'accélérateur. Tok, équipé d'une écharpe Red Baron, le heurta par-derrière et projeta le kart de Mark de biais contre la clôture. Tollef, le frère de Tok, arriva à toute allure à leur suite et s'écrasa contre Mark, l'envoyant voltiger dans sa ceinture de sécurité. Il hurla et défonça la pédale d'accélérateur, tenta une échappée, y parvint sur presque six mètres avant qu'Hello Kitty ne rapplique et tende le bras pour le frapper à la nuque. Mais Mark se dégagea et se lança à leur poursuite.

Rhoda passa à travers un trou de la clôture et avança jusqu'aux petits gradins, seule spectatrice de la course. Elle avait fait l'amour avec Jason une fois sur ces gradins, cette seule pensée lui faisait désormais horreur. Ils l'avaient fait dans la neige, mais il faisait bien plus froid alors, c'était en plein milieu de l'hiver. Ce n'était pas devenu sa vie : c'était le principal.

Elle subit encore un quart d'heure de gestes obscènes et de grossièretés, de dérapages contrôlés à trois cent soixante degrés et de collisions, la vie d'un groupe de pénis. Attendit qu'ils aient eu leur compte, qu'ils retournent d'un pas nonchalant à l'entrée, se collant des coups d'épaule et se remontant mutuellement les caleçons dans la raie des fesses. Ils passèrent devant elle sans s'arrêter, Jason affichait un petit sourire. On va au Coolie's, si tu veux prendre une bière, lui lança Mark par-dessus l'épaule.

Hé ! Je suis venue te parler.

Désolé. J'ai d'autres engagements, dit-il avec un accent britannique, suscitant bien sûr les rires des autres.

Il faut que j'aille sur Caribou Island. Fais-moi préparer un bateau.

Mark s'arrêta net, au moins, et fit volte-face. Ses amis continuèrent leur chemin. Pourquoi tu veux aller là-bas ?

Nos parents. Tu te souviens d'eux ? Les gens qui t'ont fait, qui t'ont élevé. Ils sont là-bas en pleine tempête, sous une tente, et j'ai aucun moyen de les contacter. Je veux m'assurer qu'ils vont bien.

Ils vont bien, dit Mark en lui tournant le dos.

Écoute, dit Rhoda, mais sa voix avait faibli. Elle se mettait déjà à pleurer. Je sais que tu ne m'aimes pas, mais je suis très inquiète pour eux et j'ai besoin de ton aide.

Mark la surprit alors. Il se retourna, s'approcha d'elle et l'étreignit, lui tapota le dos. OK, dit-il. Je suis désolé, je vais te trouver un bateau. Tu veux y aller quand ?

Aujourd'hui ?

C'est trop tard pour aujourd'hui. Qu'est-ce que tu dis de 10 heures demain matin ? On se retrouve au terrain de camping.

Merci, Mark. Tu peux être gentil quand tu veux, tu vois ?

On va pas en faire une habitude, dit-il avec un sourire. À demain. Il rejoignit ses amis au pas de course.

Puis elle se souvint. Hé, cria-t-elle. Je vais me marier.

Mark agita le bras pour lui faire signe qu'il avait entendu, mais rien d'autre. Il ne se retourna même pas.

Rhoda reprit le chemin du cabinet et posa ses congés. Elle tint bon jusqu'en fin de journée, puis elle rentra auprès de Jim. Une énorme installation d'appareils de musculation au milieu du salon, d'un bleu clair métallique. Jim, vêtu d'un short en Lycra et d'un débardeur, tirait une barre derrière sa nuque.

Ça alors, dit-elle. C'est quoi ce bordel ?

C'est le futur Moi, dit Jim. Je me dis que j'ai encore dix bonnes années devant moi.

OK, dit-elle. Elle n'était pas certaine de comprendre de quoi il s'agissait. T'as intérêt à en avoir plus de dix, j'ai que trente ans, moi.

No problemo, dit-il. Tu vas bientôt vivre avec un mec super bien foutu.

Elle le regarda terminer sa série. Il était hors d'haleine, le visage marbré de rouge, ses bras et ses épaules flasques et vieilles.

Tu ne penses pas à d'autres femmes, hein ?

Quoi ?

Cette motivation soudaine pour te refaire une santé, juste après m'avoir demandée en mariage. On dirait une réaction panique, tu veux retrouver ta beauté pour ne pas te limiter à une seule compagne.

Rhoda.

Je suis sérieuse. Tu dis avoir encore dix bonnes années. Bonnes pour quoi ?

Jim se leva et jeta sa serviette d'exercice sur son épaule. Rhoda, dit-il. Tu es la seule femme dont j'ai envie. D'accord ?

Elle essaya de trouver quelque chose dans ses yeux, le moindre indice d'un mensonge, elle observa sa bouche, aussi.

Rhoda, je t'aime.

D'accord. Elle l'étreignit. Je dois encore stresser pour ma mère, je pense. Je vais à Caribou Island demain. Mark m'y accompagne.

Par ce temps ? Tu risques ta vie en sortant sur Skilak à une mauvaise période.

La tempête est passée. Il ne devrait pas y avoir de vent demain matin. Peut-être même pas de neige.

Tu ne devrais pas y aller. Attends qu'ils rentrent. Il faudra bien qu'ils rentrent se réapprovisionner. Ça fait presque une semaine qu'ils sont partis.

Dix jours.

C'est exactement ce que j'essaie de te dire. Ils vont rentrer.

Rhoda n'avait pas envie d'aborder le sujet. Elle alla au frigo et sortit les ingrédients du dîner. Du poulet qu'il fallait terminer, des olives, de la feta, des oignons rouges. Un couscous, peut-être. Elle entendait Jim souffler. Difficile de croire que cette nouvelle musculature lui était destinée.

Cuisiner l'aidait toujours. Surtout dans une cuisine comme celle-là. Un bon fourneau, six feux. L'eau pour la semoule du couscous sur un feu arrière. Elle versa de l'huile d'olive dans une poêle, y ajouta l'ail haché et prépara les escalopes de poulet. Émınça l'oignon rouge. Cuisiner lui permettait de se calmer. Sa respiration ralentissait. Elle avait paniqué sans s'en rendre compte. Paniqué toute la journée, certainement.

Hé, cria-t-elle à Jim.

Ouais ?

J'ai besoin d'un téléphone satellite. C'est cher. Mais il faut que je parle à ma mère. Ça me fait vraiment flipper.

C'est cher comment ?

Mille cinq cents dollars, peut-être un peu moins. Plus sept cent cinquante dollars pour le forfait de communications.

Aïe.

J'en ai besoin.

OK.

Le poulet avait doré, cuit presque à cœur, les oignons étaient translucides. Elle versa la sauce tomate, les olives dans un peu de jus, porta à ébullition, puis baissa le feu pour laisser mijoter. Ajouta du poivre, ne trouva pas d'autres épices pour accompagner un poulet à la grecque. Versa un peu de vinaigre balsamique, puis du vin de Madère. Peut-être pas l'idéal pour ce plat, mais qu'est-ce que ça pouvait bien faire ? Un poulet ivre. Elle se versa un verre de cabernet.

J'en prendrai moi aussi dans une minute, dit Jim. Je vais me doucher.

Rhoda sirota son vin et scruta le poulet, les olives sombres dans la sauce. Quelque chose avait changé. L'air était étrangement plus frais, peut-être, plus fin, plus isolant. Rien qu'eux deux dans cette maison. Peut-être parce qu'il y avait eu un but, avant. La demande en mariage. Rhoda comprenait désormais comment le mariage pouvait donner une impression de solitude. Un nouveau sentiment qu'elle ne pouvait pas vraiment décrire, ni même cerner. Quelque chose aux confins de son esprit, quelque chose qui lui déplaisait. Elle imaginait de longues périodes pendant lesquelles ils ne se diraient pas grand-chose, évolueraient chacun de leur côté dans la maison. Et elle se demanda si les enfants arrivaient à ce moment-là. Avoir un enfant apportait un nouveau centre d'intérêt commun, un nouveau centre d'attention, un endroit pour leur permettre de se retrouver, tous les deux. Peut-être devait-il en être ainsi ? On se consacrait l'un à l'autre jusqu'à décider de se marier, puis on se consacrait ensemble à quelqu'un d'autre. Et que se passait-il ensuite, quand vos enfants avaient grandi, qu'ils étaient partis ? À quoi fallait-il alors se consacrer ? Il y avait quelque chose de terrifiant, à l'idée de ne pouvoir se consacrer à rien. Votre existence ne pouvait jamais être simplement ce qu'elle était. C'était effrayant. Personne n'avait envie de cela.

Le lendemain matin, Rhoda roula jusqu'à Skilak. Un ciel lourd, glacé, tout juste zéro degré mais peu de vent, une légère neige intermittente, quelques flocons puis un ciel dégagé. Les arbres blancs, leurs ombres noires. Pas de vert. Elle savait qu'ils étaient encore verts, mais elle n'en voyait pas la couleur. La palette de teintes hivernales, blanche, noire, marron et grise, arrivée plus tôt que prévu.

Elle avait envie d'appeler Mark pour confirmer leur rendez-vous, mais il la trouverait trop insistante. Elle emprunta la bretelle d'accès jusqu'au terrain de camping et, arrivée au sommet d'une côte, elle aperçut l'eau grise et ses vagues minuscules. S'engagea sur le parking désert, personne aux alentours, regarda sa montre, quelques minutes avant 10 heures.

Rhoda s'emmitoufla dans son manteau, son bonnet et ses gants d'hiver. Elle portait un caleçon long, aussi, et des bottes. Il allait faire froid à bord du bateau sur le lac. Si le bateau et Mark arrivaient un jour, bien sûr. Elle avança jusqu'à l'embarcadère, au bord de l'eau. Une fine couche de neige vierge. Personne n'avait emprunté l'embarcadère depuis le matin. Ses parents étaient sans doute les seuls à être de sortie.

Le lac gelait déjà près de la rive. Des fines plaques de glace au milieu des rochers. Délicate et translucide, brisée en petits éclats triangulaires. Rhoda les tapota du bout de sa botte.

Très bien, Mark, dit-elle en sortant son portable. Voyons ce que tu as à me dire. Mais quand elle l'appela, il était à quelques minutes de là et elle décida de se montrer gentille. Merci, dit-elle. À tout de suite.

Rhoda avait grandi au bord du lac. Elle était censée se sentir chez elle sur cette rive. Ces arbres. Ces montagnes, la façon dont les nuages lourds approchaient et reléguaient les sommets au statut de simple souvenir. Mais elle ne se sentait pas chez elle. Tout était froid et impersonnel, comme dans un lieu inconnu. Elle ne comprenait pas pourquoi ses parents s'étaient installés là, et elle se demandait pourquoi elle n'était jamais partie, comme ses amis, vers un endroit plus clément.

Mark descendit le chemin caillouteux à bord de son vieux pick-up, une remorque dans son sillage. Il lui adressa le salut des surfeurs accompagné d'un sourire, fit un large demi-cercle devant elle avant de reculer le bateau jusqu'à l'eau. Une embarcation ouverte en aluminium d'à peine six mètres de long équipée d'un hors-bord. Exposée au froid, mais assez grande pour éviter les risques.

Mark sauta au bas de son véhicule et Rhoda l'enlaça. Merci, Mark.

Oh là, dit-il. C'est qu'un bateau.

Je sais mais je m'inquiète pour eux. Et je me dis aussi qu'ils auront sûrement accosté à l'autre terrain de camping s'ils sont rentrés aujourd'hui. On risque de les rater si on embarque ici.

Ben, on est ici, dit Mark. Alors on fera un petit détour par l'autre camping si jamais on les trouve pas.

OK, dit Rhoda. Elle ne voulait pas discuter mais elle aurait préféré qu'ils aillent en voiture jusqu'à l'autre embarcadère. Ce n'était pas si compliqué.

Mark débouclait déjà les sangles. Il attrapa ensuite une petite glacière à l'arrière de son pick-up, ainsi que des cannes à pêche.

C'est pour quoi faire ? demanda Rhoda.

Quelques bières. Et une canne, des fois que je sois obligé d'attendre. On sait jamais, Nessie aura peut-être faim. Cent quatre-vingts mètres de profondeur. Il doit forcément y avoir un putain de monstre, là-dessous.

Rhoda aurait voulu rire, sourire, n'importe quoi, mais elle se sentait crispée. Ce trajet était peut-être une sorte d'occasion, mais elle n'avait pas la force. Il fallait qu'elle voie ses parents en sécurité avant tout, ensuite elle pourrait se résoudre à faire la conversation.

Bon, dit Mark en empoignant les gilets de sauvetage. Voilà le tien. Pas que ça t'aiderait beaucoup. On mourrait de froid avant que quelqu'un nous vienne en aide.

Merci, dit-elle. Merci, Mark. J'apprécie vraiment ce que tu fais.

Il recula le bateau dans l'eau et lui laissa tenir l'amarre pendant qu'il remontait garer son pick-up. Ils grimpèrent à bord et partirent, Rhoda à la proue, le vent cinglant. Des vagues minuscules, à peine plus de trente centimètres, mais le bateau semblait imprécis et déséquilibré à chaque prise de vitesse. Un jet d'écume occasionnel sur le flanc.

Rhoda scruta à bâbord en quête d'un éventuel bateau traversant le lac en direction du second terrain de camping, mais elle ne vit rien. Personne d'autre n'était sorti. Le lac toujours plus grand qu'elle ne s'y attendait. Bordé par une rive basse et des arbres tout le long de cette extrémité, les distances indéfinissables. Si l'on se tenait sur une berge, on avait l'impression que celle d'en face n'était pas loin. Ce n'est qu'en arrivant au milieu qu'on pouvait juger de la taille du lac, mais même alors, les perspectives changeaient sans cesse. Caribou et les autres îles à peine visibles au premier abord, puis grandissant peu à peu. Frying Pan Island, d'abord, avec sa forme de long manche de poêle à frire, Caribou juste derrière. Et au-delà, une rive plus rocailleuse qu'elle savait bien plus belle avec ses rochers et ses falaises. Chaque baie là-bas assez grande pour donner l'impression d'être un lac à elle seule, mais elles semblaient pourtant toutes ridiculement petites à cette distance. Puis les sources jusqu'au glacier, la rivière qui reliait les autres lacs lointains. Elle n'y était pas allée depuis des années.

Enfants, leurs parents les emmenaient camper sur les berges reculées. Des plages de galets pentues adossées à la forêt et à la montagne. Elle et Mark arpentaient les promontoires rocailleux, encadrés par une vue sur les baies environnantes, et cherchaient des gloutons. Créatures au statut presque mythologique. Elle ne connaissait personne qui en ait vu un, et pendant toute leur enfance ils avaient traqué le glouton et s'étaient effrayés mutuellement en se racontant ce qui leur arriverait s'ils venaient à en trouver un. Le glouton faisait parfois le mort ou laissait son cou à découvert, mais si un ours s'en approchait, le glouton s'accrochait au flanc de l'ours, le mordait à la gorge et lui lacérait le ventre de ses griffes pareilles à des rasoirs. C'était ce qu'elle imaginait, enfant : se pencher vers un glouton mort, le voir se réveiller et lui arracher l'estomac. Elle n'avait pas peur des ours parce qu'elle en avait déjà vu et qu'elle adorait les animaux, mais elle n'avait jamais aperçu de glouton.

Tu te souviens des histoires de gloutons ? cria-t-elle à Mark par-dessus le bruit du moteur.

Quoi ?

Elle répéta.

Ah ouais, fit Mark avec un sourire. Tu me foutais une de ces trouilles, avec ces trucs.

Rhoda sourit à son tour, puis elle regarda droit devant elle vers les îles qui approchaient. Blanches sous la neige, elle ne se rappelait pas combien d'années s'étaient écoulées depuis sa dernière visite.

Le courant plus calme derrière les îles, tandis qu'ils tournaient au large de Frying Pan Island. Des eaux paisibles, pas d'écume. De petites vagues, à nouveau, une fois de l'autre côté, et plusieurs cabanes cachées entre les arbres. Elle s'attendait désormais à voir le bateau de ses parents.

Le clapot un peu plus prononcé et Mark ralentit. L'île plus pentue s'élevant en une colline. Aucun bateau sur la rive. Rhoda, incapable de retrouver ses parents.

Ralentis, hurla-t-elle à Mark. Ils doivent être quelque part dans les parages. Elle foullait les arbres du regard, gagnée par la panique. Pas de bateau. Ils étaient peut-être déjà partis en direction du terrain de camping. Mais ils avaient aussi pu partir en pleine tempête et s'être noyés, ou leur bateau avait pu partir à la dérive en les laissant seuls sur l'île, il leur était peut-être arrivé quelque chose. Il n'y avait rien sur l'île. Personne d'autre, aucune aide.

Là-bas, cria Mark en ralentissant.

Où ça ? demanda Rhoda. Qu'est-ce qu'il y a ?

Je vois la cabane, dit-il, et Rhoda l'aperçut à son tour. Pareille à un tas de ruines, à une cabane de plusieurs centaines d'années, usée, sans toit. Un immense trou à la place de la fenêtre. Des rondins inégaux couverts de neige. Des rondins fins, comme des brindilles. Elle ne ressemblait pas à ce qu'elle avait imaginé. Si petite. Mais c'était forcément elle. Une tente bleue et une autre, marron, presque entièrement dissimulées par les buissons.

Ils ont dû repartir aujourd'hui, dit Mark.

Ouais, on aurait dû aller à l'autre terrain de camping.

C'est pas la fin du monde. On ira après. Mais on devrait faire un tour, avant. Je suis curieux.

Leur bateau a pu être emporté par la tempête, dit Rhoda. Ils sont peut-être encore sur l'île. Ça ne me plaît pas du tout. Ça ne me plaît pas de ne pas savoir ce qui a pu leur arriver, bordel. Ils pourraient être morts qu'on n'en saurait rien.

Fais pas dans ton froc, je suis sûr qu'ils vont bien. Mark releva le moteur à mi-chemin hors de l'eau et le coupa. Ils dérivèrent lentement, puis il s'aida d'une rame.

Il faut qu'on fasse vite, dit Mark. C'est pas une super place de parking, là. Et je ferais mieux de rester à bord, d'ailleurs.

Rhoda baissa les yeux vers l'eau, essaya d'en deviner la profondeur. Elle n'avait pas de waders. Mais il fallait qu'elle vérifie si sa mère était sur l'île. Elle enjamba le plat-bord, s'enfonça jusqu'aux genoux dans l'eau si froide qu'elle en eut un choc. Les pierres étaient glissantes, mais avec prudence elle parvint jusqu'à la rive, traversa la plage de galets, puis l'herbe et la neige.

Maman, cria-t-elle. Papa. Au-delà des buissons et des aulnes, elle atteignit une pile de bois entourée de sciure fraîche, ils avaient donc travaillé quand la neige s'était calmée. Les empreintes de leurs bottes étaient encore visibles. Maman, cria-t-elle à nouveau. Tu es là ?

La cabane de guingois et inégale, petite, incroyable qu'ils aient envie de vivre là-dedans. Elle semblait abandonnée, sortie de temps bien plus reculés, ouverte au ciel, mais son sol était en contreplaqué neuf. Un espace ouvert à l'arrière. Ils allaient y installer la porte. La végétation piétinée tout autour. Un réchaud Coleman surmonté d'une casserole. Les deux tentes, Rhoda était désormais effrayée. Elle n'avait aucune envie d'ouvrir une des fermetures éclair, craignait ce qu'elle risquait d'y trouver.

Maman, dit-elle encore, plus bas. Resta devant la grande tente, sentant son cœur lui marteler la poitrine. L'ouvrit d'un geste rapide, y vit leurs sacs de couchage, leurs vêtements, la nourriture. Personne à l'intérieur. Pas de cadavre. Rien de louche. Elle se précipita vers l'autre tente et l'ouvrit, personne là non plus. Dieu merci, dit-elle. Elle ferma les yeux un instant, laissa sa respiration se calmer, laissa s'apaiser les battements de son cœur.

Ils sont là ? cria Mark depuis le bateau, sa voix faible. La cabane était bien enfoncée dans les terres.

Non, hurla-t-elle. Il n'y a personne. Ils ont dû partir ce matin.

Des réserves dans la deuxième tente. Des outils. Elle n'arrivait pas à croire qu'ils aient pu vivre là pendant la tempête. Mais ils avaient l'air de vraiment vouloir le faire, de vouloir construire la cabane pour y vivre tout l'hiver. Rhoda s'agenouilla sur le sentier, ferma les yeux et s'accorda un moment. Elle avait si peur. Quand le lac commencerait à geler, il y aurait une longue période où aucun bateau ne pourrait effectuer la traversée, et la glace ne serait pas assez solide pour leur permettre de traverser à pied. Ils seraient isolés, sans aucun moyen de communication en cas de problème.

IRENE ÉTAIT CHEZ ELLE, regardant chaque objet autour d'elle, ne sachant pas quoi prendre. La lumière était éteinte, ils avaient tous deux perdu l'habitude d'appuyer sur un interrupteur. Des portraits de sa famille aux murs. De vieux portraits, des aïeux qu'elle n'avait jamais connus. Visages sombres, vivant des existences bien plus dures. Des albums photo sur les étagères inférieures de la bibliothèque. Les œuvres d'art de ses enfants au fil des années, des empreintes de main et des peintures par numéro, jusqu'aux tambours de Mark en peuplier et en peau d'élan. Il avait cousu les toiles sur des souches creuses. Avait organisé des cérémonies traditionnelles aux solstices d'été avec ses amis du lycée, avait tambouriné toute la nuit autour d'un feu sur la plage, avait dansé avec un crâne d'ours perché sur un bâton. Ces derniers moments où elle l'avait vraiment connu avant qu'il ne se lance dans sa propre existence.

Rhoda n'était pas partie si loin, mais sur chaque mur était accroché un souvenir de l'époque où elle avait vécu là, quand ils vivaient encore tous ensemble. Même les périodes plus secrètes, le collège, quand elle avait commencé à faire l'amour, étaient répertoriées là, des photos de bals, des affiches de pièces de théâtre. Toutes ces années additionnées équivalaient bien à quelque chose, non ? Mais que pouvait-on emporter dans une cabane en cours de construction, dans une tente ? Cet endroit tout entier, ses murs et ses fenêtres, le jardin et la forêt, tout allait devoir être déplacé.

Je ne peux pas, dit-elle à Gary. Elle l'entendait se cogner dans la chambre tandis qu'il fourrait davantage de vêtements dans un sac en toile.

Quoi ?

Elle éleva la voix. Je ne trouve rien à emporter pour recréer l'atmosphère familiale à la cabane.

Je crois que tu compliques les choses, Irene. On emporte juste nos affaires, puis on va en ville acheter des plaques d'alu, des poutres supplémentaires et quelques fournitures, on essaie de charger tout ça dans le bateau et on retourne à l'île avant la nuit.

Aujourd'hui ?

Quoi ?

Tu comptes y retourner aujourd'hui ?

Ouais, c'était prévu comme ça.

C'était pas prévu comme ça. Tu n'as pas pris la peine d'en informer ton larbin.

Irene.

Je passe la nuit ici, dans mon lit. Si tu veux y aller, tu y vas sans moi.

Gary sortit de la chambre et se tint devant elle. La météo pourrait à nouveau empirer, dit-il. C'est notre créneau d'action. C'est le bon moment.

Je n'y retourne pas aujourd'hui.

Gary plaqua sa main sur le plan de travail. Très bien, dit-il. Puis il fit volte-face et regagna la chambre.

Irene s'assit dans le canapé. Un sifflement dans les oreilles, le sang lui martelant les tempes. Elle essaya de se calmer et les battements de son cœur ralentirent un peu, mais il se comprima avec violence l'espace de quatre ou cinq pulsations, des instants au cours desquels elle sentit la forme exacte de l'organe pendu à ses artères, agité dans sa poitrine. Panique. Panique, comme si elle s'apprêtait à mourir alors qu'elle était simplement assise dans le canapé de son propre salon. La douce lumière de l'extérieur, pas de vent, pas de tempête, rien qu'une nouvelle journée grise et couverte, son mari dans la pièce voisine, et ils ne retourneraient pas à la tente le soir même. Il fallait qu'elle se calme.

Si on n'arrive pas à en faire un foyer agréable, pourquoi le fait-on ? cria-t-elle à l'attention de Gary.

Pas de réponse. Parce que sa vie à lui était une évidence, ne souffrait aucune remise en question. La sienne n'était qu'accompagnement ; elle n'importait pas vraiment.

Irene s'allongea sur le canapé, elle rehaussa sa tête d'un petit coussin, ferma les yeux et tournoya dans le sang. Battements incessants, oppressants, son corps une enveloppe dure dont elle voulait émerger. Elle voulait la paix. Ne voulait plus être prise au piège. Prise au piège dans ce corps, et avec Gary dans cette vie de regrets. Son existence, une accumulation de choses qui se refermaient autour d'elle, de fronts menaçants s'amassant de toutes parts, se rapprochant. Pouvoir survivre aux cinq minutes suivantes, même.

Gary, cria-t-elle. Elle voulait le mettre en garde.

Oui ? Sa voix si dure. Comment dire ce qu'elle avait tant besoin de dire ? Qu'ils allaient trop loin. Qu'ils risquaient d'y perdre quelque chose. Qu'ils ne s'en remettraient pas.

Rien, dit-elle. Elle referma les yeux et se reposa, l'air descendant en spirale autour d'elle jusqu'à ce qu'elle entende le crissement des graviers sur l'allée, une voiture approchait. Elle espérait que ce serait Rhoda mais n'alla pas jusqu'à la porte. Elle n'avait pas envie de bouger.

Maman, cria Rhoda.

Là, sur le canapé.

Rhoda à ses côtés, penchée pour l'étreindre. Chaude et vivante, un amour véritable, pas l'amour réticent de Gary. La chair de sa chair, le seul lien permanent. Un mariage pouvait être réduit à néant, mais pas cela.

Je vais t'acheter un téléphone satellite, dit Rhoda. Je ne supportais pas de ne pas savoir si tu allais bien.

Salut les vieux, dit Mark depuis le palier. Comment ça va, la vie de pionniers ? Il alluma la lumière. Le miracle de l'électricité, dit-il.

Salut Mark, cria Gary depuis la chambre.

Tu es malade, Maman ? Mark s'approcha du canapé.

Je me repose juste un peu.

Entourée de ta cour, dit Gary qui passait à proximité, en chemin vers la cuisine.

Et c'est un crime, peut-être.

Il faut que vous arrêtiez de vous disputer, tous les deux, dit Rhoda. J'ai l'impression que vous nous faites une petite allergie à la cabane.

Ha, dit Irene.

Ne commence pas, Irene.

Eh bien, c'est agréable d'être tous les quatre réunis, dit Irene, prise d'un vertige en se levant du canapé. C'était quand, la dernière fois que ça nous est arrivé ? demanda-t-elle. Et quand est-ce que ça arrivera à nouveau ? C'est peut-être la dernière fois qu'on se retrouve ensemble ici, en famille.

C'est pas vrai, Maman, dit Rhoda. Vous n'allez pas rester à la cabane pour toujours.

Demande à ton père. Mais on devrait manger quelque chose. Déjeuner. On devrait tous s'asseoir autour de la table.

Il faut que j'aille acheter les plaques, dit Gary. Et les solives.

Après le déjeuner, dit Irene.

Il faut que j'y aille maintenant. Il faut que ce soit fait.

Irene alla jusqu'aux placards et trouva deux boîtes de chili. Gary, debout à ses côtés près du plan de travail, dressait la liste de ses achats. Je vais juste les faire réchauffer, dit-elle.

Écoute. J'ai pas le temps.

Allez, Papa, dit Rhoda. C'est rien qu'un déjeuner.

Le travail d'un homme rencontre tant d'obstacles, dit Mark.

Gary alla jusqu'à la chambre et en ressortit avec son manteau. En colère et impatient, comme d'habitude. Je reviens dans deux heures, dit-il. On pourra dîner tous ensemble. Puis il passa la porte et se dirigea à grandes enjambées vers son pick-up.

Oh, dit Mark. Je lui aurais bien proposé mon aide. Je dois rendre le bateau, alors je pourrai pas revenir dîner.

Irene serra Mark dans ses bras, mais il s'écarta vivement, gêné. Tout va bien, dit-il.

Désolée, dit Irene.

C'est pas grave, dit-il, mais il reculait déjà vers la porte. Qu'est-ce qui poussait les hommes à fuir ? Ils auraient pu déjeuner tous ensemble. Était-ce trop demander ? D'être une famille pendant une heure, à peine ?

Comment va Karen ? demanda Irene.

Le sourire en coin de Mark, il se retenait. Tu ne me poses jamais de questions à son sujet, Maman. Tu ne l'aimes pas.

C'est pas vrai.

Si, c'est vrai.

Il a raison, Maman, dit Rhoda. Tu l'évites toujours.

C'est pas vrai. Rien n'est vrai. Je veux juste que tu sois heureux, et si tu es heureux avec elle, alors tant mieux.

Mais tu ne l'aimes pas vraiment, dit Mark. C'est ce que je cherche à te dire. Tu la trouves idiote.

C'est pas vrai. Qu'est-ce qui te fait croire ça ?

Peu importe, dit Mark. C'est rien. Il faut que j'y aille.

Reste déjeuner, dit Rhoda.

J'ai promis de rendre le bateau. Il faut que j'y retourne.

Tu fuis comme ton père, dit Irene. Pourquoi tu ne peux pas rester ? C'est rien qu'un déjeuner. Pourquoi les hommes de cette famille passent-ils leur temps à fuir ?

Je ne sais pas, dit Mark. Peut-être parce que tu nous fous les jetons ? Si je reste une minute de plus ici, je vais hurler. Je ne sais pas pourquoi, mais c'est comme ça. Désolé. Ne le prends pas personnellement. Il avait ouvert la porte, s'enfuyait.

Que je ne le prenne pas personnellement ? dit Irene.

À plus tard, dit Mark, puis il referma la porte derrière lui. Irene alla à la fenêtre et le regarda s'éloigner d'un pas rapide jusqu'à son pick-up et au bateau.

Elle sentit Rhoda dans son dos, ses bras autour d'elle. C'est rien, Maman.

Irene regarda partir la voiture de Mark. Elle ne comprenait pas ce qui venait de se passer. Je suis une mauvaise mère, finit-elle par dire.

Non, Maman.

Je ne crois pas que j'en avais conscience, jusqu'à présent, dit Irene.

Maman, c'est Mark, c'est tout.

Mais tu l'as dit toi-même, ça vient de moi. J'évite Karen. C'est vrai. Je ne l'aime pas. Je la trouve vraiment idiote. Et Mark le sait.

Rhoda la lâcha et poussa un soupir. Elle s'assit à la table. On devrait peut-être manger quelque chose.

D'accord, dit Irene, et elle alla chercher l'ouvre-boîtes, la main tremblant à peine, rien qu'un peu. Rien que Rhoda ne remarquerait. Elle ouvrit deux conserves de chili, les versa dans une casserole et alluma le feu. Puis elle resta devant, les yeux rivés sur la préparation qu'elle remuait de temps à autre à l'aide d'une cuillère. Le bruit de la gazinière. Elle ne voulait pas s'imaginer être une mauvaise mère. Pas cela, en plus du reste. Et si tout ce qui clochait avec Gary était en réalité de sa faute à elle ?

Je vais me marier, dit Rhoda.

Quoi ? Irene fit volte-face et Rhoda se leva de sa chaise.

Jim m'a demandé en mariage, dit Rhoda en montrant la bague à Irene.

Rhoda, dit Irene en l'attirant à elle pour l'étreindre. C'est merveilleux. Elle serrait Rhoda et ne voulait plus la lâcher. Le début de la fin pour Rhoda, sa vie offerte et gâchée pour un homme qui ne l'aimait pas. C'est ce qui lui arriverait, la répétition cruelle de la vie d'Irene, et que pouvait-elle bien dire en cet instant ? Mais Irene ne pouvait en être certaine. C'était bien ça, le truc. Peut-être que Jim aimait Rhoda, peut-être que leur mariage serait réussi, peut-être que Rhoda serait heureuse.

Bon, Maman, finit par dire Rhoda. J'ai besoin de respirer.

Désolée, dit Irene en la relâchant.

Je vais aller jeter un coup d'œil au chili, dit Rhoda en se détournant de sa mère pour tourner la cuillère dans la casserole avant de verser la préparation dans deux bols.

Irene était surprise par ses sentiments. Elle voulait être heureuse pour Rhoda, mais elle ne se sentait pas heureuse du tout. Et elle ne pouvait pas se permettre de le laisser transparaître. C'est merveilleux, dit-elle à nouveau tandis que Rhoda posait les deux bols sur la table.

Merci, Maman. Mais elle s'assit et mangea les yeux rivés sur son chili. Elle refusait de regarder sa mère. Irene ne lui cachait rien. Rhoda risquerait de s'en rendre compte.

Je suis désolée, dit Irene. C'est juste que je ne veux pas qu'il t'arrive ce qui m'est arrivé.

Mais qu'est-ce que tu racontes, Maman ?

Tu peux me regarder quand tu me parles ?

Rhoda leva les yeux. Bon sang, Maman.

Je suis désolée. Je ne m'entends avec personne, apparemment.

Eh bien, ça devrait te faire réfléchir.

Comment pourrais-je réfléchir à autre chose qu'à ça ? Tu es ma fille. Rhoda avait baissé les yeux une fois encore, Irene détestait cela. Je veux ton bonheur. C'est tout.

Tant mieux, dit Rhoda. Merci.

Ton père ne m'a jamais aimée.

Rhoda posa sa cuillère et releva les yeux, contrariée. Maman, dit-elle. On en a déjà parlé. Tu sais que ce n'est pas vrai. Papa t'a toujours aimée.

C'est bien ça, le truc, dit Irene. Il ne m'a jamais aimée. Il pense mériter quelqu'un de mieux. Il l'a admis, sous la tente. Il voulait que je le laisse tranquille. C'est ça, la vérité. J'étais là, facile, c'est arrivé et ç'aurait été trop compliqué de me larguer. Il préférerait vivre sans moi, mais il ne s'est jamais résolu à un tel effort.

Je ne t'écoute plus, dit Rhoda. Ce sont tes migraines qui parlent, et peut-être aussi ce projet idiot de cabane, l'idée de devoir vivre là-bas.

La douleur a tout éclairci, dit Irene. Je n'arrive pas à dormir et j'ai l'impression de ne plus pouvoir réfléchir, mais pour une raison étrange, j'y vois plus clair que je n'ai jamais vu. Irene se pencha en avant, les coudes sur la table. Elle se sentait excitée.

C'est vraiment flippant, Maman. Tu devrais t'écouter parler, franchement.

Rhoda, écoute bien ce que je te dis. C'est très important.

Maman. Rhoda la dévisageait, à présent. Il faut que tu arrêtes tout de suite. Écoute-toi. On dirait une vieille clocharde qui parle d'extra-terrestres, comme si tu détenais un secret, que tu avais tout deviné.

Une vieille clocharde ?

Je suis désolée, Maman. C'est juste que, quand tu parles, tu sembles avoir un peu disjoncté. Rien de ce que tu racontes sur Papa n'est vrai. Il t'aime. Il t'a toujours aimée.

Irene se leva. Elle tremblait. Elle attrapa son bol de chili et le jeta contre la fenêtre au-dessus de l'évier. Un bruit bien plus fort qu'elle n'avait imaginé lorsque le verre se brisa, mais ce n'était pas encore assez. Pas assez satisfaisant. Elle voulait abattre la maison tout entière. Il ne m'aime pas, dit-elle. Je le sais bien. C'est moi qui subis tout ça.

La vitre éclatée, une vue ouverte sur les arbres et la neige. Une lumière étrange, une notion floue de l'emplacement du soleil, ombre et lumière dépourvues de direction précise, la neige pareille à un miroir. Aucune notion de temps. Une journée qui pouvait se prolonger à l'infini.

Je ne me sens pas en sécurité, dit Rhoda. Je vais partir.

Vas-y, fuis comme les hommes, dit Irene.

Tu n'es pas juste, Maman.

Juste. C'est marrant, ça.

C'est ça, ton problème, Maman. Tu te laisses aller à l'auto-apitoiement. Et tu te bats à la déloyale. Tu jettes ton bol contre la fenêtre. Comment tu veux que je réagisse à ça ?

À t'entendre, je joue un rôle.

C'est pas le cas ?

Tu ferais mieux de t'arrêter là, Rhoda.

La voilà, la vérité, Maman. Rien ne cloche, chez toi. Ton mari t'aime. Ta famille t'aime. Et rien ne cloche au niveau de ta tête, non plus. Tu te fais flipper toute seule. Pourquoi tu fais ça ?

Tu ne me crois pas ?

Non, je ne te crois pas. Pas une seule seconde.

Irene se sentit alors envahie d'un calme étrange. Rhoda, debout devant elle, inquiète, condescendante, ne comprenant rien. Mais elle n'avait pourtant personne de plus proche au monde que sa fille. Elle fit un pas en avant et étreignit Rhoda, la serra contre elle. Je ne vais te le dire qu'une seule fois, murmura-t-elle. Je suis seule, à présent.

Maman.

Chut. Écoute-moi. Si tu ne te réveilles pas tout de suite, tu seras seule comme moi. Ta vie gâchée, il ne te restera rien. Et personne ne te comprendra. Et tu te sentiras tellement en colère que tu auras envie de faire bien pire que de jeter un bol contre une fenêtre.

Rhoda la repoussa. Mais putain, Maman.

C'est tout ce que je peux t'apporter. Rien que la vérité.

Tu me fais peur, Maman.

Eh bien, c'est peut-être que tu commences à comprendre.

TOUT SE LIGUAIT DÉSORMAIS CONTRE GARY. Irene, la météo, le temps. La vieille empotée avait apporté son arc, disait qu'elle avait envie de chasser. Des pointes de flèche aussi fines que des lames de rasoir, un arc à poulies à la puissance terrifiante, et elle semblait d'une humeur suffisamment sombre pour envisager de le retourner contre lui.

Le vent à nouveau plus froid, s'intensifiant. Une nouvelle dépression atmosphérique, pas même de pause depuis la dernière. Gary s'était attendu à une température plus clémente après la tempête récente. Une sorte d'été indien. Mais il semblait que l'automne serait court. Une autre journée en dessous de zéro.

Pas âme qui vive sur le lac immense. Le bateau alourdi par les boîtes de conserve, chargé jusqu'au plat-bord. Une barge progressant lentement à travers la blancheur, le ciel descendu sur terre.

La seule chose qui les retenait, un creux dans les flots, son poids théorique, une dépression à la surface. S'ils tanguaient d'un côté, l'eau se précipiterait pour combler le vide et ils couleraient à pic. Gary sentait le poids du bateau chargé à bloc, sentait son désir de couler. Le monde inanimé doté d'intentions, et Gary conscient de la fragilité de sa vie. À attendre, à espérer passer le cap en sécurité, il ne pouvait rien faire d'autre.

J'aurais pas dû nous charger autant, cria-t-il à Irene. On est lourds.

Irene se tourna pour le regarder un instant, sa présence plus hostile que jamais, puis elle reprit place vers l'avant.

Un passage lent, si lent que la volonté de Gary semblait la seule chose capable de les propulser, mais il parvint enfin à bifurquer vers le rivage. Il s'approcha en douceur, prit ses marques avec précaution, mais ils étaient trop lourds. Ils heurtèrent les rochers à quatre mètres de la berge et s'immobilisèrent.

C'est pas profond, dit Irene. Je vais sauter là.

Elle enjamba le plat-bord et s'enfonça jusqu'aux cuisses. Sans waders. Elle empoigna une caisse de boîtes de chili qu'il savait lourde et fit un pas vers le rivage, mais elle glissa et s'effondra. Lâcha les conserves, submergée jusqu'aux épaules, agita furieusement les bras. Se releva, dégoulinante, et ne dit pas un mot. Se contenta d'attraper une nouvelle caisse sur le bateau, avança et, cette fois, atteignit la rive. Trempée jusqu'aux os et certainement frigorifiée.

Gary ne savait pas quoi dire. Aucune phrase prudente ne lui venait en tête. Il mit le moteur en marche et tenta d'avancer en force, mais il se trouva coincé une fois encore. Il coupa donc le moteur et enjamba les sacs et les conserves jusqu'à la proue pour tendre une autre caisse à Irene, déjà de retour.

On va rentrer tout de suite après avoir déchargé, dit-il. Pour que tu puisses prendre un bain chaud et mettre des vêtements secs.

Elle semblait vieille, si vieille, le bout de ses cheveux humides, son visage humide. Elle empoigna la caisse de soupe enveloppée de plastique et fit demi-tour.

Gary passa les jambes par-dessus bord et entra dans l'eau, abasourdi par le froid. Attrapa une caisse et marcha d'un pas prudent sur les rochers glissants, arriva sans encombre au rivage en fissurant de fines plaques de glace sur son passage.

Si tu veux, tu peux faire le relais jusqu'à la tente et je ferai les allers-retours au bateau, dit-il.

Irene fit une courte une pause. D'accord, dit-elle.

Il aurait une cinquantaine de trajets à faire sur les rochers glissants. Pas d'embarcadère, pas de plage correcte, un détail qu'il avait sous-estimé en achetant le terrain. Un nouvel exemple de son manque d'anticipation. Mais ils ne feraient pas cela souvent. Un autre chargement complet leur permettrait de tenir jusqu'aux premières grandes gelées, puis il achèterait une motoneige d'occasion pour traverser le lac et véhiculerait ainsi leurs provisions. Avec une sorte de traîneau de transport. L'endroit tout entier en serait changé. Une immense plaine blanche, aucun bateau, et cela viendrait vite.

Gary s'imaginait marcher sur la glace lorsque l'île ne serait plus une île. L'air immobile, pas un bruit. Paisible.

Irene, disparue depuis longtemps. Partie changer de vêtements, il en était certain, et c'était une bonne idée. Cela leur éviterait peut-être de rentrer à la maison. Gary transporta d'autres caisses. Ses jambes engourdies, ses pieds ne sentant plus correctement les rochers.

Irene réapparut, vêtue d'habits secs.

Tu te sens mieux ? demanda Gary, sans obtenir de réponse. Irene ramassa une caisse de haricots et avança d'un pas prudent dans l'herbe et sous les aulnes. La neige tombait plus dru à présent, le monde disparaissait. Plus de montagnes et un lac rétréci. L'environnement se refermait sur eux, les laissant tous deux seuls avec leur tâche.

Allers-retours, pataugeant dans l'eau, les jambes de Gary réduites à l'état de moignons. Il déchargea toutes les caisses, les seaux de mastic tellement lourds. Puis il se hissa à bord et fut en mesure de pousser le bateau jusqu'au rivage.

Mission accomplie, dit-il à Irene pour essayer de détendre l'atmosphère, mais elle demeura indifférente. Elle attrapa une autre caisse et s'éloigna.

Gary finit de décharger, puis il aida à tout transporter jusqu'à la cabane. Irene y déposait les affaires au hasard.

Et si on planifiait un peu tout ça ? dit-il. Il faut qu'on organise les affaires. Mais elle ne répondit pas.

Très bien, dit-il en regardant autour de lui. Pas de place sous les tentes et il fallait que la cabane soit vide pour en terminer la construction. Aussi Gary empila-t-il les caisses contre le mur arrière. Les soupes et les haricots d'un côté, le chili et les légumes en conserve de l'autre. Les sacs entassés entre. Si un ours venait fouiner, ils auraient des problèmes mais la présence d'un ours semblait improbable dans le secteur. Ils étaient nombreux sur la terre ferme, mais il n'avait jamais entendu parler d'ours sur l'île.

Quand il eut fini, Irene était assise sur un rondin.

C'est tout ? demanda-t-il.

Ouais.

On devrait essayer d'installer quelques solives, dit Gary en regardant alentour, mais il vit que la lumière faiblissait déjà, le monde virait au bleu foncé. Comme en hiver. Il voyait sa respiration s'élever dans l'air. Ou c'est peut-être déjà un peu tard pour ça.

Je vais réchauffer un peu de soupe, dit Irene.

Merci. Il descendit jusqu'à la rive pour repêcher la caisse de chili qu'elle avait laissée tomber. Entra dans l'eau, glacé une fois encore, les vagues désormais hautes d'une trentaine de centimètres, l'eau d'un gris bleuté et opaque. Incapable de voir ses propres pieds, mais il avait apporté une pelle qu'il utilisa pour sonder le fond, il pouvait sentir le bout heurter les rochers en contrebas. Un pêcheur d'un genre nouveau, un chercheur, presque, arpentant les fonds marins pour y découvrir ce qui restait encore à dénicher. Et s'il pouvait aller plus profond encore ? Il suivrait cette pente rocheuse à cent lieues plus bas, vallée encaissée, il creuserait dans le calcaire, en ferait de grands tas pareils à du sable. Qui sait ce qu'il découvrirait alors ? L'Homme du Lac, l'appellerait-on, et il trouverait tout ce qui avait été oublié. Une enfance à côté d'une vieille chaussure, un moteur rouillé rempli des pensées d'un homme enfouies par un après-midi d'été. Il trouverait tout ce qui avait jamais été là. Il y a un truc, avec l'eau, dit-il à voix haute. Qu'y a-t-il donc avec l'eau ?

Gary traîna la pelle au fond du lac à la manière d'un râteau, comme un paysan soignant sa terre, à la recherche de la caisse, d'une forme rectangulaire plus molle que la roche. Il avança plus profond, atteignit une nouvelle rangée de rochers, évolua de biais, passant la zone au peigne fin pour la trouver enfin. Eurêka, dit-il. L'Homme du Lac retrouve toujours tout.

À l'aide de la pelle, il tira la caisse jusque dans les eaux moins profondes, où il parvint à plonger la main pour la récupérer. Il la porta jusqu'à Irene pour lui montrer.

J'ai retrouvé la caisse de chili, dit-il.

Irene ne leva même pas les yeux. Agenouillée devant le réchaud, le regard plongé dans la casserole de soupe. Le jour assombri, le visage d'Irene éclairé par la flamme.

Mais putain... dit-il. Tu vas me reparler un jour ou pas ?

Vaut mieux pas que tu entendes ce que j'ai à te dire.

Très bien. Tu as sûrement raison. J'en ai assez entendu, de tes conneries.

Gary entra sous la tente de fournitures pour dégager une place. S'accroupit à l'entrée et empila tout d'un côté. Puis, dans l'autre tente, il empoigna son sac de couchage et son oreiller. Je vais dormir dans la deuxième tente, dit-il.

Irene, comme un moine au-dessus de la soupe. Comme si le repas recelait quelque augure.

Gary retira ses chaussures humides, son pantalon et ses chaussettes, enfila des vêtements secs. Sentit ses pieds revenir à la vie dans un tiraillement. Je vais manger ma soupe tout de suite, dit-il. Je suis sûr qu'elle est assez chaude.

Irene versa donc la moitié de la casserole dans un bol en plastique, Gary attrapa une cuillère et retourna au bord de l'eau. Y trouva un rocher convenable et s'y assit pour regarder l'obscurité descendre sur l'eau. Plus de neige. Dans le lointain, sur la rive opposée, plus de limite franche entre l'eau et le ciel. Le bateau heurtait les vagues, crissait de temps à autre contre les rochers.

Il voulait vivre là. Il voulait y passer un hiver, voulait en faire l'expérience. Mais il comprenait qu'il ne s'agirait que d'un seul hiver. Au printemps, il quitterait cet endroit, il quitterait Irene. Il ne savait pas encore où il irait, ni ce qu'il ferait, mais il savait que le moment était venu de partir. Cette vie était terminée.

Irene était étendue seule sous la tente. Une nuit plus tranquille que d'habitude, pas de vent. Et elle essaya de s'imaginer en plein hiver. Ce n'était pas si compliqué, vraiment, après avoir vécu tant d'années au bord de ce lac. Si elle s'aventurait sur l'étendue gelée, elle y trouverait de petites failles dans la neige. Une fine poussière, de vagues crêtes soulevées à l'endroit où la glace avait craqué. Aucune autre empreinte de pas, aucune trace. Irene, la seule silhouette sur une immense étendue de blanc.

Au début de l'hiver, la température à moins vingt-cinq degrés. Les montagnes seraient blanches, comme le lac et le glacier. Seul le ciel arborerait une couleur nouvelle, un soleil hivernal pâle, un bleu pâle de milieu d'hiver. Le soleil évoluant de biais au-dessus des sommets, incapable de s'élever plus haut.

Irene porterait son arc, le bruit de ses pas l'unique bruit environnant. Le monde, préhistorique. Le vent soulevant la neige en tourbillons, comme du sable, petites dunes et crevasses. L'eau si proche, au-dessous.

Pour une raison étrange, Irene s'imaginait vêtue d'habits trop légers pour survivre au froid. Portant ce qu'elle avait porté dans la cabane, dont la construction serait alors achevée : un pull bleu, une fine parka, un pantalon de laine et des bottes, un bonnet de tricot blanc et gris. Pas de gants. Sa main portant l'arc, glacée. Elle avancerait vers le glacier, vers les montagnes, s'éloignerait de l'île. Marcherait d'un pas lent. Puis elle s'arrêterait et regarderait alentour.

Aucun bruit hormis ses pas. Pas de vent, pas de ressac, pas d'oiseau, pas d'autre humain. Le monde étincelant. Le bruit de son cœur, le bruit de sa respiration, le bruit de son propre sang battant dans ses tempes, les seuls qu'elle entendrait. Si elle parvenait à les faire cesser, elle entendrait le monde.

Sous elle, l'eau se mouvait, elle devait bien produire un son. Un courant noir sous la glace, pas de surface à briser, pas de vaguelettes, mais cela devait tout de même produire un son. Des eaux profondes, des couches et des courants, et quand une couche avançait sur une autre, cela devait être audible, un déchirement de l'eau contre l'eau. Et au fil du temps, les changements de ces courants, les mutations, le lac évoluant d'un instant à l'autre. Tout cela devait être enregistré d'une manière ou d'une autre.

Irene s'imaginait continuer sur la fine couche de glace, l'arc dans sa main gauche, réchauffant son autre main dans sa poche. Continuant par-dessus de légères dunes de neige, s'arrêtant sur une zone parsemée de larges flocons. Des cristaux distincts de la taille d'un ongle, leurs branches visibles à l'œil nu, tombés au sol à angles variables, fins comme des rasoirs. Ils paraissaient artificiels, décoratifs, trop gros et trop distincts pour être vrais. Elle s'accroupirait pour les regarder de plus près, elle toucherait un flocon, écarterait la neige de la main pour révéler le noir du lac sous la surface, la couleur de la glace au-delà des profondeurs. Un tourbillon de lumière. Aucun moyen de regarder à l'intérieur, la surface transparente mais si sombre qu'elle en demeurait opaque.

Le froid s'intensifierait. Pas habillée pour les circonstances, pas préparée. Ses jambes et son dos gelés. Elle frissonnerait bientôt. Le soleil si étincelant et ne dégageant aucune chaleur.

Gary, dirait-elle. Et elle s'interromprait. Ce grand lac si plat, rien que les vaguelettes de neige. Elle regarderait les rives lointaines, effectuerait un cercle lent, tenterait de tout englober en même temps, toute son immensité.

Elle avancerait alors vers la berge la plus proche en recherchant la couverture des arbres. Les distances trompeuses, allongées. Au bord du lac, la glace tout en ruptures et monuments, ses pics couverts de neige, montagnes d'une échelle différente. Devenue géante, elle enjamberait une crête, la glace lisse sous ses bottes, puis les rochers, les gros galets, la plage. D'un bon pas jusqu'aux arbres, refuges des oiseaux hivernaux : tétras du Canada, lagopèdes des saules ou à queue blanche. Elle avait déjà vu des petites colonies de sizerins se nourrir par des températures bien inférieures à celle-ci.

Aucune piste ici. Elle enjamberait des branches mortes, avancerait à travers des zones nues où poussaient des aulnes épais, nourriture pour les lagopèdes, jusqu'aux troncs blancs et hauts des bouleaux, aux épicéas persistants, grands et fins, leurs branches tordues selon de curieux angles.

Irene chercherait des signes de vie animale, ne verrait ni n'entendrait rien. Le bruit de ses pas craquerait sous elle. La forêt ne la dissimulerait pas, ouverte au ciel, trop nue, trop rabougrie pour lui apporter une couverture décente. À travers dépressions de terrain et rigoles, plateaux et crevasses, elle avancerait dans la végétation plus dense jusqu'à un buisson de bois piquant, ses branches épineuses dressées dans la forêt lui arriveraient presque jusqu'aux épaules. Elle hurlerait, sa main gauche empalée sur les épines. Une canne tordue, une tête noueuse de bois piquant. Elle verrait soudain qu'il y en aurait bien davantage. Un fourré entier qui l'obligerait à faire marche arrière, à contourner la dépression, à trouver un chemin plus en hauteur.

Elle arriverait à un bosquet de bouleaux, une progression plus facile, plus d'espace entre les troncs, une avancée plus efficace, la neige moins profonde. Une côte, enfin, les flancs de la montagne, traînant son arc derrière elle. L'air froid lourd dans ses poumons. En atteignant une petite colline, elle apercevrait la montagne là-haut, blanche au-dessus de la cime des arbres, vieille et usée. Elle grimperait jusqu'au sommet. Plusieurs kilomètres, et elle n'avait jamais fait cela en hiver, mais cela ne lui semblait pas si difficile. Comme si elle pouvait être portée vers le haut, comme si elle pouvait flotter au-dessus du sol. Seul son arc la retenait à terre, lestée par son poids, alors elle le lâcherait, ne le regarderait pas tomber, ne regarderait pas en arrière, monterait plus vite avec une urgence inédite en s'agrippant aux petites branches.

Irene se sentirait prise de vertige, étourdie, l'ascension comme une transe, observant la neige devant elle, toujours parfaite, les petites dépressions autour de chaque tronc, tous les contours soulignés, le monde surligné et adouci.

Plus rien après cela. Irene perdit le fil de sa vision. Ne se vit plus, ne vit plus l'hiver. Elle était de retour sous la tente, seule, à penser que le monde était impossible tel qu'il était. Trop plat, trop vide.

Irene se recroquevilla sur le flanc dans son sac de couchage, elle attendit le sommeil qui ne vint pas. La nuit comme une étendue. Des heures à se concentrer sur sa respiration, à compter les expirations, à essayer de glisser. Puis à se tourner sur le ventre, les genoux engourdis par la position fœtale.

Au petit matin, le vent se leva. Encore noir, dehors. Elle resta étendue sur le dos. Elle ne cherchait plus le sommeil. Laissait juste la douleur lui marteler le crâne, s'y laissait flotter, sentait les larmes couler de ses yeux mais n'y attachait aucune émotion particulière. Une sensation globale de tristesse, ou de désespoir, de vide, mais pas ce qu'on pourrait appeler un sentiment. Trop fatiguée pour cela. Attendre que la lumière soit, que la journée commence pour pouvoir enfin se lever et s'activer. Faire quelque chose pour passer le temps.

Elle referma les yeux et, quand elle les rouvrit après des heures d'insomnie, le nylon bleu de la tente était tout juste visible, c'était donc le début de la journée. Une autre demi-heure d'attente et il fit assez jour pour qu'elle se lève et s'habille.

Journée froide et couverte quand Irene émergea de la tente. Elle avança jusqu'à la cabane, regarda le paysage par l'ouverture de la fenêtre, frissonna dans le vent. Il fallait qu'elle commence à travailler pour se réchauffer.

Elle marcha jusqu'à la tente de Gary. Debout, cria-t-elle. Gary. C'est l'heure de se mettre au boulot. J'ai froid. Il faut que je commence à m'activer.

OK, finit-il par répondre. Elle enviait son sommeil. Pouvoir se réveiller au début d'une journée, séparée de la précédente. Pour

Irene, la vie entière n'était plus qu'une longue journée. Elle se demanda combien de temps elle pourrait survivre ainsi. Quand on ne dort jamais, arrive-t-il un moment où l'on meurt ? Ou bien le fait de rester allongé des heures durant à se reposer, les yeux fermés, compte-t-il comme un sommeil paradoxal, quelque chose qui peut durer indéfiniment, pendant des années ?

Gary sortit de la tente, chaussures délacées, veste ouverte et tête nue. Sa chevelure presque entièrement grise. Il fit quelques pas chancelants et pissa en lui tournant le dos. Ce qui lui rappela les toilettes extérieures. Ils devaient encore construire les toilettes. Plus besoin de s'accroupir derrière les buissons dans la neige.

Gary se secoua et referma sa braguette, il recula, laça ses chaussures et attrapa son bonnet dans la tente. Fait froid, dit-il. Le vent se lève.

Ouais, dit-elle. C'est moi qui scie l'extrémité des solives. Il faut que je bouge pour me réchauffer.

OK. Et pour le petit déjeuner ?

On le prendra plus tard.

OK.

Ils avancèrent jusqu'à la pile de tasseaux et en rapportèrent un à la cabane, le firent passer par la porte arrière et grimpèrent sur les escabeaux. Gary, le long du mur arrière, tenait la solive au-dessus de sa tête et marquait la ligne de coupe au crayon de papier.

Puis Irene s'affaira avec la scie, sentant son torse se réchauffer. En d'autres circonstances, elle aurait aimé construire une cabane. Une bonne distraction, un sentiment d'accomplissement. L'extrémité tomba et ils hissèrent la solive pour vérifier les mesures.

C'est plutôt bien, finit par dire Gary. Ça ira comme ça. On peut couper les autres selon le même angle.

Irene s'efforça de travailler sans penser à autre chose. La scie qui dévorait le bois, la façon dont le bois s'accrochait à ses dents, les bloquait, cahin-caha, et elle repensait à l'hiver, se demandait ce qu'elle avait vu. Cela avait-il une signification ? Prononcer son nom à haute voix, debout sur la glace à regarder autour d'elle. Ou écarter la neige et voir la glace noire, ou s'écorcher à un buisson de bois piquant, toutes ces épines. Ce n'était pas un rêve. C'était une vision éveillée, et elle avait senti la piqûre des épines, avait vu les branches tordues des buissons autour d'elle. Elle portait son arc. Était-elle en train de chasser ? Comment peut-on ne pas comprendre nos propres visions, nos propres rêves éveillés ?

Gary disait quelque chose. Irene essaya de revenir, de se concentrer. Quoi ? demanda-t-elle.

J'ai dit qu'on n'allait pas pouvoir faire rentrer les deux extrémités. Ou peut-être que si. Laisse-moi réfléchir.

Irene arrêta de scier. Attendit. Baissa les yeux vers les copeaux de bois dans la neige. Ses orteils frigorifiés, ses genoux frigorifiés sur le sol. Elle s'accroupit, mais la position était instable pour scier, alors elle s'agenouilla à nouveau.

Je ne réfléchis pas bien, dit-il. Il faut que je mange. On devrait prendre notre petit déjeuner avant de commencer.

La faute d'Irene si Gary ne parvenait plus à penser. Rien de neuf. Elle alla jusqu'au réchaud et posa la bouilloire sur le feu. De l'eau chaude pour un porridge et un chocolat chaud ou un thé. Aucun d'eux ne buvait de café. Pendant toutes ces années, leur style de vie atypique avait été agréable. Pas de télé. Pas d'internet. Pas de téléphone. Rien que le lac, la forêt, leur maison, leurs enfants, le travail et les courses en ville. Ça n'avait pas été une mauvaise existence en surface. Cela dégageait quelque chose d'élémentaire. Quelque chose qui aurait pu être authentique si cela n'avait pas été une simple distraction pour Gary, une sorte de mensonge. S'il avait été sincère, toute leur vie aurait pu être sincère.

Gary sous sa tente, se reposant ou se réchauffant tandis qu'Irene attendait que l'eau bouille. Elle se demanda si elle saurait se montrer plus conciliante, lui pardonner tout, laisser couler. Accepter ce que sa vie avait été. Il y avait quelque chose de rassurant dans tout cela. Mais au final, on ressent ce qu'on ressent. On n'a pas le choix. On n'a pas l'occasion de se remodeler depuis le début. On ne peut pas redonner à sa vie une autre forme que ce qu'elle a été.

L'eau se mit à bouillir, enfin, et Gary sortit pour manger son porridge et boire son chocolat, il s'assit à l'entrée, une place pour une seule personne. Irene mangea donc sa portion accroupie devant le réchaud, pensant qu'on ne pouvait vraiment pas redonner à sa vie une autre forme. C'était bien là le problème. Cette évidence arrivait trop tard, et quand elle arrivait enfin, elle était inutile. Les choix avaient déjà été faits.

Ça y est, je sais comment on peut faire, dit Gary. Il me fallait juste un peu de nourriture dans le ventre. On va couper une extrémité en angle pour les poutres d'extension, puis on les maintiendra en place et on tracera une ligne pour marquer l'endroit où fixer la jointure. Ça devrait marcher.

Ça m'a l'air bien, dit Irene. Elle n'avait pas écouté et elle s'en fichait. Elle se remit à scier, l'épaule de plus en plus douloureuse.

Gary fit une pause, pour échafauder ses plans tandis qu'elle travaillait, ou simplement pour rêver éveillé. Alors elle s'interrompit. Tu peux finir, dit-elle avant de marcher jusqu'à la tente où elle s'allongea, prise de vertige. La douleur plus aiguë que jamais, comme si quelqu'un lui sciait l'intérieur du crâne, mais elle s'en préoccupait peu. C'était là. La douleur était devenue comme une respiration. Rien de très pratique, dans la respiration, mais on continue pourtant à le faire.

Elle entendait Gary qui travaillait plus vite mais coinçait plus souvent la lame. Impatient. Voulant monter le toit au plus tôt. Mais Irene savait bien que la tente serait toujours plus confortable que la cabane et elle n'était pas pressée de la voir terminée.

C'est bon, Irene, cria Gary. Je suis prêt à mesurer les extensions.

Dans un premier temps, Irene ne bougea pas. Se lever lui semblait trop difficile.

Allez, dit Gary. On pourra installer toutes les solives dans la journée et peut-être même monter le toit.

OK, dit Irene. Elle rampa hors de son sac de couchage, enfila ses bottes et sortit. Une journée de travail idéale, vraiment. Froide et couverte, mais pas oppressante, pas trop ventée. Elle marcha jusqu'à la pile de solives et regarda son mari. Le visage d'un étranger. Aucune gentillesse.

J'y vais en premier, dit-il. Tu restes contre le mur.

OK, dit-elle. Elle lui emboîta le pas en portant une extrémité de la poutre. Grimpa sur l'escabeau, tint son extrémité aussi haut que possible.

Fais attention à être bien alignée avec le haut du mur, dit-il.

C'est là. Fais une marque.

C'est ce que je suis en train de faire, dit-il.

Ils reposèrent la solive et il cloua les deux pièces de bois ensemble. De grands coups de marteau, bruyants.

Ils levèrent l'ensemble et Gary en cloua l'extrémité au mur de rondins. Eh merde, dit-il. Je ne sais pas comment faire.

Irene aperçut le clou s'enfonçant de travers à la base, un autre à un mauvais angle sur le côté. Il faut peut-être des équerres, dit-elle.

Ouais. Je m'en rends compte, maintenant. Mais je n'ai pas d'équerres et il n'y a pas de magasin sur l'île. Eh merde.

Elle maintint son extrémité en l'air tandis qu'il enfonçait quatre clous de travers.

Une longue matinée et un long après-midi avec les solives, Gary de plus en plus frustré et furieux. Le bonnet retiré, la veste ouverte dans la chaleur de l'épuisement, les cheveux en bataille et dressés en tous sens dans la brise. Se frappa le pouce, craqua une extrémité de solive, jeta son marteau au sol, passa la journée en une succession de petites crises de rage. Lui dit de maintenir cette putain de poutre correctement.

Mais les solives finirent par être en place, inclinées en pente douce depuis le mur arrière. Gary, debout sur l'escabeau au milieu de la plateforme, se hissa sur l'une des poutres pour en tester la solidité. Ça tiendra, dit-il. Installons le toit avant la tombée de la nuit.

Irene n'avait pas décroché un mot depuis des heures. Ils attrapèrent une plaque d'aluminium, la posèrent contre le mur avant de la cabane. Déplacèrent les escabeaux et installèrent la plaque.

C'est pas tout à fait assez long, dit Gary. C'est pour ça que j'ai apporté des morceaux plus petits. Pour qu'on puisse les faire dépasser un peu. Ça permettra d'éviter que la pluie ruisselle sur les murs.

Irene fit ce qu'on lui demandait, elle maintint les plaques pendant qu'il passait à l'intérieur pour les fixer. Va falloir que je rajoute un peu de mastic dans les trous des clous, dit-il. Irene comprit donc qu'il pleuvrait sur leurs têtes, sans doute pendant tout l'hiver. Pas de lit, rien que leurs sacs de couchage où s'étaleraient de larges taches mouillées à cause des fuites. Ou peut-être dormiraient-ils sous une bâche en plastique, les bords du contreplaqué trempés et boueux, son oreiller à même le sol. C'était à cela qu'il fallait s'attendre, elle le savait.

Allez, on attrape une autre plaque, dit-il. Déjà le soir, plus qu'une heure de lumière à peine, ils faisaient la course contre l'obscurité. Pas de déjeuner. Rien qu'un porridge au petit déjeuner. Irene était prise de vertiges, elle se sentait faible, comme si elle risquait de s'élever au-dessus du sol, de flotter juste au-dessous de la cime des arbres. Elle maintint une autre plaque tandis qu'il clouait, puis une autre, l'aluminium glacé. Elle ne portait que des gants en tissu fin. La température avait chuté, quelque part en dessous de zéro. Elle frissonnait, à présent.

Tandis qu'ils hissaient la dernière plaque, Gary se montra fébrile, la fin en ligne de mire. Elle tint bon tandis qu'il passait en dessous pour clouer. Sa tête apparaissait entre les solives, un bras passé autour du bois pour clouer par-dessus.

Plus que la dernière rangée, dit-il. On va avoir un toit au-dessus de notre tête cette nuit.

Il fait déjà noir, dit-elle.

On terminera à la lampe torche.

Irene sortit donc les lampes de la tente. Il nous faudrait des lampes frontales, dit Gary. Tu aurais dû acheter des lampes frontales. Et celles-ci sont de mauvaise qualité. On aura de la chance si elles durent un peu. Irene à nouveau dans son tort. S'ils n'avaient pas monté le toit d'ici la nuit, ce serait sa faute.

Irene transporta son escabeau jusqu'au mur arrière, essayant de le caler fermement pour ne pas vaciller. Elle monta et Gary lui tendit une plaque. Les plus petites étaient beaucoup plus légères mais difficiles à hisser au-dessus de sa tête. Elle avait sommeil, faim et froid, une douleur lancinante à la tête. Elle poussa vers le haut, mais elle n'était pas assez grande pour que la plaque repose sur le toit. Elle pointait simplement vers le ciel.

Eh merde, dit Gary. Laisse tomber.

Elle lâcha la plaque dans un petit buisson d'aulnes.

Je vais devoir le faire moi-même. Rapporte ton escabeau à l'avant.

Irene fit le tour de la cabane et aida à soulever la plaque sur le toit, puis elle la maintint en place tandis que Gary rentrait. La tête visible entre les solives, il empoigna l'aluminium et le fit glisser vers le haut. Putain de lampe, dit-il. Il nous fallait des lampes frontales. Je peux pas tenir la plaque, le clou, le marteau et la lampe en même temps. J'ai pas quatre mains, putain.

Je vais tenir la lampe, dit Irene. Et si on trouve un bâton, je pourrai peut-être empêcher la plaque de glisser.

Très bien, dit Gary. Mais dépêche-toi. Je vais pas tenir comme ça toute ma vie.

Irene chercha un bâton dans le tas de bois, essaya de se dépêcher mais ne trouva rien. Sentit la panique l'envahir. Gary qui attendait.

Attrape la gaffe du bateau, cria-t-il. Va au bateau. Putain, je vais pas tenir longtemps.

Elle marcha aussi vite qu'elle put jusqu'au bateau, courut lorsque c'était possible, le faisceau de sa lampe tressautant sur l'herbe et la neige. Le bateau crissait et tanguait dans les vaguelettes. Elle enjamba le plat-bord, le faisceau étincelant sur l'aluminium, trouva la gaffe et se précipita vers la cabane.

Voilà, cria-t-elle. Elle l'utilisa pour pousser la base de la plaque. De l'autre main, elle tenait la lampe, craignant de tomber, debout sur la dernière marche de l'escabeau.

Bien, dit Gary. Il ajusta la plaque. Tiens-la comme ça et garde le faisceau de la lampe dessus.

Gary fixa la plaque le long de la solive, puis demanda la suivante.

Je vais avoir besoin d'aide pour la hisser sur le toit, dit Irene.

Très bien, dit Gary, qui contourna la cabane et la mit lui-même en place. Tiens-la, maintenant.

Il revint à l'intérieur pour clouer et ils installèrent encore deux plaques dans l'obscurité totale, le faisceau scintillant sur l'aluminium, le toit pareil à un panneau réfléchissant. Ils auraient tout aussi bien pu construire un vaisseau spatial, pensa Irene, un engin prévu pour s'élever dans la nuit et les emmener loin de ce monde. Chose étrange qu'ils bâtissaient là. Un homme et son esclave, construisant sa machine.

Gary souleva la dernière plaque et fit le tour pour passer sous le toit, mais il n'était pas certain de la démarche à suivre. Celle-ci ferme le tout, dit-il. Je peux pas passer le bras à l'extérieur pour la clouer. J'aurais pas dû installer les tasseaux pour bloquer l'interstice sur le côté. Tiens bon, attends une minute.

Gary déplaça son escabeau à l'extérieur, contre le mur arrière, puis contre le mur latéral. Eh merde, dit-il. Pas assez grand. Le sol est trop bas.

La faute du sol, pensa Irene. S'ils avaient eu un meilleur sol, il aurait été capable de s'élever au niveau voulu. Elle tenait la gaffe et la lampe torche, s'efforçait de garder son équilibre sur l'escabeau. C'était son rôle dans ce cirque.

Gary émit un grognement-cri de frustration. Aucune anticipation, jamais, de toute sa vie. Il s'élançait tête baissée contre les obstacles, les uns après les autres, et rejetait la faute sur le monde et sur Irene.

Putain, dit-il. Je vais être obligé de grimper sur ce putain de toit. Je peux pas faire autrement.

Irene ne dit rien. Se contenta d'exécuter sa tâche.

Gary rapprocha son escabeau du sien et poussa un autre cri de frustration. Je peux m'accrocher à rien, dit-il. Il remporta son escabeau à l'intérieur. Donne-moi un peu d'espace, dit-il. Déplace la plaque.

Irene laissa glisser l'aluminium vers elle.

Encore, dit-il, et elle le descendit davantage, puis elle aperçut ses mains sur la solive. Il se hissa et passa une jambe sur le toit. Grognant, lançant sa jambe plus haut encore, appuyant de toutes ses forces du talon pour tenter de faire levier. Il monta en biais et parvint à ses fins.

J'ai besoin du marteau, dit-il. Il est à l'intérieur.

Mais, et la plaque ?

Je vais la tenir. Va chercher le marteau.

Irene descendit, contourna la cabane à la hâte, lui tendit le marteau et retourna à son poste. Gary fit glisser la plaque en place, elle la maintint à l'aide de la gaffe et il la cloua.

Bon, dit-il. On a un toit. Il regarda autour de lui. Je sais pas trop comment descendre, dit-il.

Je vais me décaler, dit Irene en descendant de l'escabeau.

J'ai rien où me raccrocher, dit-il. Mais avec la pente, je devrais pouvoir me suspendre à l'arrière. Fais le tour avec la lampe. Il faut qu'on trouve un endroit sûr où je puisse atterrir.

Irene courut autour de la cabane en dirigeant la lampe le long du mur arrière, elle déplaça un tas de sacs poubelle, leurs provisions, trouva un tapis de mousse qui semblait moelleux. Ça m'a l'air bien, dit-elle. Un peu de mousse.

OK, garde le faisceau dessus. Il s'agrippa au mur arrière, se laissa tomber sur quelques centimètres, sans encombre.

Allez, on colmate la fenêtre, dit-il, pour que le vent n'entre pas. On peut laisser la porte arrière comme ça, pour l'instant.

On passe la nuit ici ?

Ouais, bien sûr.

Avec tous les trous ? Le vent et la neige vont entrer, non ?

C'est pas parfait.

Pourquoi ne pas utiliser les tentes pour la nuit ?

Pourquoi t'es comme ça ?

Comme quoi ?

Me braque pas la lampe sur le visage, dit-il en l'écartant d'une claque. Et fais pas comme si tu ne savais pas.

Je t'aide, dit-elle. Je t'ai aidé toute la journée, et même la nuit.

Tu m'aides, mais tu me fais comprendre aussi ce que tu penses de moi, chaque jour un peu plus, comment j'ai détruit ta vie, comment je t'ai écartée de tout le monde. Alors le moment est peut-être venu que je te dise, moi aussi, ce que je pense de toi.

Arrête, Gary. Ne fais pas ça.

Si. Je vais te faire subir ce que tu me fais subir.

Gary, je fais tout mon possible. Je construis ta cabane dans le noir. Je n'ai rien mangé depuis le porridge de ce matin.

Ma cabane, dit Gary. Tu vois ? C'est ce que je cherche à te dire. Toute notre vie, c'est ma putain de faute. C'est jamais à cause de tes propres choix. C'est pas ta faute si tu n'as pas d'amis. Tu es asociale. C'est pour ça que tu n'as pas d'amis.

Arrête, Gary. Je t'en prie.

Non, je crois que ça me plaît bien. Je crois que je vais mordre là-dedans à pleines dents.

Irene se mit à pleurer. Malgré elle et sans qu'elle puisse rien y faire.

Pleure toutes les larmes de ton corps, putain. Si c'était pas pour toi, je serais déjà parti d'ici depuis longtemps. Je serais peut-être enfin devenu prof. Mais tu voulais des gosses et il a fallu que je gagne des sous pour faire vivre les gosses, que je construise toujours plus de pièces dans la maison. Je me suis retrouvé piégé dans une vie qui ne me ressemblait pas. À construire des bateaux, à pêcher. Je bossais sur une thèse. Une *thèse*. C'est ce que j'étais censé faire.

L'injustice de la situation était de trop pour Irene. Elle n'arrivait plus à parler. Elle s'agenouilla à terre et pleura.

Le malheur des uns fait parfois celui des autres, dit-il. Et toi, tout ce que tu cherchais à faire, c'était à m'entraîner dans ta chute. T'es qu'une vieille salope hargneuse. Tu ne dis rien mais tu n'en penses pas moins, tu passes ton temps à juger. Gary ne sait pas ce qu'il fait. Gary n'a rien planifié, rien anticipé. Toujours un brin de jugement. Rien qu'une vieille salope hargneuse.

Tu es un monstre, dit-elle.

Tu vois ? C'est moi, le monstre. C'est moi, le putain de monstre.

Le téléphone satellite fut livré par UPS dans l'après-midi. Une boîte en plastique jaune rembourrée, étanche, le téléphone logé à l'intérieur, protégé par de la mousse. Des cordons d'alimentation pour courant alternatif et continu, un sachet d'adaptateurs pour toutes les prises du monde. Le genre d'objet que seul Jim pouvait se payer. Une journée calme au travail, alors Rhoda s'installa à son bureau et lut les instructions, brancha le téléphone pour le charger. Elle avait déjà acheté deux batteries de voiturette de golf pour que sa mère puisse recharger l'appareil grâce au cordon de courant continu.

À 17 heures, elle remballa tout et rentra chez elle. Un kit complet de préparation au mariage envoyé par un hôtel de Kauai était arrivé au courrier le jour même, elle avait hâte de l'ouvrir. Elle et Jim s'assiéraient sur le canapé et éplucheraient tout.

Mais à son arrivée, Jim s'était déjà mis à sa musculation et courait sur le tapis.

Coucou, dit-il entre deux halètements. Il parlait différemment, à présent, avec une voix haut perchée. Coucou et Carrément, ouais. Elle ne comprenait pas ce qui se passait. Il avait une nouvelle secrétaire qui parlait ainsi, alors cela déteignait peut-être sur lui.

Rhoda posa la boîte du téléphone sur le bar avec le kit de mariage. Autant commencer à préparer le dîner. Ses séances de musculation devenaient de plus en plus longues. Il y passait au moins une heure et demie désormais, chaque jour, puis il fallait qu'il prenne une douche. Dîner et couché tôt. Ils étaient dans la même pièce, mais il n'aimait pas parler pendant l'effort et il écoutait son iPod, de toute façon.

Rhoda ouvrit le frigo et se demanda quelle part de Jim elle s'apprêtait à épouser, exactement. Quel pourcentage. Dix pour cent de son attention, un plus grand pourcentage de son affection, quatre-vingt-dix pour cent de ses besoins quotidiens, de ses courses, un certain pourcentage de son corps, un petit pourcentage de son histoire. Elle se demanda pour quoi elle s'apprêtait à signer. La moitié de son argent. Elle n'aimait pas y penser ainsi. Ils étaient censés unir leurs vies. Ils étaient censés s'asseoir ensemble dans le canapé en cet instant pour regarder le coucher du soleil et les prospectus de l'hôtel.

Saumon, flétan, caribou, poulet. Rien ne la tentait. Elle n'avait pas envie de cuisiner. Elle ferma le frigo et s'approcha de Jim. Elle attendit qu'il retire ses écouteurs. Il avait une sale tête, flasque et en sueur. Je vais commander une pizza, dit-elle. J'ai pas envie de faire la cuisine.

Il haletait avec force. Une pizza, je sais pas trop… dit-il. Tout ce fromage. C'est pas bon pour mon bourrelin.

Il s'était mis à surnommer son ventre le bourrelin et il s'était mis au régime. Ni alcool, ni dessert, ni produits laitiers.

J'ai envie d'une pizza, dit-elle.

Qu'est-ce que tu dirais d'une grosse salade ? Tu peux pas nous préparer une grosse salade, ma chérie ?

Arrête de m'appeler ta chérie. Qu'est-ce qui t'est arrivé, putain ? Qui es-tu ?

Rhoda. Qu'est-ce qui ne va pas ? Il faut peut-être que tu fasses plus d'exercice, toi aussi. Tous les jours. Tu te sentiras mieux.

Rhoda baissa les yeux vers son propre ventre. Elle était encore mince. Elle faisait du footing trois fois par semaine et c'était suffisant. Son footing ne comptait donc pas comme de l'exercice ? Je vais très bien, dit-elle. J'ai pas besoin d'en faire davantage.

Je ne dis pas ça par rapport à ton poids. Je dis juste que tu pourrais te sentir mieux.

Cette conversation est idiote, dit Rhoda. Ça suffit. Je veux parler d'autre chose. Le téléphone satellite est arrivé et il faut que je l'apporte à ma mère. Et le kit de préparation du mariage est arrivé aussi, alors il faut qu'on le regarde ce soir.

Ce soir ? Je sais pas trop, ma chérie. Peut-être ce week-end, quand on aura plus de temps.

Rhoda se sentit soudain si furieuse qu'elle ne sut quoi répondre. Elle ne voulait rien dire de mal. C'était censé être un moment heureux, la préparation de leur mariage et de leur lune de miel. Elle se contenta d'acquiescer et de s'éloigner, retour au frigo. Ils avaient de la laitue et des tomates, un avocat pas assez mûr, du saumon fumé, bien sûr, qu'elle pouvait ajouter au passage. Des pignons de pin. Assez pour une salade. Un reste de concombre. Très bien, ils mangeraient une salade. Pas besoin de la faire sur-le-champ. Il lui faudrait au moins une heure et demie pour finir de se préparer.

Rhoda alla jusqu'à la chambre, elle fit couler un bain et se déshabilla. S'allongea nue sur le lit et attendit que la baignoire se remplisse. Avait un peu froid mais s'en fichait. Regardait le plafond. Rien ne fonctionnait comme elle l'avait prévu, et elle ne parvenait même pas à y réfléchir, de toute façon, parce qu'elle pensait sans cesse à sa mère. Sa mère lui déclarant qu'elle voulait faire bien pire que de jeter un bol contre une fenêtre. Elle pensait ce qu'elle disait. Rhoda le savait. Détruire, voilà ce qu'elle voulait. Comment en était-elle arrivée là ?

Rhoda soupira et alla s'asseoir dans l'eau, bien que la baignoire ne fût pas encore pleine. Ajouta du bain moussant. Comme un des chiens au cabinet, à attendre qu'on le frotte. Elle enlaça ses genoux et y posa la tête. Essaya de se concentrer sur sa respiration, d'arrêter de réfléchir, l'eau chaude qui montait peu à peu.

Quand le bain fut prêt, elle tourna le robinet et s'allongea, ferma les yeux. Respira le parfum de poire et de vanille, le bain moussant, trop fort. Son corps long, mince et léger dans l'eau. Elle imagina un mariage sous-marin, pour s'amuser. Tous les convives arborant un équipement de plongée et des ceintures de plomb pour les lester au fond de l'océan. Le sable beige avançant en vaguelettes, une arche de mariage blanche ancrée au sol. Une barrière de corail en arrière-fond tandis qu'elle tiendrait les mains de Jim, regardant son visage coincé dans un masque, un détenteur dans la bouche, ses lèvres rose pâle. Les invités dispersés sur le sable pour les regarder, les robes des femmes créant de grands ballons colorés dans le courant, le récif corallien, les poissons nageant à proximité. Un poisson-perroquet jaune et turquoise passant entre les jambes de Rhoda.

Rhoda sourit. Si seulement un rêve à peine formé pouvait devenir réalité. Sans préparation. Elle opterait pour telle cérémonie et, comme par magie, elle l'obtiendrait. Elle n'aimait pas attendre.

Rhoda somnola, puis se réveilla en sursaut, incertaine de savoir où elle se trouvait. La douche qui coulait, Jim avait terminé sa séance de musculation. L'eau du bain à présent refroidie. Elle se leva et se sécha, s'habilla, alla jusqu'à la cuisine. Se sentit ramollie en préparant la salade, la nourriture ne suscitant aucun intérêt à ses yeux. Plus d'une semaine qu'ils n'avaient pas fait l'amour, une très longue période pour eux. Elle se demanda ce qui clochait.

Jim sortit à l'instant où elle posait le saladier et les assiettes sur la table.

Sensass, dit-il. Encore une de ses nouvelles expressions guillerettes.

Panacotta, dit-elle.

Hein ?

Je trouve juste que panacotta sonne bien avec sensass.

Hmm, fit Jim. Il se servit un peu de salade. Leva les couverts trop haut. Fit un arc de cercle à chacun de ses mouvements. Comme s'il jouait un rôle.

Je suis inquiète pour ma mère, dit-elle.

Ouais.

Il faut que je lui apporte ce téléphone tout de suite. Il faut que je puisse lui parler.

Jim mâcha une grande bouchée de laitue. Les yeux rivés dehors vers la terrasse illuminée, pas vers Rhoda. Il termina sa bouchée et engloutit un demi-verre d'eau. J'ai soif, dit-il. Après la muscu.

Je m'inquiète vraiment pour elle.

Jim empala une autre feuille de salade, mais il fit une pause pour lui jeter un coup d'œil. La prochaine fois qu'ils rentrent, dit-il. Tu pourras l'apporter chez eux.

Non. Il faut que je lui parle maintenant.

Jim enfourna la salade dans sa bouche. Scruta son assiette en mâchant. Puis avala le reste de son eau. Je peux avoir encore à boire ? demanda-t-il.

Rhoda attrapa son verre et alla le remplir au frigo. Revint à la table et prit garde de ne pas reposer le verre trop violemment.

Écoute, dit-il. Je sais que tu es inquiète et que tu tiens à eux. Mais je suis sûr qu'ils vont bien. Et c'est peut-être une bonne chose que tu sois un peu séparée de ta mère. Tu apprendras peut-être à moins compter sur elle.

C'est pas normal, dit Rhoda. Il y a quelque chose qui cloche chez elle. J'ai peur.

Il ne va rien leur arriver sur cette île. Jim joua avec la salade dans son assiette, il retourna une feuille et la retourna encore. Bon sang, dit-il. C'est pas assez nourrissant. Les pancakes et les pêches en conserve me manquent. Mais les pancakes, c'est pas bon pour le bourrelin.

Je pense qu'elle risque de le tuer.

Quoi ?

Rhoda se leva et alla dans la chambre. Elle s'allongea sur le lit, face contre l'oreiller, les yeux fermés, elle sentait son pouls battre à toute allure. Elle avait peur que sa mère tue son père ou le blesse d'une façon ou d'une autre. Ou qu'elle se tue. Rhoda ne voulait pas imaginer cela. Elle voulait stopper le cours de ses pensées.

Un long moment, bien trop long, avant que Jim n'entre dans la chambre. Il s'assit à ses côtés, posa une main sur ses reins. Tout ira bien pour eux, dit-il.

Non, ça n'ira pas, dit-elle, et elle savait qu'elle avait raison. Elle ne savait pas comment, mais elle le savait et elle ne pouvait l'expliquer à Jim. Il ne la croirait jamais. Elle se redressa et s'essuya les yeux. Jim ne l'étreignit pas. Il lui était totalement inutile. D'aucune assistance. Pourquoi était-elle avec lui ? Pour la première fois, elle envisagea de ne pas l'épouser. Peut-être serait-elle tout aussi bien sans lui. Ce n'était que des fiançailles. Il faut que j'appelle Mark, dit-elle. Il faut que j'aille sur l'île demain.

Rhoda, dit Jim.

Tu peux te taire ? Elle avait porté les mains à son visage, les yeux fermés. Elle attendit et il s'éloigna enfin. Elle se rapprocha du téléphone et composa le numéro de Mark.

Karen répondit, mais Rhoda n'avait pas envie de papoter. Elle attendit Mark.

Un appel des hautes sphères, dit-il. Comment ça va, au royaume ?

Rhoda savait qu'il lui fallait rester prudente. Mark, dit-elle. Je sais que ça va te sembler déraisonnable, et je sais que je t'en demande beaucoup, mais je t'en supplie. C'est très important.

Ouh là, dit Mark. J'ai hâte d'entendre ça. Tu as décidé de vivre sous une tente, comme les vieux, et tu veux que j'emménage dans la maison de Jim ?

J'ai acheté un téléphone satellite pour Maman et il faut que je le lui apporte demain.

C'est cool. Tu peux m'en acheter un, à moi aussi ? J'en ai besoin sur le bateau depuis, genre, je sais pas, cinq ans. Putain, mais comment tu as pu te payer un téléphone satellite ? C'est une question rhétorique. Je connais la réponse, évidemment. Jim, notre petit saint.

Je t'en prie.

Je sais pas, dit Mark. Je sais que Maman est tarée et que tu t'inquiètes, mais ils vont rentrer bientôt pour chercher des provisions, et il fait froid maintenant. Le rivage commence à geler. Ça va être galère, de mettre un bateau à l'eau.

La glace est encore fine, non ? On peut la fendre ?

Ouais, mais ils vont sûrement rentrer d'ici quelques jours.

S'il te plaît, dit Rhoda.

Il y eut une longue pause. Rhoda craignait d'ajouter autre chose.

D'accord, finit-il par dire. Va pas raconter que je fais jamais rien pour toi. Mais demain, c'est impossible. On partira dimanche.

Merci, dit-elle. Merci. Mais on ne peut vraiment pas y aller demain ? Je suis très inquiète. Il faut vraiment que je lui parle.

Désolé. La famille de Karen. Il y a une réunion demain.

OK, dit-elle. OK. Merci. Rhoda savait qu'elle ne pourrait pas pousser davantage. Elle devrait se contenter d'attendre. Mais elle ne savait pas comment elle tiendrait deux journées entières. Sa mère l'étreignant devant l'évier de la cuisine, lui disant qu'elle était seule. Disant à Rhoda qu'elle finirait seule, elle aussi. Mais ce qui l'effrayait vraiment, c'était le calme dont avait fait preuve sa mère. Vous ne restez pas calme après avoir dit de telles choses sans qu'il y ait un truc qui cloche chez vous.

LA PORTE NE LOGEAIT PAS DANS L'EMBRASURE. Gary la maintint contre l'ouverture dans le mur arrière. Du pin blanc sur cette écorce rugueuse, mariage détonnant de matériaux. Il avait scié trop étroit en se disant qu'il pourrait réajuster plus tard, décision prise lorsqu'il imaginait avoir encore le temps, croyait encore en la notion de temps. Et voilà qu'il lui fallait scier presque cinq centimètres de rondins.

Il regarda autour de lui, un bref coup d'œil par-dessus son épaule, comme si Irene risquait de faire son apparition. Il ne l'avait pas vue de la journée. Elle était partie tôt, avant son réveil.

Gary centra la porte pour qu'elle morde des deux côtés de l'embrasure. Une porte installée contre le mur extérieur, dépassant de dix centimètres. Pourquoi pas ? Il ne construisait la cabane pour personne d'autre que lui-même.

Gary attrapa son marteau et ses clous, aligna la porte qu'il cala à l'aide de deux tasseaux. Si Irene était là, elle pourrait la tenir en place, les choses iraient plus vite, mais elle ne l'aiderait plus désormais.

Et à dire vrai, il se sentait mal. Il se sentait coupable. Il aurait même voulu s'excuser, et si elle avait été là à son réveil, il aurait essayé. Il n'aurait jamais dû la traiter de vieille salope hargneuse. Il n'aimait pas y repenser. N'aimait pas penser qu'il l'avait dit. Mais il l'avait dit. Il l'avait dit deux fois.

Gary soupira. Sa respiration, un nuage de vapeur. Une belle journée pour travailler, froide et couverte, mais il n'était pas motivé. Il détestait être fâché avec Irene. Il voulait que tout soit clair et net entre eux.

Il appuya son épaule contre la porte, posa un clou à angle droit et martela avec précaution. Puis un coup plus prononcé, mais le clou se tordit, il sentit la porte bouger, dévier de son alignement initial.

Gary ferma les yeux, s'affala contre la paroi et tenta de se calmer. Il n'était bon à rien. Il le savait à présent. La cabane était un échec, le plus récent d'une longue série d'échecs. Alors, très bien. Il fallait quand même qu'il fixe cette porte. Il avait passé la nuit dans la cabane et il y avait fait froid, si désespérément froid. Impossible d'y vivre ainsi tout l'hiver.

Gary remit la porte en place, il s'y appuya et essaya d'enfoncer un autre clou. Y parvint presque entièrement mais finit par fendre le bois. Il fit une dizaine de pas en arrière et jeta son marteau contre le mur. Un léger écho dans les arbres et la colline derrière lui, puis un bruit sourd et étouffé sur le sol.

Gary avança, il ramassa le marteau, essaya encore d'aligner le clou et de l'enfoncer. Le clou pénétra dans le bois, mais il ne semblait pas tenir grand-chose, et quand Gary examina l'arrière, il vit qu'il n'était entré qu'à moitié dans le mur. Aucun appui ferme du fait de l'angle. À peine un quart de prise. Rien qui tiendrait très longtemps. Et la pointe ressortait désormais.

Gary alla jusqu'à la tente d'Irene pour y prendre une barre de céréales. À genoux, le bras tendu à l'intérieur, le visage si près de son oreiller qu'il sentit son odeur. Il resta étendu un instant, la tête sur l'oreiller, et se reposa. Remonta les genoux pour rentrer les jambes sous la tente. Il lui présenterait ses excuses. Le froid précoce avait compromis leurs projets, mais la cabane était presque prête, et passer l'hiver ensemble leur permettrait peut-être de redevenir ceux qu'ils avaient jadis été.

Mais il ne voulait pas qu'elle le trouve ainsi. Il lui paraîtrait faible. Il se leva, mangea la barre de céréales en regardant la porte et l'embrasure.

Et puis merde, à la fin, dit-il. Il enfonça une douzaine de clous dans le chambranle, tous en surface, la plupart tordus ou fendant le bois, mais ensemble, ils tiendraient peut-être bon. Leurs pointes aiguisées dépassaient à l'arrière. Il empoigna ensuite la porte en pin blanc qu'il fixa au cadre. Pas certain de savoir comment aligner les gonds, surtout sans aide.

Il ne comprenait pas comment il avait pu s'énerver ainsi. Elle l'avait aidé toute la journée – sans manger, dans le froid, malgré sa douleur à la tête –, et il s'était montré impatient, lui aussi, et elle avait tout supporté, et ils avaient beaucoup avancé, bien plus qu'aucun autre jour. Ils avaient installé le toit, le toit tout entier. Mais elle avait refusé de terminer, de colmater simplement la fenêtre. Cela aurait pris un quart d'heure, à peine. Et voilà qu'il lui avait déballé tout ce qu'il avait eu envie de lui dire depuis des semaines, des années. Et qu'il s'en était délecté. Une trépidation. Une trépidation physique, un plaisir, malgré ses sanglots. Comment était-ce possible ? Comment avait-il pu s'en délecter ?

Gary installa la porte et cloua les gonds. Il sentait le chambranle trembler à chacun de ses coups, bancal. Il faudrait qu'il achète des équerres en ville, mais avec un peu d'espoir elle tiendrait le coup jusque-là. Il faut toujours se persuader qu'on est quelqu'un de bien. C'était ça, le truc. Mais comment pouvait-il être quelqu'un de bien quand il se délectait de la faire pleurer ? Quelque chose clochait chez lui, quelque chose qu'il devrait faire examiner. Leur mariage avait fait ressurgir le pire de lui-même.

Ensuite, la fenêtre. Il n'avait pas envie d'attendre Irene. Le cadre était fin, en aluminium, il ne risquait pas de se fendre et il ne serait pas obligé d'incliner les clous. Ils auraient vraiment pu le faire la veille au soir en dix ou quinze minutes.

Seul à construire la cabane. C'était la vérité. Le mariage n'était qu'une autre forme de solitude. Il installa l'escabeau et tint la fenêtre en hauteur, il s'y appuya pour la plaquer contre le mur et y enfoncer un clou. Serra un autre clou entre ses dents. En martela un de chaque côté avant de pouvoir lâcher. Enfonça le reste tout autour. Elle n'ira nulle part, celle-ci, dit-il.

Gary recula et regarda sa cabane. L'incarnation physique de l'esprit humain, avait-il pensé auparavant. Son reflet. Mais il voyait désormais que c'était faux. On ne parvenait à l'incarnation, à la forme extérieure parfaite qu'en s'engageant dans le bon domaine, dans la bonne profession, qu'en suivant sa vocation. Si l'on prenait le mauvais chemin, on ne pouvait créer qu'une monstruosité. C'était sans aucun doute la cabane la plus laide qu'il eût jamais vue, une création fondée sur un malentendu, mal conçue du début à la fin. L'incarnation de la vie qu'il avait menée et pas l'expression physique de ce qu'il aurait pu être. Cette forme plus authentique s'était perdue en route, elle n'avait jamais été, mais il ne se sentait plus triste, ni furieux. Il comprenait simplement les faits.

Gary contourna la cabane. Il avait voulu que la porte s'ouvre vers l'extérieur, mais elle s'ouvrait vers l'intérieur. Il la poussa et la cala à l'aide d'une pierre, la première fois qu'il entrait dans sa cabane terminée, une cabane avec un toit, une fenêtre et une porte, puis il posa l'escabeau près de la fenêtre. Ce n'était pas ce qu'il avait eu en tête. Dans ses visions, dans ses rêves éveillés, l'intérieur de la cabane était chaleureux, il était installé dans un fauteuil confortable et fumait sa pipe. Il y avait un poêle à bois, des peaux d'ours et de chèvres des montagnes, de mouflons de Dall, d'élans, de loups. Il ne savait pas à quoi ressemblait le sol, mais ce n'était pas du simple contreplaqué. Et les murs ne laissaient pas passer le vent. La cabane de ses visions était petite mais elle s'étendait à l'infini vers l'extérieur, dans ce rêve d'appartenance. Ses murs voyageaient vers les grands espaces naturels. Ce lac, ces montagnes devenaient lui-même. Aucun vide, aucune distance. Et Irene n'était pas là. Chaque fois qu'il avait rêvé de sa cabane, il n'y avait pas vu Irene. Il ne s'en était pas rendu compte jusque-là. Elle n'était pas assise dans un fauteuil à ses côtés, elle ne se tenait pas près du poêle à bois. Elle n'avait pas sa place dans les rêves de Gary. Il fumait sa pipe assis près de la fenêtre, le regard plongé dans l'eau du lac, et il était seul au milieu de la nature. C'était ce qu'il voulait. C'était ce qu'il avait toujours voulu.

CETTE ÎLE NE CONVENAIT PAS À IRENE. Les arbres étaient trop proches, trop touffus. Les troncs épais d'à peine trente centimètres, espacés de quelques pas, chaque interstice masqué par les branches mortes et basses, fines courbes en demi-cercle tournées vers le sol, friables, se brisant à mesure qu'elle avançait. Jamais de terrain ouvert, jamais d'endroit où courir, où observer au-delà des crêtes et des vallées. Si elle venait à débusquer un élan, elle serait si proche de lui qu'elle pourrait toucher son pelage. Son arc serait inutile. Sans cesse emmêlé dans les branches. Elle passait son temps à le libérer d'une secousse. Elle avançait vite, une marche à la limite de la course. Et c'était là sa vraie nature, marcher vite, courir ainsi dans la neige et la forêt. Un paysage plus à découvert, peut-être, mais la même neige, le même froid. Les innombrables générations avant elle.

Elle tenait son arc contre elle, essayait de l'empêcher de s'accrocher. Se sentait euphorique. À l'affût d'un mouvement, à l'écoute de la forêt, attentive au-delà du bruit de ses pas et des craquements sous ses pieds. Son sang coulant, épais, martelant vers l'extérieur, se répercutant en écho dans la forêt, comme un sonar. Rien ne pouvait lui échapper.

Elle s'arrêta net, elle planta ses pieds dans le sol, releva son arc et y cala une flèche. Banda la corde de toutes ses forces pour actionner les poulies, les sentit tourner, se décaler et se détendre, maintint la flèche près de sa joue et visa le contour aiguisé d'un tronc de peuplier à quinze mètres. L'envol de la flèche, le fouet au décochage et la pointe s'enfonçant profondément dans le bois. Son vol si rapide qu'il devint un souvenir instantané, rien dont on puisse faire l'expérience immédiate, seulement en avoir conscience a posteriori. Irene courut jusqu'au peuplier, elle examina la flèche plongée dans la chair de l'arbre, quatre fentes plus claires dans l'écorce, presque invisibles, se propageant depuis le fût, et si elle observait à travers les fentes, elle apercevait à peine les extrémités de la pointe. Impossible de l'en déloger, alors elle serra l'arc contre elle et reprit sa course.

L'épuisement. Voilà ce qu'elle voulait. Elle voulait courir jusqu'à n'en plus pouvoir. Mais une énergie nouvelle la poussait, quelque chose qui s'étendait au-delà des muscles ou du sang. Elle ne fatiguait jamais. Elle traversa toute l'île jusqu'au rivage opposé, émergea des touffes d'herbe sur la plage de galets et aperçut Frying Pan Island, ses courbes gracieuses, dégaina une flèche, visa haut et l'envoya voler vers une autre forêt. Longea le bord de l'eau et traqua de plus grosses pierres, des ombres de reflets, de glace, décocha une autre flèche qui fendit la surface de l'eau. Disparue, avalée par les vaguelettes. Elle pensa avoir entendu la pointe heurter les rochers, mais ne savait pas si elle n'avait pas tout imaginé.

Plus que deux flèches, et elle les garderait précieusement. Il lui fallait retrouver la sécurité des arbres. Elle se précipita pour se remettre à couvert, à l'affût des tapis de mousse en haut des collines et en bas des ravines, le long des crêtes. Tout si près d'elle, les arbres trop proches. Elle était libérée de la gravité, jaillissait au-dessus des collines, écorchée, avançant à grand bruit dans les branches. Elle était éveillée depuis plus d'heures qu'il était possible de compter, et cela lui apportait une nouvelle force étrange, ses pas légers dans la neige, l'air autour d'elle l'attirant vers l'avant. Comme si l'île tout entière roulait, tournait lentement, chavirait. Elle devait bouger les pieds à toute vitesse pour rester debout. L'île née jadis au fond du lac, affleurant à la surface au bout d'une tige, et voilà que la tige s'était sectionnée et que l'île, emportée par le poids des collines de rochers et des arbres, pivotait jusqu'à ce que son côté inférieur, plat et luisant, émerge au-dessus de l'eau, trempée, sombre, familière du lac depuis des milliers d'années mais inconnue des cieux. Que se passerait-il alors ? Irene ne serait plus là.

Les origines. C'était bien le problème. Si on ne savait pas où l'on avait commencé, impossible de savoir où l'on finirait, ni comment on finirait. Perdue tout au long du chemin. Attirée dans l'existence de Gary, la mauvaise vie.

Irene était certaine d'une chose : ceci n'était pas le commencement. Elle ne renaîtrait pas. Et elle emporterait Gary avec elle. Ç'avait été l'erreur de sa mère, de partir seule. Ce n'était pas juste que le père d'Irene ait pu vivre, continuer une autre vie, une vie sans son épouse et sans sa fille, une vie coupée de ses origines, une vie qui ne le reliait plus à Irene. Cette vie n'avait pas lieu d'être, elle n'aurait jamais dû lui être accordée.

Irene était restée éveillée toute la nuit, et dans les premières heures du matin elle avait sangloté et pesté contre Gary et son injustice. Elle voulait le punir mais elle voulait surtout se rapprocher de lui. Voulait continuer avec lui, aussi pénible cela fût-il. Avait essayé de rebrousser chemin, mais avait fini par se calmer et comprendre qu'un tel chemin n'existait pas. Il ne l'aimait pas, il ne l'avait jamais aimée, mais il avait profité de sa vie. C'était la vérité. Elle aurait beau faire, rien n'y changerait. C'était au-delà de son contrôle. Elle avait senti son esprit, pareil à un vortex, un espace vide en elle, soufflé par les vents, elle était restée étendue des heures durant à attendre la lumière du jour, puis enfin cette euphorie, un cadeau, un dernier cadeau. Elle avait presque la sensation que la douleur s'apprêtait à la quitter, toujours massée en elle, toujours oppressante, mais lui promettant de s'effacer.

Cassant les branches sur son passage, dévalant la pente à toute vitesse, les éléments autour d'elle défilant trop vite pour qu'elle les reconnaisse. Elle avait connu cette forêt et si elle ralentissait, elle y trouverait des indices, reconnaîtrait les aconits et leurs pétales violets, le poids de cette fleur lorsqu'elle s'inclinait, mais elle progressait trop vite, courait de toutes ses forces, sans plus s'arrêter, et elle ne cherchait même plus à lever les avant-bras pour se protéger. Laissait les branches lui griffer le visage.

Des traces de pas dans la neige, de la mousse, la peau brûlante de ses mains, de son visage et de son cou, le ciel froid et couvert au-dessus d'elle, son corps qui se faufilait de lui-même entre les arbres. Et Irene, tout ce qu'on pouvait appeler Irene, disparue, silencieuse. À proximité de la cabane, ses jambes ralentirent la cadence, une marche, encore plus lente, chassant comme elle avait chassé avec Gary, sans un bruit, évitant désormais les branches, les repoussant d'un geste prudent, les pliant sans les casser. Émergea entre les deux tentes, juste derrière la cabane. Immobile, à l'affût du moindre mouvement, du moindre son, n'entendant rien qu'une brise légère et les vaguelettes sur le rivage. L'eau et l'air et le sang, qui battait plus vite à présent. Il ne serait pas dans les tentes. Il serait à la cabane ou au bord de l'eau. Irene dégaina une flèche, l'installa contre la corde, un arc noir, une flèche noire contre la neige blanche, avança en silence vers la porte de la cabane.

Le chambranle nouvellement installé, monté à l'extérieur, blanc et incongru contre les rondins. Des sacs-poubelle et des caisses de conserves empilés tout autour. Plus près encore, jusqu'à atteindre presque le seuil, elle n'entendait toujours rien. La cabane semblait plus grande à présent, le mur arrière plus haut. L'écorce rugueuse, les interstices, des rondins saillant plus que d'autres. Elle n'avait pas remarqué à quel point la surface était inégale, vallées et crêtes, un paysage à perte de vue. Elle attendit sur le seuil, laissa ses yeux s'accoutumer, plus sombre à l'intérieur, mais une lumière suffisante s'insinuait par la fenêtre et les interstices, lui permettant de voir le sol en contreplaqué. La fenêtre, encore invisible installée plus à droite, cachée par la porte. Un espace sombre et aucun signe de Gary.

Irene entra, l'arc bandé, en joue.

Irene ? lança Gary. Il était assis à un mètre d'elle, sur un escabeau près de la fenêtre. Éclairé en relief, les rides de son visage. Vieux. Qu'est-ce que tu fais, Irene ?

Elle recula. Plus difficile, maintenant qu'elle était là et qu'il lui parlait. Il se leva, les mains ouvertes vers elle, les doigts en relief dans la lumière. Irene, dit-il encore.

Elle banda la corde davantage, la flèche contre sa joue.

Je t'aime, Irene, dit-il, et tout fut soudain plus simple, à nouveau. Elle laissa s'envoler la flèche, la vit disparaître dans son torse. Plus que les plumes noires jaillissant de son manteau. Il fut projeté sur le côté, le regard baissé vers sa poitrine, puis il s'effondra face contre terre. La pointe et le fût de la flèche dressés en l'air.

Gary pleurait. Ou criait. Un bruit par-dessus celui du sang dans les tempes d'Irene. Elle s'approcha et encocha sa dernière flèche. Ses jambes et ses bras s'agitaient, il se traînait sur le sol, vers le mur. Qu'allait-il trouver sur ce mur ? Elle banda la corde jusqu'à sa joue, visa son dos et décocha l'autre flèche. Un autre cri de Gary, la flèche trop rapide pour être vue. Soudain fichée dans sa cible, dépassant de plusieurs centimètres. Elle l'avait cloué au sol. Il ne pouvait plus ramper. Ses bras et ses jambes bougeaient toujours mais il n'irait nulle part. Toujours pas mort, et elle n'avait plus de flèches. Ses cris moins puissants, un bruit qui n'avait rien d'humain. Irene lâcha son arc et ne sut que faire. Elle resta à attendre qu'il meure, mais il refusait de mourir. Un bruit terrible, animal, le dernier son que profère un être vivant. Son mari. Gary.

Irene sortit, marcha jusqu'au rivage. Le lac, comme un ciel agrandi, blanc et couvert, glacé. Irene avait chaud, comme si elle pouvait brûler à travers l'eau et le ciel et la neige, et même la roche. Elle était géante, puissante, capable d'écraser les montagnes et de puiser les lacs au creux de ses paumes. Elle arpenta la rive et c'était sa rive. Ne sentit pas le vent. Elle éprouva l'envie de courir, alors elle courut encore, courut plus vite que jamais, indifférente aux galets inégaux, aux flaques et aux aspérités. Elle avait le pied sûr. Le monde n'avait jamais été réel. Il n'y avait pas de gravité, rien pour la ralentir ni pour la lester. Elle courut au fil de son esprit, le monde une extension d'elle-même. Les vagues, l'herbe, la neige, tous les éléments créés à l'unisson.

Mais elle dut ralentir, commença à fatiguer. Marcha jusqu'à l'extrémité de la pointe, proche de Frying Pan Island, regarda vers la rive d'en face. Ressentit le besoin de nager jusque-là, de traverser l'eau, de quitter l'île, mais quelque chose l'y retenait. Elle avait encore à faire. Elle n'avait pas terminé. Elle fit donc demi-tour et prit la direction de la cabane.

L'euphorie finirait par la quitter, elle en avait conscience. C'était un cadeau, mais un cadeau temporaire. Elle la sentait diminuer, se dissiper. Elle se remit à courir, tenta de la capturer une fois encore. Ses pas maladroits sur les galets, ses chevilles se tordaient. Exerçant un contact avec le sol, désormais, dur et impitoyable, elle ne flottait plus, n'avait plus le pied sûr. Elle ralentit l'allure.

Le sommet des montagnes dissimulé, les pics, les cuvettes blanches. Rien que les flancs, au-dessous de la barrière de nuages. Elle aurait voulu traverser jusqu'aux montagnes. Le lac aurait dû être gelé, comme dans sa vision. Elle le traverserait et escaladerait la montagne. C'était ainsi que les choses devaient se passer. Ce qu'elle avait fait aurait dû arriver plus tard, au milieu de l'hiver. Mais comment aurait-elle pu attendre jusque-là ?

Des plaques de glace le long de la rive, brisées par les vagues. Des petites flaques devenues opaques. Des rochers sombres trempés par le brouillard ou les embruns. Cette fine bande, limite entre terre et eau. Ce laps de temps qu'elle possédait désormais, ce bref laps de temps pendant lequel tout était possible, pendant lequel, peut-être, sa vie pouvait devenir ce qu'elle voulait. Mais elle savait qu'il n'y avait qu'une seule possibilité.

Arrivée au bateau, elle en dénoua la corde d'amarrage. Un filin épais et solide, long de dix mètres, bien assez. Elle marcha vers la cabane, et elle avançait désormais d'un pas lent. Quelque chose en elle ne voulait pas y aller.

Des branches d'aulne la frôlaient, la dernière fois sur ce qui était presque devenu un sentier, la végétation tassée par leurs fréquents passages. Un endroit jamais destiné à devenir leur foyer, un endroit destiné depuis le début à être témoin de leur fin. Et elle l'avait accepté, même en connaissance de cause. Gary avait-il su ?

Quand elle se tint à nouveau au-dessus de lui, il était silencieux et ne bougeait plus. Plus de trace de ce son, quel qu'il ait été. Quelque chose qu'elle ne voulait pas entendre. Tout était désormais paisible. Il était muet, face contre terre.

Irene installa l'escabeau à l'autre bout de la cabane, à quelques pas du mur latéral. Elle leva les bras et passa la corde à l'une des solives. La plaque d'aluminium clouée de près, mais elle parvint à faire passer la corde de force, en tira assez pour faire un nœud. Pas certaine de savoir comment la nouer. N'avait pas regardé comment avait fait sa mère. Dans les films, ils faisaient de gros nœuds et enroulaient la corde en de nombreux tours, alors elle l'enroula et y fit plusieurs demi-clés, comme Gary le lui avait appris sur le bateau. Cela ne semblait pas correct mais il faudrait faire avec.

Irene enfonça un clou de chaque côté de la solive, à l'avant de la corde pour l'empêcher de glisser, empila des tasseaux sur la dernière marche de l'escabeau pour gagner en hauteur et que sa chute en soit plus longue. Elle grimpa sur la pile, en équilibre précaire, et passa le nœud autour de son cou, le serra fort, puis se rendit compte que la corde était censée être plus lâche pour le coup du lapin. Elle redescendit donc avec prudence, resta sur la marche inférieure pour mesurer, et ajusta la corde à la bonne longueur. Rugueuse contre son cou, humide. Il fallait qu'elle fixe l'autre extrémité à un endroit solide.

Irene regarda autour d'elle mais ne trouva rien. Pas de point d'ancrage ni de base assez solide. C'est alors que ses yeux tombèrent sur Gary et qu'elle eut une magnifique pensée. Elle attacha l'extrémité à son torse. Fut obligée de lui soulever la tête et une épaule, puis la deuxième. Elle sentait son odeur, il avait vidé ses intestins en mourant. Une odeur de sang, aussi. Tout cela amplifia étrangement la pression dans son crâne. Celle qui avait promis de disparaître mais demeurait pourtant. Une douleur tranchante qui la poussait à œuvrer avec d'autant plus d'urgence. Elle serra la corde autour de lui, la noua. Les flèches l'empêcheraient de glisser.

Puis elle dut sortir une fois encore. L'odeur trop forte, la douleur dans sa tête. Elle ne savait pas si elle parviendrait au bout de tout cela. C'était trop, vraiment trop. Se mener ainsi à l'abattoir comme un animal. Elle ne savait pas comment sa mère avait réussi. Bien moins contrainte qu'elle : elle n'avait pas commis de meurtre. Pour Irene, il n'y avait pas d'alternative, mais pour sa mère il y en avait eu une. Comment avait-elle fait ?

Irene avança dans le sous-bois. Cachée par la couverture des arbres désormais réconfortante. Erra entre les troncs, suivit les tapis de mousse émergeant sous la neige, la neige fine et légère, comme une poussière à certains endroits, bloquée par les branches au-dessus du sol. S'allongea sur un grand tapis de mousse, se recroquevilla sur le flanc. De près, pareille à une minuscule forêt, chaque brin végétal aussi grand et gros que n'importe quel épicéa, et d'une forme bien plus parfaite. Aucune torsion, aucune déformation, tout symétrique, des successions de branches comme celles d'un arbre, un défi à la gravité terrestre, à une si petite échelle, les extrémités des branches droites comme des i. Des centaines d'arbres miniatures tendant leurs ramures vers le haut. Elle tendit la main, en toucha un, le poussa sur le côté pour le voir revenir en place. Elle l'arracha à la base, arracha tous ses voisins, détruisit une forêt entière.

Se releva et s'enfonça plus loin à travers les arbres, sans savoir où elle allait, ni ce qu'elle faisait. Fit un demi-cercle pour rentrer à la cabane, et quand elle sortit du sous-bois, s'arrêta pour regarder les tentes et la cabane, le réchaud installé entre elles. Leur campement. Son mari mort. Meurtrière. C'est ainsi qu'on se souviendrait d'elle à jamais. Fille, institutrice de maternelle, épouse, mère, meurtrière et suicidaire. Les premiers qualificatifs tomberaient dans l'oubli. Seuls les deux derniers lui survivraient. Elle avança jusqu'à la porte de la cabane, entra, retint sa respiration. Marcha jusqu'à l'escabeau et au nœud, y plaça son cou et tira la corde avec son menton, pointa les orteils pour s'assurer qu'elle ne toucherait pas le sol. Il fallait qu'il reste un espace. Ça n'irait pas si elle retombait à terre.

Elle leva les deux mains pour s'agripper à la corde, s'y accrocha et pointa les orteils une fois encore pour être certaine de ne pas toucher terre. Se balança dans les airs et eut du mal à reprendre pied sur l'escabeau, paniqua un instant de se retrouver coincée dans cette posture, à moitié pendue. Mais elle toucha l'escabeau, libéra son cou, plaça les tasseaux sur la marche supérieure, trois couches, assez pour assurer une bonne chute.

Elle maintint le nœud, monta prudemment sur les tasseaux. Se tint en équilibre, replaça le nœud autour de son cou. Mais elle craignait de s'aider de ses mains. Comment ne pas attraper la corde des deux mains, même pendant la chute ? Impossible d'empêcher un tel réflexe.

Irene retira la corde de son cou une fois encore, elle redescendit d'un pas prudent, alla jusqu'à la tente de Gary abritant les outils, y trouva un opinel. Retourna à la cabane, se tint au-dessus de Gary, trouva l'extrémité de la corde attachée à son torse et sectionna quelques dizaines de centimètres supplémentaires qui dépassaient du nœud. Elle lâcha le couteau et noua un bout de corde à son poignet.

Cela n'aurait pas dû être si difficile. Jamais aucune dignité dans la vie. Même sa propre mort pouvait être interrompue par des détails insignifiants, de petites préoccupations. Ce n'était pas correct. Et la douleur n'avait pas disparu. Elle avait promis, mais elle était restée. Pourtant, on pouvait imaginer qu'il s'était produit assez de choses pour qu'elle s'efface. Irene était en colère en remontant sur l'escabeau, elle passa le nœud autour de son cou, grimpa une fois encore sur la pile précaire de tasseaux, en déséquilibre et sur le point de tomber, puis elle passa avec précaution la corde de son poignet entre ses jambes et fixa l'autre bout à son deuxième poignet. Difficile de faire un nœud mais elle s'efforça de le serrer au maximum.

Plus d'échappatoire. Mains liées, en équilibre sur les tasseaux, la corde au cou. La respiration agitée et rapide, paniquée, le cœur serré. Le sang et la peur. Pas le calme qu'elle avait imaginé. Aucune sensation paisible. Elle ne voulait pas le faire. Chaque partie de son être lui disait que c'était une erreur. Mais elle prit son élan, s'élança dans les airs, hurla du plus profond de ses poumons, un cri de défi, et le nœud se serra, ne sembla d'abord pas dur contre sa peau mais appliqua soudain un poids terrible, tous ses muscles se bandèrent, une douleur vive, sa respiration coupée, sa gorge écrasée, et elle se balança dans cet endroit froid et vide. Les mains luttant vers le haut, retenues par la corde. Elle ne se le pardonnerait jamais.

Ce serait Rhoda qui passerait la porte et découvrirait tout cela. Irene le savait désormais. Elle ne comprenait pas comment elle n'avait pas vu cela plus tôt. Elle se sentit prise au piège. Elle infligeait à Rhoda exactement ce qu'on lui avait infligé. Une journée froide, couverte comme celle-ci, sa mère pendue à une solive dans ses beaux habits du dimanche, une robe beige et crème à rubans achetée dans la ville lointaine de Vancouver, Irene s'en souvenait à présent, des chaussettes blanches, des chaussures marron. Le visage de sa mère, les rides de son visage, la tristesse, le cou grossièrement étiré. Tout ce qui ne pourrait jamais être dit. Irene savait que les choses n'avaient pas été rapides, que sa mère avait eu conscience de ses actes. Avait eu le temps de savoir ce qu'elle infligeait à sa fille.

RHODA SE TENAIT SUR LE RIVAGE tandis que Mark jetait des poignées de sel sur l'embarcadère. Comme du riz à un mariage. L'impatience qu'elle ressentait lui coupait presque la respiration. Elle avait envie de crier à Mark de se dépêcher, mais elle savait que c'était impossible, alors elle resta immobile sur la berge et regarda l'eau en attendant que le temps passe. Elle pouvait presque distinguer l'île, la rive opposée. L'eau et l'air d'un calme étrange, de simples vaguelettes, de lourds nuages bas, mais des nuages figés, comme cloués au ciel. Se heurtant les uns aux autres, sombres et bouffis.

On va attendre quelques minutes que ça fonde, dit Mark, et puis ça devrait être bon.

Rhoda ne put répondre ni même se retourner. Elle savait qu'elle risquait de lui sembler impatiente et de déclencher une dispute.

OK, dit-il. J'attends dans le pick-up.

Rhoda, en colère après sa mère pour lui avoir prédit qu'elle se retrouverait seule un jour, elle aussi, que sa vie serait gâchée et que rien ne resterait pour en prouver l'existence. Comment pouvait-on dire ce genre de choses ? Et surtout juste après qu'elle lui eut annoncé ses fiançailles. Un cadeau de mariage en avance. Mais sa mère était ainsi. Bourrue et peu regardante quant aux émotions d'autrui. Du moins, dernièrement.

Rhoda avait le téléphone satellite et les batteries, mais elle voulait désormais davantage. Elle allait demander à ses parents de rentrer et de quitter l'île. La cabane et l'île n'étaient pas bonnes pour eux. Le projet tout entier était une erreur. Il leur fallait vivre à la maison, et ils avaient besoin des autres. Rhoda irait leur rendre visite tous les jours.

Rhoda s'approcha de l'eau. Une petite couche de glace brisée et repoussée par les vagues. Le début de fissures plus larges et de crevasses qui grandiraient peu à peu le long de la berge au fil de l'hiver, mais pas grand-chose pour l'instant. Des parcelles d'eau jusqu'aux rochers sombres de la plage, la glace inégale. Le lac et la glace en mouvement permanent. Quelques morceaux submergés, icebergs miniatures tressautant.

La semaine suivante, tout aurait fondu. Un front plus chaud était prévu, pour une courte période du moins, puis le véritable froid frapperait de plein fouet, un hiver précoce. Elle devait s'assurer qu'ils rentrent avant.

Mark avait redémarré le pick-up pour faire tourner le chauffage et Rhoda l'entendit passer la marche arrière, puis le bruit des pneus tandis qu'il reculait le bateau sur l'embarcadère. Elle regarda le bateau et la remorque entrer dans l'eau, glisser dans le froid, les pneus crissant sur la glace.

Elle tint l'amarre pendant qu'il retournait se garer et l'observa redescendre du parking. Il portait la ridicule veste rose Hello Kitty empruntée à Jason. Et sa chapka aux oreillettes détachées. Chaque jour était une plaisanterie pour Mark, sa vie tout entière une putain de plaisanterie. Et elle était obligée d'être gentille avec lui car elle avait besoin de son aide.

Quoi ? dit-il en approchant. Pourquoi tu me regardes comme ça ?

Désolée, dit-elle. C'est rien. Je suis inquiète pour Maman, c'est tout.

D'accord, dit-il. Il tira le bateau au plus près et, de la main, lui fit signe de monter à bord. Votre carrosse, très chère.

Merci, dit-elle en grimpant.

Glacial, tandis qu'ils traversaient le lac. Rhoda resserra la capuche de son manteau, tourna la tête pour éviter le vent. Personne aux alentours, évidemment. Combien de lacs en Alaska, encore moins peuplés que celui-ci ? Combien de lacs éparpillés dans des vallées infinies et des chaînes de montagnes que personne n'arpentait jamais ? Skilak avait des airs d'étendues sauvages. Il était facile d'oublier que c'était l'un des rares avant-postes d'un étroit secteur d'habitations, et que tout autour la nature véritable se déployait sur des distances inimaginables. Ce qui se passait ici, personne ne le savait. Quelque chose de si tentant dans la notion de nature sauvage, quelque chose d'attirant et de facile, mais la vérité voulait pourtant que de tels espaces grandissent à la seconde où vous y pénétriez. Durs et glaciaux et impitoyables. Même Caribou Island était trop éloignée.

Le lac semblait grandir à mesure qu'ils progressaient. S'étendait comme à son habitude, créait des îles de ses rivages distants, se décomposait en parcelles de terre, leur donnait forme. La courbe saugrenue de Frying Pan Island, puis les lignes plus solides de Caribou. La terre au-delà, plus basse et marécageuse, un territoire d'élans ponctué d'épicéas noirs chétifs et de bois mort rongé par les insectes. Des centaines de troncs nus d'un marron grisâtre s'élevant vers le ciel, leurs contours désormais soulignés de blanc. Ils glissèrent à proximité dans les eaux calmes entre les îles, contournèrent les terres vers la côte exposée aux éléments où leurs parents construisaient leur cabane. Rhoda mettrait un terme à tout cela, les ramènerait à la maison. Puis elle pourrait enfin se concentrer sur ce qu'elle avait à faire, préparer son mariage. Une parcelle de terre verte et ensoleillée surplombant l'océan bleu, très loin d'ici. Les montagnes abruptes et les cascades d'Hanalei Bay, le début de la Na Pali Coast. Ce serait grandiose. Et ils seraient tous présents, ils marcheraient sur le sable doux et chaud après la cérémonie. Elle arpenterait la plage dans sa robe de mariée, au bras de Jim, ses parents et Mark juste derrière, elle enlèverait ses chaussures d'un coup sec, laisserait ses pieds goûter l'eau chaude, laisserait sa robe flotter derrière sans se préoccuper d'en mouiller l'extrémité. Un lieu d'insouciance, un jour dont elle avait rêvé toute sa vie, le commencement, enfin.

Remerciements

J'ai beaucoup de chance. Mon éditrice, Gail Winston, est brillante. Mes agents – Kim Witherspoon, David Forrer, Lyndsey Blessing et Patricia Burke, à Inkwell – font preuve d'une patience apparemment infinie. John L'Heureux a été mon mentor depuis toujours. L'université de San Francisco, où j'enseigne, m'a accordé la flexibilité nécessaire pour me permettre d'écrire. Et ma femme, Nancy Flores, a gardé sa bonne humeur même lorsqu'il n'y avait pas de livre, pas de travail, pas d'argent et que j'ai porté le même pull chaque jour pendant un an.

Plusieurs personnes en Alaska m'ont été d'une grande aide. Notamment Mike Dunham à l'*Anchorage Daily News*, sans oublier Andromeda Romano-Lax et Deb Vanasse à 49 Writers, Rich King qui m'a emmené sur son bateau de pêche, le drôle et généreux Rob Ernst qui m'a assisté en de nombreuses occasions, et mon bon ami Steve Toutonghi, premier lecteur de ce manuscrit.

Je souhaite également remercier Tom Bissell, dont la critique de *Sukkwan Island* dans le *New York Times* aura permis à *Désolations* de paraître en au moins huit langues dans cinquante pays. Merci à Lorrie Moore, qui a sélectionné *Sukkwan Island* dans le Book Club du *New Yorker*. De tels moments de générosité changent le cours d'une vie et je leur en suis reconnaissant.

Collection Nature Writing

Edward Abbey
Désert solitaire
Un fou ordinaire

Rick Bass
Le Livre de Yaak

Ron Carlson
Le Signal

Kathleen Dean Moore
Petit traité de philosophie naturelle

Gerald Durrel
Ma famille et autres animaux

Pete Fromm
Indian Creek
Avant la nuit
Chinook

John Gierach
Traité du zen et de l'art de la pêche à la mouche
Truites & Cie
Mêmes les truites ont du vague à l'âme

John Haines
Vingt-cinq ans de solitude

Robert Hunter
Les Combattants de l'Arc-en-Ciel

Howard McCord
L'homme qui marchait sur la Lune

John McPhee
Rencontres avec l'Archidruide

Doug Peacock
Une guerre dans la tête

Rob Schultheis
L'Or des fous
Sortilèges de l'Ouest

Alan Tennant
En vol

David Vann
Sukkwan Island
Désolations

John D. Voelker
Itinéraire d'un pêcheur à la mouche
Testament d'un pêcheur à la mouche

Collection Noire

Edward Abbey
Le Gang de la Clef à Molette
Le Retour du Gang de la Clef à Molette
Le Feu sur la montagne

Craig Johnson
Little Bird
Le Camp des Morts
L'Indien blanc

William G. Tapply
Dérive sanglante
Casco Bay
Dark Tiger

Jim Tenuto
La Rivière de sang

Trevanian
La Sanction
L'Expert
Shibumi

Collection Americana

Viken Berberian
Das Kapital

Greg Olear
Totally Killer

Tom Robbins
Comme la grenouille sur son nénuphar
Une bien étrange attraction

Terry Southern
Texas Marijuana et autres saveurs

Mark Sundeen
Le Making Of de "Toro"

Tony Vigorito
Dans un jour ou deux

Stephen Wright
Méditations en vert

Cet ouvrage a été imprimé sur du papier
dont les fibres de bois proviennent
de forêts durablement gérées

CET OUVRAGE A ÉTÉ COMPOSÉ PAR
ATLANT'COMMUNICATION
AU BERNARD (VENDÉE)

ACHEVÉ D'IMPRIMER
PAR L'IMPRIMERIE FLOCH À MAYENNE
EN MAI 2011
POUR LE COMPTE DES ÉDITIONS GALLMEISTER
14, RUE DU REGARD
PARIS 6e

DÉPÔT LÉGAL : MAI 2011
1re ÉDITION
N° D'IMPRESSION : 79698
IMPRIMÉ EN FRANCE